최익현은 조선 후기의 문신 학자 지사(志士). 본관은 경주, 자는 찬겸(贊謙), 호는 면암(勉庵)이다. 경기도 포천군 심북면 가채리에서 경주 최씨 화숙공파의 27세손으로 태어났다. 1846년 열네 살 때 화서 이항로의 문하에 입문했다. 스승 이항로는 소년 최익현의 총명을 아끼고 사랑하여 입문하던 다음해에 면암이라는 아호를 지어 내렸다. 1855년(철종 6) 정시문과에 병과로 급제, 성균관 전적, 사헌부 지평, 사간원 정언(正言), 이조정랑 등을 역임했다. 수봉관, 지방관, 언관 등을 역임하며 강직성을 드러내 불의 부정을 척결하여 관명을 날리고, 1868년(고종 5) 경복궁 중건의 중지, 당백전 발행에 따르는 재정의 파탄 등을 들어 홍선대원군의 실정(失政)을 상소하여 사간원의 탄핵을 받아 관직을 삭탈 당했다. 1873년 동부승지로 기용되자 명성황후 측근 등 반(反)홍선 세력과 제휴, 서원철폐 등 대원군의 정책을 비판하는 상소를 하고, 호조참판으로 승진되자 다시 대원군의 실정 사례를 낱낱이 열거, 왕의 친정(親政), 대원군의 퇴출을 노골적으로 주장함으로써, 대원군 실각의 결정적 계기를 만들었으나, 군부(君父)를 논박했다는 이유로 체포되어 제주도에 유배되었다가 1875년에 풀려났다. 이듬해 명성황후 척족정권이 일본과의 통상을 논의하자 5조(條)로 된 격렬한 척사소(斥邪疏)를 올려 조약체결의 불가함을 역설하다가 흑산도에 유배되었으며 1879년 석방되었다. 1904년 러일전쟁이 터지고 일본의 침략이 노골화되자 고종의 밀지를 받고 상경, 왕의 자문에 응하였고 일본으로부터의 차관(借款) 금지, 외국에 대한 의부심(倚附心) 금지 등을 상소하여 친일 매국도배들의 처단을 강력히 요구하다가 두 차례나 일본 헌병들에 의해 향리로 압송 당했다. 1905년 을사조약이 체결되자 '창의토적소(倡義討賊疏)'를 올려 의거의 심경을 토로하고, 8도 사민(士民)에게 포고문을 내어 항일투쟁을 호소하며 납세 거부, 철도 이용 안 하기, 일체의 일본상품 불매운동 등 항일의병운동의 전개를 촉구했다. 74세의 고령으로 임병찬, 임락 등 80여 명과 함께 전북 태인에서 의병을 모집, '기일본정부(寄日本政府)'라는 일본의 배신 16조목을 따지는 '의거소략(義擧疏略)'을 배포한 뒤, 순창에서 약 400명의 의병을 이끌고 관군, 일본군에 대항하여 싸웠으나 패전, 체포되어 쓰시마 섬에 유배되었다. 최익현은 유배지 쓰시마 섬에서 일본이 주는 음식을 먹지 않고 단식하다가 그곳에서 생을 마감했다

Design IS

소설 1905

신봉승

1933년 강릉에서 출생하여 강릉사범학교, 경희대학교 국어국문학과 및 동 대학원을 졸업하였다. 〈현대문학〉에 시·문학 평론을 추천받아 문단에 나왔다. 한양대·동국대·경희대 강사, 한국시나리오작가협회 회장, 대종상·청룡상 심사위원장, 공연윤리위원회 부위원장, 1999년 강원국제관광EXPO 총감독 등을 역임하였으며, 현재 대한민국 예술원 회원, 추계영상문예대학원 석좌교수로 재직 중이다. 한국방송대상·서울시 문화상·위암 장지연상·대한민국 예술원상 등을 수상하였고, 보관문화훈장을 받았다. 저서로는 《대하소설 조선왕조 5백년》(전 48권)·《난세의 칼》(전 5권)·《임금님의 첫사랑》(전 2권)·《이동인의 나라》(전 3권) 등의 역사소설과 시집 《초당동 소나무 떼》·《초당동 아라리》 등과 역사 에세이 《역사 그리고 도전》·《양식과 오만》·《문묘 18현》·《조선의 마음》·《직언》·《일본을 답하다》 외 《TV드라마 시나리오 창작의 길라잡이》, 자전적 에세이 《청사초롱 불 밝히고》 등이 있다.

지은이 **신봉승** · 발행인 **김윤태** · 발행처 **도서출판 선** · 북디자인 **디자인이즈**
등록번호 **제15-201** · 등록일자 **1995년 3월 27일** · 초판 1쇄 발행 **2011년 2월 25일**
주소 **서울시 종로구 낙원동 58-1 종로오피스텔 1409호** · 전화 **02-762-3335** · 전송 **02-762-3371**

값 **11,000원**
ISBN **978-89-6312-042 3 04810** · 전2권 **978-89-6312-040 9 04810**

소설 1905

下

신봉승 대하역사소설

차례

대한제국의 운명

현해탄의 물결은 검푸르게 요동치고 있다.

물결을 스쳐 지나온 가을바람은 한기를 느끼게 한다. 우편선 갑판에 나와 선 이토 히로부미는 하얀 수염발을 날리며 아득히 보이는 조선 땅에 시선을 멈추고 있다.

조선 정책을 완결하는 특명전권대사의 소임을 맡으라.

결기로 가득하였던 명치천황明治天皇의 목소리가 아직도 귓전을 울리고 있다. '조선 정책의 완결'이란 무엇을 의미하는 것인지를 이토 히로부미가 모를 까닭이 있을까. 자신의 소임을 완수하자면 면암 최익현과 같은 조선 유림들의 완강한 저항을 받아야 하고, 또 그들을 따르는 조선 젊은이들의 죽음을 무릅쓴 반발도 다스려야 한다. 지난해 남대문역에서는 이창준의 총격으로 하마터면 목숨을 잃을 뻔하지를 않았던가. 이토 히로부미는 시름에 잠긴 한숨을 놓으며 지난 며칠 동안에 있었던 급박했던 상황을 떠올려 본다.

포츠머스 조약이 체결되고 두 달여가 지나는 동안 일본 정부는 대한제국을 완전히 지배할 수 있는 획기적인 계책을 확정한다. 제2차 한일협약, 소위 말하는 을사조약乙巳條約의 문안을 작성하여 각의에 회부하였다. 그 문안은 10월 28일의 각의에 상정되어 만장일치로 가결이 되었다. 그러나 일본국 정부는 누가 나서서 그 어마어마한 계책을 대한제국 정부에 통고하고, 실행에 옮길 수 있을지를 고심하지 않을 수 없었다. 정치적 수완도 있어야 하지만 결단력과 추진력을 갖춘 인물이 아니고는 소기의 성과를 거둘 수가 없다.

외무대신 고무라 쥬타로小村壽太郎는 그런 엄청난 일을 책임 있게 해낼 수 있는 사람은 이토 히로부미밖에 없다는 사실이 뇌리에 와 박힌다. 그러나 이미 네 번씩이나 총리대신을 역임하고 추밀원 의장직에 물러나 있는 국가원훈인 이토 히로부미에게 일개 외무대신의 처지로는 입에 담을 수가 없다. 외무대신 고무라 쥬타로는 황거皇居(일본 임금의 거처)로 달려가 명치천황을 배알하고 읍소하였다. 조선의 외교권을 박탈하여 일본국 외무성이 대행한다면 조선은 이미 온전한 나라일 수가 없다. 이 엄청난 일을 추진하기 위해서는 때로는 강골이면서도 또 때로는 유연한 이토 히로부미가 아니고는 불가능하다는 사실에 명치천황도 공감하지 않을 수가 없다.

마침내 명치천황은 이토 히로부미를 탑전으로 부른다.

"보잘것없던 작은 나라……, 우리 가난한 일본을 세계의 열강의 반열로 끌어올린 경의 노고를 짐은 한시도 잊은 일이 없어요."

"폐하, 황공무지하옵니다."

이토 히로부미는 젊은 명치천황에게 있는 대로 허리를 굽히며 마음으로부터 감읍해한다. 명치유신은 존황토막^{尊皇討幕}(황실을 일으키고 막부를 때려누인다)이라는 기치가 있었기에 성공할 수가 있었다. 그러므로 그 혁명적인 성과가 일본국 천황을 서서히 신격화^{神格化}해 가고 있었다. 따라서 이토 히로부미와 같은 명치유신의 주역들이 천황 앞에서 죽어 넘어가는 시늉을 함으로써 일본국의 국체가 반석 위에 놓여가고 있음이 아니겠는가.

"그동안 어려운 일만을 도맡아 온 경에게는 심히 미안한 일이나, 조선 정책을 수행하는 특명전권대사의 대임을 다시 맡아주오."

이토 히로부미는 온몸을 굽히면서 다짐을 거듭했다.

"천명으로 알고 성실히 받들겠사옵니다."

조선을 집어삼키는 일……, 그것은 이토 히로부미의 오랜 꿈이기도 하였다. 스승 요시타 쇼인^{吉田松陰}은 '조선을 식민지화하여 조공을 바치게 하고, 그 여세를 몰아 만주까지 수중에 넣어야 한다'라고 가르쳤고, 이토 히로부미는 그 가르침을 꿈으로 삼아온 사람이 아니던가.

'조선의 운명이……'

마침내 내 손아귀에 있다는 자부심, 그 오만을 불태우면서 이토 히로부미는 대한제국 황실위문 특파대사라는 거창한 직함을 펄럭이며 동경역을 떠났었다. 그를 수행한 사람들의 면면도 만만치가 않았다. 추밀원 서기원장 도츠쿠 게이로쿠, 육군소장 무라타 아쓰시, 육군대좌 니시시지 쓰고로 등이 그들이었다.

11월 9일, 이토 히로부미를 태운 우편선이 부산항에 도착한다. 조선 주차 일본군 사령관 하세가와 요시미치 대장은 열여섯 발의 예포를 쏘아 대면서까지 극진하게 이토 히로부미를 영접하였고, 곧 황금마차로 옮겨 탄 이토 히로부미는 부산역으로 가서 경성으로 가는 특별열차에 올랐다. 하세가와 대장은 이토 히로부미의 휴식과 접견용으로 꾸며진 특실에 동승하여 사죄의 말부터 입에 담았다.

"지난번, 남대문역에서의 불상사로 심려를 끼친 점……, 맹성猛省에 맹성을 거듭하고 있었습니다. 송구하기 그지없사옵니다, 각하!"

"조선의 치안이……, 아니야, 정작은 이제부터가 아니겠나."

이토 히로부미는 뭔가 말하려는 듯하였으나, 곧 어조를 바꾸어 미구에 닥쳐올 소란에 대비할 것을 상기시키는 정도에서 마무리 짓는 거인다운 모습을 보인다. 하세가와 대장은 재빨리 화제를 바꾼다. 앞으로 그와 같은 불상사가 없을 것임을 장담하기 위해서는 조선의 치안을 담당하는 일본군의 규모를 설명하는 것이 현책일 수도 있다.

"도착하신 후, 직접 살펴보시면 아실 것입니다만……, 조선 주차 일본군의 총병력은 1만 8천 명이며, 이는 러일전쟁 직후 조선의 모든 주차병력을 새롭게 편성해 전시체제를 갖추고 있으므로 어떠한 비상사태에도 충분히 대처할 수가 있을 것으로 확신합니다."

"그런 수준으로 대일본의 조선 정책을 완벽하게 수행할 수가 있다고 보는가?"

"당치 않습니다. 현재는 단지 비상사태를 대비할 정도의 병력이옵고, 이후 안전한 조선 정책의 수행을 위해서는 적어도 16만 명까지 확충되어야 할 것으로 사료되옵니다."

"16만……?"

이토 히로부미는 고개를 끄덕이며 하세가와 대장의 기개에 동의를 표했다.

기울어지는 대한제국의 국운을 외면하기라도 하듯 시간은 일본국의 편이 되어 빨리도 흘러오지 않았던가. 이토 히로부미는 자신이 부설권을 따내고 개통시킨 경부선 열차에 몸을 싣고 한성으로 가고 있음에 더욱 감회를 새롭게 하고 있다. 이토 히로부미는 차창 밖으로 흐르는 황량해진 늦가을 들판을 내다보며 지나온 날들을 떠올리고 있다.

막부시대를 청산하고 새로운 일본국을 건설하기 위해 영국에 밀항해 선진문물을 몸으로 익혔고, 내란이나 다름이 없는 명치유신의 한복판에서 청춘을 불태우지 않았던가. 명치정부는 그의 손에서 이루어진 것이나 다름없다. 네 번에 걸친 총리대신이 이를 입증하고도 남는다.

"이제 시작에 불과해……."

이토 히로부미는 거듭거듭 다짐을 한다. 조선을 집어삼키고 만주를 장악하여 중국 대륙을 수중에 넣을 수만 있다면 자신이 구상하는 대동아공영권大東亞共榮圈의 밑그림이 그려지게 된다. 하세가와 대장은 이토 히로부미의 굳은 표정이 배정자의 유배에서 비롯되는 것으로 착각한다.

"각하, 너무 심려 마십시오. 다야마 사다코 상은 곧 방면될 것으로 확신하고 있습니다."

하세가와 대장의 아첨을 들으면서 이토 히로부미는 호탕하게 웃는다.

"허허허. 염려될 게 무에 있어. 그 아이가 유배된 곳도 이젠 우리 일본 땅이 아닌가?"

"아, 예. 각하."

하세가와 대장은 이토 히로부미의 대범한 마음 씀에 경탄을 아끼지 않는 듯 머리를 숙여 보인다. 더구나 배정자가 부처되어 있는 부산 앞바다의 작은 섬 절영도絶影島를 일본영토라고 하질 않았는가. 이토 히로부미는 차창으로 눈을 돌리며 흘러가는 풍경을 입에 담는다.

"아름다운 강산이야, 그렇지 않은가?"

하세가와 대장은 큰 소리로 대답했다.

"그렇습니다. 각하!"

"면암 최익현은 어찌 지내고 있던가?"

하세가와 대장은 긴장하지 않을 수가 없다. 이토 히로부미는 면암 최익현을 입에 담을 때마다 그로 인해 하세가와 대장이 난감하게 될 것이라는 점을 상기시키지를 않았던가.

"충청도 정산 사저에 연금 상태로 보호하고 있습니다."

"면암을 연금한다."

이토 히로부미는 자못 흥미롭다는 듯 중얼거린다. 그는 조선의 문제가 거론될 때마다 대안문 앞에서 상소를 올리던 면암 최익현의 모습을 상기하였고, 그런 기개가 조선이라는 나라를 장장 5백년 동안이나 살아남게 하였다고 믿게 되었다. 그러므로 이번 일도 면암과 같은 조선 선비들의 저항을 무마하는 것을 현책으로 믿고 있었다.

이토 히로부미를 태운 열차는 종착역인 남대문역으로 들어섰다. 역사를 나서던 이토 히로부미는 일사불란하게 도열한 일본 군의 위용에 다시 한 번 감격한다. 용산에 주차하고 있던 일본군 기병대와 보병대 수백 명이 착검한 총을 들고 삼엄한 경계에 임하고 있었기 때문이다.

"허허허. 칼날 같은 규율이군……! 훌륭하지 않은가……!"

이토 히로부미는 하세가와 대장을 격려하면서 함박 같은 웃음을 입가에 담았다. 이만하면 고종황제가 기거하는 경운궁의 장악도 얼마든지 가능하겠다는 확신이 선 때문이기도 하였다. 게다가 병력 뒤에 운집한 일본인들의 곁에는 상당수의 조선인의 인파도 함께 있었다. 놀랍게도 그들 또한 일장기를 흔들고 있었다.

이토 히로부미는 흡족해하는 표정으로 하세가와 대장에게 물었다.

"허허허, 저기 조선인들까지 일장기를 흔들고 있지를 않나."

"동양 삼국의 평화와 안정을 도모하기 위해 각하께서 입경하시는 것으로 알고 있기 때문이 아니겠습니까."

"허허허, 그렇다면 더욱 재미있는 일이 아니겠나……."

하세가와 대장은 이토 히로부미가 한 말의 뜻을 이해하지 못하는 듯 고개를 갸우뚱거렸다.

"허허허, 이제 저들의 숨통까지 내 손아귀에 있게 되었어."

"아……, 예. 그러고 보니, 허허허."

이토 히로부미는 일장기를 흔드는 민간인들에게 손을 흔들어 보이면서 마차에 올랐다. 일본군 기마병들이 마차를 호위하면서 움직이기 시작했다. 도열한 일본군 헌병들이 앞에총 자세로 이토 히로부미가 탄 마차를 향해 경의를 표했다.

충청도 정산에 있는 면암 최익현의 거택은 일본군 헌병들에게 둘러싸인 채 겨울을 맞았다.

급변하게 돌아가는 도성 소식을 아주 모르고 지내는 것은 아니지만, 포천에 기거하면서 도성 출입을 자유롭게 하던 때와는 사뭇 달랐다.

밤이 되면 최익현은 손자 원식의 손을 잡고 후원을 거니는 것을 하루의 마지막 일과로 삼았다. 원식의 학문을 떠볼 수가 있어서 좋았고, 티 없이 맑은 소년의 가슴에 호연지기를 심어 주는 것도 즐거운 일이었다.

"할아버지."

면암 최익현은 손자의 얼굴을 바라본다. 원식은 부쩍 자라서 훤칠한 청년처럼 보일 때도 있었다.

"오냐."

"별빛이 너무도 아름답습니다."

그제야 최익현은 손자 원식의 시선이 머문 곳을 쳐다보았다. 하얀 미리내가 구름처럼 흘러가고 있었고, 수많은 별들이 반짝이는 평화롭고 아름다운 우주가 끝없이 펼쳐져 있었다.

"그렇구나. 별들은 언제나 제자리에서 빛을 내뿜고 있는 게지. 그게 바로 하늘의 이치이자 섭리가 아니겠느냐."

"……."

원식의 눈빛이 별처럼 빛나는 것을 최익현은 보았다. 그 눈빛처럼 맑은 마음에 휘어지지 않는 호기를 심어 주고 싶었다.

"저 빛은 말이야……, 하늘에만 있는 것이 아니라 네 마음속에도 있느니라."

"할아버지, 그 빛을 소손도 볼 수가 있사옵니까?"

"암, 있다마다. 네가 그 빛을 깨달으면 그 빛을 보게 될 것이야. 밝고 바른 너의 빛……. 그 빛을 많은 사람들에게 보여 주어야 하느니라."

원식은 감동한 눈빛으로 할아버지 최익현의 얼굴을 바라보았다. 밤바람에 나부끼는 하얀 수염이 오늘따라 무척 아름답게 느껴졌다. 최익현은 무엇을 생각했는지 원식의 나이를 물었다.

"원식의 나이 올해 몇이던고?"

"열넷이옵니다."

"오, 그래 허허허. 하면 이 할아비 나이도 아느냐?"

"일흔셋이옵니다."

"허허허. 네 나이를 보아도 그렇고, 이 할아비 나이를 보아도 이젠 장가를 가야 하질 않겠느냐?"

열네 살, 혼인 얘기를 입에 담는다 해도 이상하게 여길 나이는 아니다. 그러나 원식은 얼굴을 새빨갛게 물들이면서 말까지 더듬었다.

"다, 당치 않으시옵니다. 소손은 더 부지런히 학문을 익히고 싶사옵고 또한……."

"허허허, 이런 녀석을 봤나. 학문이야 장가를 가서도 얼마든지 익힐 수가 있지를 않더냐. 그래서 학문을 일러 평생의 동반이라고도 하는 것이야."

원식의 얼굴은 홍옥처럼 붉어진 채 식어들지를 않는다. 그리고 가슴이 쿵쾅거렸다. 이날을 기점으로 원식의 혼인 얘기는 기정사실로 굳어졌다. 최익현이 아들 영조를 불러 당부했기 때문이다.

"원식의 혼처를 수소문해 주었으면 좋겠구나."

"아버님, 아직은 어리옵니다. 이제 겨우 열넷인 것을요."

"허허허. 내가 장가든 때를 생각하면 될 것이요, 또한 네가 아내를 맞은 때를 생각하면 될 것인데 무엇이 어리다는 게야?"

최영조는 아버지 최익현의 말에 꼬리를 다는 법이 없었다. 최익현은 한번 뱉은 말은 언제나 몸소 실행하는 모범을 보여 오지 않았던가.

면암 최익현이 아들 영조를 불러 손부가 될 규수를 수소문해 보라고 했다면 그것은 그대로 진행되는 것이 최익현가의 법통이었으나, 최영조는 어쩐지 이 일만은 뒤로 미루고 싶었다. 총명한

원식이 보다 더 성숙해지는 것을 보고 싶었기 때문이다. 혼인은 그 후에 논의해도 늦지 않을 것이 아니겠는가.

최영조는 어머니 한씨를 동원해서라도 원식의 혼인만은 뒤로 미루고 싶었다. 천만다행으로 아내 임씨도 적극적으로 동조해 주었다. 두 사람은 어머니 한씨의 거처로 갔다. 최익현에게는 물론 원식에게도 알려서는 안 될 일이기 때문이다.

최영조는 원식의 혼사에 대한 아버지 최익현의 하명을 한씨에게 전하면서 조심스럽게 구원을 청했다.

"어머님, 아직은 어린 나이가 아닙니까. 원식의 혼인 일을 어머님께서 좀 말려 주셨으면 합니다."

한씨는 마음이 편치 않음을 굳이 숨기려 들지 않았다.

"정녕 아버님의 의중을 몰라서 하는 소리냐?"

"의중이라니요? 어머님과는 의논이 계셨다는 말씀입니까?"

한씨는 한숨을 푹 내쉬면서 중얼거렸다.

"아무래도 멀리 떠나시려나 보다."

"……!"

최영조는 가슴이 철렁 내려앉는 듯했다. '아, 그런 아버지의 내심을 왜 몰랐다는 말인가. 어찌하여 이리도 한심한 자식이 되었다는 말인가.' 며느리 임씨도 깜짝 놀라긴 마찬가지였다.

"어머님, 아버님이 떠나시다니요?"

한씨는 이미 마음을 정리한 듯 비장하게 말했다.

"그 어른의 한평생이 오직 위정척사로 일관하셨고, 오직 나라를 걱정하는 일로 일관하셨는데……."

한씨는 영조와 임씨를 번갈아 보면서 비장한 어조로 말을 이었다.

"어린 손자의 짝을 지어 놓아야 그나마 후회 없이 떠나실 수 있겠다는 생각이 아니시겠느냐? 집안의 대를 이어 놓고서야 저 세상에 가셔도 조상님 뵈올 면목이 서실 게 아니더냐."

"……!"

임씨의 눈에서 눈물이 주룩 흘러내렸다. 며느리 된 소임, 어미 된 소임을 소홀히 한 가책의 눈물일 것이었다. 한씨는 영조를 가까이 불렀다.

"애비야."

"예, 어머님."

"서둘러 원식의 혼처를 수소문하도록 해라. 그것이 떠나시는 아버님의 심려를 덜어 드리는 일일 것이니라."

최영조는 눈물을 참으며 고개를 숙였다.

"예, 어머님."

한씨는 눈시울을 붉히며 마지막 말을 입에 담는다.

"이제 되었다. 너희들이 할 일을 일러 주었으니 내 소임도 다 한 것 같구나."

어머니 한씨의 방을 물러 나오던 최영조와 임씨는 혼자 마당에 서 있는 아버지 최익현의 모습을 발견하고 걸음을 조심했다.

면암 최익현은 유독 밝은 빛을 뿜어내는 북극성을 눈이 시리도록 지켜보고 있었다.

11월 10일, 여명이 비치자 일본군의 대규모 작전이 시작되었다. 용산 사령부에서 출발한 기병대와 보병대 뒤를 포병대가 따랐다. 기병과 보병은 곧장 경운궁을 포위하였고, 포병대는 포대를 남산과 남대문 근처에 설치했다. 경운궁을 지키는 조선군 수비대는 일본군의 규모에 놀라 제대로 저항 한번 해 보지 못한 채 궁문을 열어 준다.

일본군 보병은 경운궁의 각 문과 주요 전각을 점령하듯 배치되어 진지를 구축한다. 그리고 중화기를 설치한 채 다음 명령을 기다렸다. 기병대는 대안문 앞에 도열했다. 포병대는 포신을 일제히 경운궁 전각으로 향해 방렬해 놓았다.

눈 깜짝할 사이에 대한제국의 주 궁인 경운궁이 일본군의 손아귀에 들어가고 말았다. 병력 배치가 끝났다는 소식이 조선군 사령부로 날아들자, 이토 히로부미는 기다리고 있었다는 듯 마차에 올랐다. 사이드카와 기병, 보병의 철통같은 호위를 받으며 이토 히로부미를 태운 마차는 시가행진을 하듯 유유히 경운궁으로 향했다.

뭔가 엄청난 일이 터질 것만 같다는 풍설은 도성 안을 들끓게 했다.. 젊은이들과 유림들이 경운궁 앞으로 몰려들고 있었어도 이미 철통같은 진지를 구축하면서 물샐틈없는 경계를 펼치고 있는 일본군의 위세 때문에 대안문 가까이로는 접근조차 하질 못했다.

이토 히로부미를 태운 마차가 위풍당당하게 대안문 앞에 당도했다. 일본군 헌병들이 대안문 안팎에 도열하는 것이 보였다. 이토 히로부미는 마차에 탄 채 대안문 안으로 사라진다.

"쯧쯧쯧……, 충신들은 모두 어딜 가고 매국하는 허깨비만 남았누……!"

"죽어야지, 너나 할 것 없이 모두 죽을 수밖에 없어!"

탄식이 국란을 극복했다는 기록은 아직 없다. 침략자를 깨부수는 일은 싸워서 이기는 길이 있을 뿐이다. 그러나 경운궁을 눈물로 지켜보는 조선 사람들, 그들에게는 이미 싸울 힘이 없었다.

이토 히로부미의 당당한 행보는 고종황제의 접견실 앞에서 멈추어 섰다.

"폐하, 이등 공작 입시옵니다."

내시 김한주는 이토 히로부미의 작위爵位를 불렀다. 공작公爵은 공公, 후候, 백白, 자子, 남男 다섯 종류의 작위 중에서도 으뜸이어서 가장 앞자리다. 그러나 이토 히로부미는 특명전권대사라는 직함을 부르지 않은 것에 대해 입맛을 다시면서도 개의치 않는다. 문이 열리면서 궁내부대신 이재극이 나왔다.

“어서 오십시오, 각하.”

“허허허, 오랜만이외다. 궁내부대신께서도 무량하셨겠지요.”

“드시지요.”

이재극은 이토 히로부미와 사담을 나눌 생각이 전혀 없었다. 오늘 고종황제를 배알하고 무슨 애기를 나눌 것인지를 짐작하고 있었기 때문이다.

이토 히로부미는 이재극의 면전에다 헛기침만 남겨 놓고 고종황제의 접견실로 들었다. 고종황제의 뒤에는 민영환이 서 있었고, 이토 히로부미가 들어서자 이재극도 민영환의 곁에 가서 나란히 섰다. 물론 이토 히로부미의 수행원으로 하세가와 대장과 하야시 공사가 배석하였다.

“폐하, 문후 여쭈옵니다.”

이토 히로부미는 정중하게 허리를 굽혀서 조선 국왕을 배알하는 예를 올리고, 명치천황의 친서를 전했다.

고종황제와 이토 히로부미가 대면을 한 것은 이번이 세 번째다. 1898년 이토 히로부미는 경부철도 부설권을 따내기 위해 조선을 방문했었다. 내각총리대신 자격으로 온 이토 히로부미는 그때도 고종황제를 회유하고 강압하여 소기의 목적을 달성하고 돌아갔었다. 두 번째는 제1차 한일협정이 조인된 1904년이었다. 그때도 그 조약의 내용에 대해 대한제국 황실을 위로한다는 구실로 특별히 파견된 대사 자격으로 방문했으나, 사실은 조약의 내용에 대한 대한제국 정부와 백성들의 반응을 정탐하러 온 것이었다. 그때 이토 히로부미는 고종황제의 완강한 저항을 보면서 격노한 일까지 있었다. 어디 그뿐이던가. 귀로에 오른 남대문역에서는 이창준의 저격을 받아 죽을 고비까지 맞았었다. 천만다행으로 총탄이 어깨를 스치고 깨진 유리 파편에 맞아 귀국을 며칠 연기하는 정도에서 큰 액운을 모면했었다. 그리고 이번이 그에게는 세 번째지만 조선의 외교권을 박탈해야 하는 막중한 책임이 주어져 있었다.

고종황제는 명치천황이 보냈다는 친서를 읽으면서 일본의 간교함과 침략의 개요를 간파했다. 고종황제는 친서를 읽고 나서 이토 히로부미의 얼굴을 뚫어질 듯이 쏘아보았다. 지난번 만났을 때의 악몽이 되살아나는 모양이었다. 그러나 이토 히로부미는 노련했다.

"폐하, 저도 지난번 폐하의 명을 받들어 다야마 사다코 편에 우리 일본국의 희망을 적어 올린 바가 있사옵니다만……, 폐하께서는 폐하의 당부를 충실하게 받든 사다코에게 유배령을 내리는 것으로 묵살하셨사옵니다. 하오니 지금 폐하께서는 저희 천황폐하의 친서를 보시면서 그때 제가 올린 진언과 조금도 다름이 없음을 충분히 헤아리셨을 것으로 압니다."

고종황제는 헛기침을 토하는 것으로 이토 히로부미의 말을 외면하려 했고, 이재극과 민영환은 또 지난번과 같은 언쟁이 있을까 몸 둘 바를 몰랐다.

"폐하, 저희 일본국의 생각은 앞으로도 변하지 아니할 것이기에, 지금 폐하께서 하실 일은 저희 일본국과 제2차 한일협약을 체결하는 것이 급선무임을 유념하소서."

하세가와 대장과 하야시 공사는 이토 히로부미의 강경한 자세에 용기백배하고 있었으나, 이재극과 민영환은 고종황제의 강력한 반응을 기다리면서도 초조해지는 마음을 추스를 수가 없었다.

이윽고 고종황제가 입을 열었다. 조용한 옥음이었으나 누가 들어도 단호한 의지가 배어 있었다.

"짐은 일본국이 이 나라에 대해 보호정치를 하겠다는 풍문은 들은 바가 있었으나……, 아직 단 한시도 그것을 믿은 적은 없었소."

이토 히로부미는 어이가 없다는 투로 반문했다.

"하오시면, 폐하께오서는 세계정세도 외면하시겠다는 어의십니까!"

고종황제는 눈을 감는다. 노기를 삭이고 있음이 아니겠는가. 그런 시간이 얼마나 흘렀을까. 고종황제가 눈을 떴다. 그리고 이토 히로부미를 똑바로 쏘아보며 말했다.

"한일의정서에 적혀 있는 바와 같이 짐은 대한제국의 독립을 보장한다는 일본국이 약속을 지킬 것이라고 믿고 있기에……,

또 다른 의정서에 조인하자는 공작의 요구를 매우 해괴하게 생각하고 있소."

이토 히로부미는 뜨끔하지 않을 수가 없다. 고종황제는 일본국의 요구가 국권을 박탈하고자 하는 마각임을 꼬집고 있었기 때문이다.

"그 요구는 내 요구가 아니라, 우리 천황폐하의 요구임을 아셔야 할 것이며……, 또한 세계의 열강들이 한결같이 바라고 있는 대세임을 폐하께서는 명심하셔야 할 것으로 아옵니다."

"세계가 바란다고 했는가?"

"당연하지요. 포츠머스 조약이 이를 입증하지 않습니까?"

고종황제는 반격을 이어가지 못했다. 러일전쟁 이후의 세계 정세를 정확히 파악하고 있지 못한 탓이었다. 이토 히로부미는 명치유신 이후 수많은 협상에 임해 본, 그야말로 일본 최고의 정치가가 아니던가. 그런 이토 히로부미가 약점을 보이기 시작하는 고종황제를 그냥 둘 까닭이 없다.

"폐하께서는 누구의 도움으로 옥좌에 계시며, 대한제국은 어느 나라의 후원을 받으면서 국권을 유지하고 있는지를 정녕 모르신다는 말씀입니까!"

고종황제는 소름 끼치는 전율에 젖어들 수밖에 없다. 황제의 용안은 하얗게 바래지고 있었다. 이토 히로부미는 회심의 미소를 지으며 덧붙여 말했다.

"만약 폐하께서 이를 허락하지 않으신다면……, 그로 인해 일본 정부에서 또 다른 단안을 내리게 된다면, 물론 대한제국의 앞날은 보장될 수 없을 것으로 압니다. 따라서 폐하께서는 서둘러 용단을 내리는 것으로 모든 불이익을 털어 내야 할 것으로 압니다."

고종황제는 막다른 길에 몰리고 있음을 자각한다. 그러나 벗어나야 한다. 적어도 오늘만이라도 이토 히로부미를 경운궁에서 쫓아내야 한다. 그것이 조선 백성들의 열망임을 믿었기에 안간힘을 쓰듯 입을 열었다.

"먼 옛날부터 우리 조선은 나라에 어려운 일이 있으면 조정의 대신들은 물론, 하야한 원임 중신들과 유림의 뜻을 물어서 결정해야 하기에 짐이 혼자서는 대답할 수 없는 일이오. 이 점 각별히 유념해 주었으면 좋겠소."

고종황제의 말이 끝나기가 무섭게 하세가와 대장이 눈을 부릅뜨며 크게 헛기침을 한다.

"허험!"

웬 말이 그리 많으냐는 식의 위협이 분명하다. 순간 시종무관장 민영환과 궁내부대신 이재극은 동시에 하세가와 대장을 노려본다. 그런데도 이토 히로부미는 체머리를 흔들며 혀를 찬다.

"쯧쯧쯧. 참으로 딱하지 않습니까, 폐하. 다야마 사다코는 폐하의 어명을 받들어 내 친서를 가지고 온 사람인데, 그녀를 부처

할 때는 폐하 독단으로 결정하시지 않으셨습니까? 또 대한제국은 황제가 다스리는 나란데 대체 누구와 의논을 하신다는 말씀이오이까! 황제의 단안으로 모든 것이 정해지는 것이 대한제국의 법도가 아니오이까!"

시종무관장 민영환은 더 참지를 못했다. 이토 히로부미의 언동은 국제관례를 무시한, 그야말로 안하무인 격인 협박이 아니고 무엇인가.

"전권대사의 언동이 심히 무례하지를 않소. 대사는 폐하께서 임석하신 어전에 서 있음을 명심하시오!"

"허허허. 좋아요, 삼가지요. 다만 제2차 한일협약은 반드시 체결되어야 하는 절체절명의 안건임을 알아 주신다는 전제가 있어야 할 것이오."

"……!"

고종황제는 견딜 수 없는 굴욕감에 빠져든다. 배석한 이재극, 민영환은 고종황제의 힘이 되어 드리지 못하는 것이 통한에 사무칠 따름이다. 그것은 기우는 국운 앞에서 무력해질 수밖에 없는 자신들의 처지를 확인하는 일이기도 했다. 그러나 하세가와 대장과 하야시 공사는 이토 히로부미의 의연하고 당당한 모습에서 자신들 또한 그와 같은 일본인이라는 사실에 뿌듯한 자부심을 느끼고 있었다.

이토 히로부미는 쐐기를 박듯 다시 부연했다.

"폐하, 이 조약의 체결을 끝까지 윤허하지 않으신다면……, 그 모든 책임을 폐하께서 지시게 될 것이옵니다."

"공작은 말을 삼가라!"

고종황제는 탁자를 내리치면서 옥음을 높였으나, 이토 히로부미의 방자함은 수그러들지 않는다.

"폐하, 다시 한 번 진언드립니다만, 이 조약은 더 이상 지체할 수 없는 사안임을 유념하소서. 서둘러 결단하지 않으신다면 그만큼 더 큰 후회를 남기게 될 것임도 또한 유념하소서."

이재극과 민영환은 입술을 물었다. 대한제국의 마지막 순간이 눈앞에 와 있다는 생각으로 심장이 멎을 지경이었다. 그때 고종황제의 단호한 옥음이 들렸다.

"짐은 차라리 종사에 목숨을 바칠지언정 결단코 허락하지 않을 것이니 그리 알고 돌아가시오!"

"아……!"

이토 히로부미는 전혀 예상치 못한 고종황제의 답변에 이만저만 놀란 게 아니었다. 그는 벌떡 몸을 일으켰다. 뭔가 소리칠 태세였으나, 조용히 눈을 감으면서 격해진 숨결을 고르고 있다.

이재극과 민영환은 꿈인지 생시인지를 구별할 수가 없었다. 이 몇 년 동안 고종황제의 비답 중에서 이만큼 단호한 것이 있었던가.

이토 히로부미는 자리에 앉으면서 소리쳤다.

“폐하!”

“짐의 마음은 변하지 않을 것이오!”

고종황제는 조용히 자리에서 일어선다. 그리고 어보를 옮겨 협문으로 향한다. 이재극과 민영환도 바삐 뒤따랐다. 하세가와 대장이 민영환을 불러 세웠다.

“이보시오, 시종무관장 각하.”

민영환이 일그러진 얼굴로 돌아섰다.

“다야마 사다코를 방면하지 않는다면 우리가 가서 데려오겠소!”

“아니 저자가……!”

민영환이 하세가와 대장을 향해 발걸음을 옮겨 간다. 이재극이 재빠르게 민영환을 낚아채면서 말했다.

“참으시오, 시종무관장……!”

민영환은 가쁜 숨을 몰아쉬며 씨근거렸다. 하세가와 대장의 입가에 쓴웃음이 돌았다.

“허허허, 이거야말로 기고만장이군……. 시종무관장, 다야마 사다코를 석방하시오. 그것이 이토 각하의 심기를 바로 모시는 일임을 안다면 지체 없이 실행하시오. 알겠는가!”

민영환은 몸을 움직이지 못한다. 이재극의 눈언저리가 젖어 들고 있었다.

“각하, 그만…….”

하세가와 대장은 이토 히로부미에게 다가서면서 그만 돌아갈 것을 진언한다. 이토 히로부미는 무슨 소린지 알 수 없는 신음 소리를 중얼거리면서 몸을 돌린다. 빠른 걸음이었다. 하세가와 대장과 하야시 공사도 찬바람을 일으키며 방을 나갔다.

협실로 물러난 시종무관장 민영환은 털썩 무릎을 꿇으며 통곡했다. 이토 히로부미의 동태로 미루어 본다면 그들이 획책하는 조약은 강제로라도 체결될 것이라는 불길한 생각이 들어서였다.

손탁 호텔로 돌아온 이토 히로부미는 하야시 공사를 따로 불러 호된 꾸지람을 내렸다.

"도대체 일을 어찌 처리했기에 황제의 언동이 저 모양이야. 그동안 공사가 한 일이 대체 뭐야! 2차 한일협약에 대해 사전작업을 모두 마쳤다고 호언장담하더니, 대체 이게 무슨 꼴이야!"

하야시 공사는 모진 책망을 들은 사람 같지 않게 오히려 자신감이 넘쳐 보였다.

"심려를 끼쳐 드려 죄송합니다. 하나 오늘 각하의 말씀으로 한일협약의 체결이 움직일 수 없는 천하의 대세임은 충분히 전달되었고……."

"허어, 조선 황제의 언동을 보고서도 그런 말을 하는가!"

"조선 황제의 의중은 당연히 그렇게 반영되어야 옳은 것이며……."

"공사는 무슨 잠꼬대 같은 소리를 하려는 게야!"

"각하, 어차피 조선 정부의 각의에서 결의될 일입니다. 이제 남은 일은 대한제국의 대신들을 인견하시고 일의 마무리를 지으신다면 그 뒤는 일사천리로 진행될 것으로 사료되옵니다."

"마무리……, 마무리라 하였는가?"

"그러하옵니다. 지금 외부대신 박제순을 일본 공사관으로 불러 놓았사옵니다. 각하께서 차후에 그를 한번 다독여 주셨으면 하옵니다. 그리고 다른 대신들도 대부분 각하의 뜻에 따라 움직일 것이옵니다. 참정대신 한규설과 민영기, 이하영이 문제이긴 합니다만, 나머지 다섯 명만으로 충분히 가결될 수가 있지를 않겠습니까."

"확신하는가?"

"물론 확신하고 있습니다."

그제야 이토 히로부미는 고개를 끄덕였다. 하야시 공사의 어투가 너무도 단호해서였다.

제2차 한일협약은 흔히 우리가 말하는 '을사늑약乙巳勒約(이른바 을사조약)'을 의미한다. 결과적으로 을사조약이 체결되면서 대한제국은 외교권을 박탈당하게 되었고, 조선통감부朝鮮統監府가 설치되면서 대한제국의 정부는 그 명맥만 유지될 뿐 허수아비 신세로 전락하게 된다. 물론 초대 조선통감의 자리는 이토 히로부미에게로 돌아가게 된다.

대한제국의 통치권이 송두리째 조선통감 이토 히로부미의 손아귀에 들어가는 이 망국의 소용돌이를 겪으면서도 대한제국의 대신들은 참담하게도 친일 쪽으로 기울어지고 있었다.

"공사의 말대로라면, 아무 불상사 없이 일이 잘 마무리될 수 있겠군."

마치 하늘과도 같은 이토 히로부미의 다짐에도 하야시 공사의 대답에는 자신감이 넘쳐흐르고 있었다.

"그러하옵니다."

"차후의 계책은?"

하야시 공사의 대답에는 막힘이 없었다. 그는 준비에 준비를 거듭한 사람처럼 정연한 논리를 펼쳐 나갔다.

"곧 대한제국의 대신들을 일본 공사관으로 불러 연금 상태에서 일을 추진하겠습니다."

"연금……?"

"그렇습니다. 연금 상태에서 모든 결의를 재확인해야 하는 것은 어전회의에서의 반동적인 발언을 차단하기 위해서도 불가피합니다. 다만 하세가와 사령관님의 적극적인 협조가 필요할 것으로 생각됩니다."

"그 점은 걱정 말도록."

"고맙습니다, 각하."

하야시 공사는 상체를 깊이 숙여 보였다. 이토 히로부미는 만족감을 표시하면서도 마음 한구석이 비어 오고 있음을 감지했다. 구차한 절차에 대한 불만일 것이었다. 이토 히로부미는 러시아를 물리친 일본제국의 국력에 자부심을 두고 있었다. 고종황제가 기거하는 경운궁을 무력으로 장악하는 일은 식은 죽 먹기보다 쉽다. 그때 조선 대신 누군가가 나서서 일본군에 협력하겠다는 의사만 밝혀 준다면 합법을 가장할 수도 있을 것이 아니겠는가. 그러나 단순히 무력만으로 대한제국과의 합병을 선언한다면 세계의 여론을 설득할 명분이 없으며, 또 조선 민중들의 저항도 감당하기 어려워진다. 임오군란·동학혁명 등 의병활동에서 본 조선인의 폭발력을 이토 히로부미는 잘 알고 있다. 이런 모든 점을 감안한다면 하야시 공사의 계책을 따를 수밖에 없다.

"협약이 타결된다 하여도 국새國璽(나라를 대표하는 도장)가 있어야 하질 않겠나?"

이토 히로부미는 노회하다. 따라서 앞뒤의 일을 감안하는 용의주도함도 나무랄 곳이 없다. 각의가 열리더라도 찬성하는 대신과 반대하는 대신이 있게 마련이다. 설혹 찬성하는 대신들의 의사에 따라 '한일협약'이 체결된다고 하더라도 대한제국 황제의 옥새가 있어야 한다. 옥새가 찍히지 않은 문서는 그 효력이 발생될 수 없기 때문이다.

하야시 공사의 대답은 명쾌하게 준비되어 있었다.

"그 점은 심려하실 일이 아닙니다. 이미 궁내부의 관원 몇 사람과 내시 등의 협력을 확약 받아 두었습니다."

"훌륭한 계책이야. 마음에 들어……. 허허허."

이토 히로부미는 비로소 너털웃음을 웃었다. 하야시 곤스케의 발 빠른 조처가 마음에 들어서였다.

바람이 불 때마다 낙엽이 따라서 굴렀다.

면암 최익현이 기거하는 정산 사저의 마당에 초례청이 차려졌다. 손자 원식이 혼례를 올리는 날이다. 신부는 원식보다 한 살 아래인 열세 살……, 안동 김씨 가문의 규수였다.

"신랑 배례……."

혼례를 집행하는 집사의 맑고 긴 목소리가 울렸다. 사모관대로 성장한 원식이 초례상 너머에 선 신부를 향해 절을 한다. 나이답지 않게 의젓한 모습이면서도 얼굴에는 장난기가 있다. 구경하는 유림들도, 젊은 문도들의 얼굴에도 함박웃음이 묻어난다.

정산 사저를 경비하는 일본군 헌병들도 예외는 아니었다. 그들은 이미 푸짐한 혼례 음식을 배불리 먹었고, 유학의 나라 조선의 혼례풍경에 넋을 잃고 있었다. 그러나 면암 최익현의 마음은 편하지 않았다. 손부를 맞아들이면 마음 놓고 떠날 수 있겠다는 생각……, 그런 면암 최익현의 마음을 알고나 있다는 듯 세상은 날로 어지러워지고 있었다.

사랑채를 돌아 나오는 최영조의 발걸음이 아무래도 심상치가 않다. 그는 아버지 최익현의 가까이로 다가서면서 급하게 귀엣말을 했다. 면암 최익현의 놀라움은 이만저만 큰 것이 아니었으나, 주의를 의식해서인지 동요되는 기색을 애써 숨겼다.

"그애들은 어디에 있더냐?"

최영조는 아무 말 없이 발걸음을 옮긴다. 면암 최익현은 행여라도 주위 사람들이 눈치챌세라 조심스럽게 아들 영조의 뒤를 따랐다. 곤두박질치는 가슴의 고동을 좀처럼 진정할 수가 없었다. 최영조의 방에서는 문흥식과 정시해 등이 박상인의 이야기를 듣고 있었다. 박상인은 최근의 도성 소식을 전하려고 한성에서 단걸음에 내달려 온 터였다.

면암 최익현이 방으로 들어서자 젊은 문도들이 몸을 일으키려 했다.

"됐다. 그냥 앉아라!"

면암 최익현은 좌정과 동시에 다급하게 물었다.

"이등 그자가 또다시 폐하를 협박하다니, 대체 그게 무슨 소리야!"

박상인은 반절로 간략한 인사를 차리고, 격앙된 목소리를 토해 내기 시작했다. 엄청난 내용이었다.

"이등이란 자의 오만방자함을 접하신 폐하께서 어떤 강압에도 굴하지 아니할 것이며, 어떤 협약에도 응할 수 없다는 어의를 분명히 하셨다고 하옵는데……."

“오, 폐하께오서…….”

면암 최익현의 감격은 잠깐을 이어가지 못했다. 박상인의 다음 얘기가 피를 끓게 했기 때문이다.

“이에 이등은 감히 언성을 높이는 무례를 저질렀을 뿐만 아니라, 배정자를 즉시 방면하지 않는다면 더 큰 불이익을 당하게 될 것이라는 등 갖가지 망언까지도 서슴지 않았다고 하옵니다.”

“……!”

면암 최익현의 수염발이 부르르 떨린다.

“또 조선의 대신들을 모두 일본 공사관에 연금한다는 풍설이 자자하옵고……, 목멱산^(남산의 옛 이름) 포대에 설치된 대포는 모두 경운궁을 향하고 있다 하옵니다.”

면암 최익현의 얼굴이 창백하게 바래지면서 불끈 두 주먹을 쥐며 부르르 몸을 떨었다.

“그자들이 기어이 일을 저지르는구나!”

정시해가 몸을 숙이며 말했다.

“대감, 급기야 저들의 마각이 드러났사옵니다. 더 이상 묵과해서는 아니 되옵니다. 저희들이 나서서라도 위태로워진 종사를 구하고, 갈피를 잡지 못하는 백성을 살려야 하지 않겠사옵니까. 대감, 의병을 모으는 기병소^{起兵蔬}를 초해 주소서.”

정시해의 결기를 뒷받침하는 문흥식의 목소리는 이미 물기에 젖어 있었다.

"그러하옵니다, 선생님. 저들 오만하고 방자한 왜적들의 무법 천지를 내버려 둔다면, 미구에 5백년 사직이 초토가 될 것이옵니다. 선생님, 앞장은 저희들이 서겠습니다. 원컨대 저희들이 해야 할 일을 하명해 주소서!"

온 방 안은 무겁고 답답한 침묵 속으로 잠겨들고 있다. 박상인과 정시해의 타는 듯한 결기가 있었어도 면암 최익현의 안색에는 변화가 없었기 때문이다. 그리고 얼마의 시간이 흐르자 면암 최익현이 입을 열었다.

"지필묵 차비하렷다."

정시해가 몸을 일으켜서 최영조가 쓰는 연상을 대령했다. 먹 향기가 방 안 가득 번져 나갔다.

"그래, 배정자라는 요물은 방면이 되었다더냐?"

"조선 조정에서 방면하지 않으면, 일본 헌병들이 절영도에 가서 데려오겠다고까지 협박했답니다."

"뭐가 어째?"

면암 최익현의 노성일갈이 비명처럼 울렸다.

배정자는 길게 울리는 기적 소리를 들으면서 청색 벨벳 의자의 등받이에 몸을 의지했다. 부산 앞바다에 떠 있는 절영도에 마쓰모토 헌병대위가 나타난 것은 오늘 아침이었다.

"사다코 상, 방면을 축하드립니다."

“방면……?”

“그렇습니다. 이토 각하의 불호령에 조선 조정이 아주 쑥밭이 되었다고 들었습니다.”

배정자는 마쓰모토 대위의 언동이 마음에 들지 않았다. 전형적인 일본군인임을 빙자해 말끝마다 조선인을 비하하는 행위, 그런 행위가 이토 히로부미에게 충성을 하는 일이라고 착각하는 천박함이 마음에 들지 않는다.

“방면을 알리는 일은 조선 관리의 몫이 아닌가요?”

“아, 선창까지 오긴 했으나 접근을 허락하지 않았습니다.”

준비해 온 드레스 차림으로 옷을 바꿔 입으면서도 배정자는 마쓰모토 대위에게 향한 반감을 풀지 못했다.

부산역에서 기차에 오를 때도 마쓰모토 대위는 과잉 충성으로 일관했다.

“시생이 특실객차에 동승하여…….”

“아니에요, 괜찮아요.”

배정자는 차가운 목소리로 마쓰모토 대위의 후의를 무시하고 일반객차로 몰아냈다. 그 일이 마음에 걸리는지 배정자의 마음은 개운치 않았다.

이정순이 배정자에게 다가앉으며 말을 걸었다.

“이모……, 은영이 아시죠?”

“은영이, 김은영. 왜?”

“글쎄, 시집도 안 간 것이 앨 뱄나 봐요.”

배정자는 누구의 아이냐고 묻고 싶었다. 지난해던가, 누군가의 아버지가 헌병이 쏜 총에 맞아 죽었다면서 보상금 운운하며 애원하던 김은영의 모습이 아직 기억에 남아 있어서였다. 그러나 배정자는 묻지 않았다.

“이달이 산월이라는데, 애기 아버지는 죽었구요.”

“아버지가 곡물상을 한다더니?”

“곡물상은 망해서 남의 손으로 넘어갔고, 아버지는 이민선 타고 멕시코 갔대요. 그래서 지난번에 경성에 갔을 때, 쌀 한 가마니 보내 줬어요.”

“쌀? 얘가 미쳤나?”

정순은 정색을 하고 말했다.

“은영이는 만삭이 돼서 거동도 제대로 못하고 있고, 걔 어머니는 날품을 팔아 살고 있더라고요. 겨우 입에 풀칠할까 말까, 그러잖아요. 너무 안됐어서…….”

“너 언제 정신 차릴 거니. 이모가 말했지? 조선 애들하고 어울리지 말라고……. 쌀 한 가마니가 아까워서가 아니야. 지난번에도 도움을 청한 일이 있었질 않니. 한 번 주기 시작하면 계속 매달릴 것이 뻔한데……, 그런 주변머리 없는 애가 이모 이름이나 팔고 다니면 어쩔래? 그러다가 큰일 저지르면 이모 얼굴은 또 뭐가 되구!”

"은영이는 그런 애 아니에요."

"아무래도 안 되겠다. 너를 어디 다른 곳으로 보낼까 보다."

"이모, 왜 그러세요? 잘못했어요. 용서해 주세요."

"아니다. 너도 혼자 사람 구실을 제대로 하고 살아야지. 언제까지 이모 밑에 있을래?"

"난 그냥 이모하고 같이 살래요."

정순은 입술을 내민 채 창밖으로 고개를 돌려 버렸다. 배정자는 정순의 손을 쥐었다.

"정순아, 넌 아직 철이 없어서 모를 거다만 지금 세상은 너같이 순진하고 맘 약한 애가 살기엔 너무 거칠단다. 이런 세상을 이겨 나갈 힘을 너도 기를 때가 된 것 같구나."

정순은 무슨 소린지 알아들을 수가 없었다.

"너에게도 내가 걷던 길을 걷게 해야겠다."

정순은 눈이 휘둥그레졌다.

"예?"

"경성에 올라가는 대로 적당한 훈련소를 찾아봐 주마. 모든 일이 처음은 어렵지. 하지만 너는 이겨 낼 수 있을 게다. 넌 내 핏줄이잖니."

"이모! 난 훈련소 같은 덴 안 갈래요."

배정자는 정순의 머리를 쓰다듬으면서 조용히 말을 이었다.

"가고 안 가고는 네가 결정하는 게 아니라, 내가 결정하는 거야. 너는 이모처럼 근사하게 살고 싶지 않아?"

정순은 배정자를 다시 훑어보았다. 대체 무엇이 근사하게 사는 것인가. 이 남자, 저 남자 품을 전전하다가 일본제국의 실력자 이토 히로부미의 양녀가 되면서 첩자교육을 받았다는 소문은 이미 파다하게 퍼져 있다. 또 일본어나 중국어, 상류사회의 예절이 대체 무엇 때문에 필요하다는 말인가. 이토 히로부미는 지난번, 러일전쟁이 한창일 때 배정자를 전쟁터로 변한 만주에 파견했었다. 배정자가 만주에서 무엇을 하고 왔는지 아는 사람은 이토 히로부미밖에 없다.

정순은 배정자의 은혜를 입고 있으면서도 가끔은 자신의 정체성에 대해 혼란스러울 때가 있었다. 그때마다 정순은 배정자의 배려에 머리를 숙이는 것으로 자신의 결기를 달래곤 했다.

"나도 이모처럼 살래요."

"망할 것, 진작 그럴 것이지."

배정자의 얼굴에 비로소 웃음이 담겼다. 부산발 경성행 열차는 녹이 슨 듯한 기적을 울리며 들판을 달리고 있었다.

경성으로 돌아온 배정자는 이토 히로부미가 머물고 있는 손탁 호텔 특실을 찾았다. 배정자가 문을 열고 들어서자 이토 히로부미는 나이트가운 차림으로 두 팔을 벌렸다.

"고생했구나 사다코, 기다리고 있었느니라."

"저도요. 얼마나 뵙고 싶었는지 몰라요, 아버지."

이토 히로부미는 빈한한 농민의 아들로 태어났던 까닭에 명치유신이 없었다면 사족(사무라이) 근처에도 갈 수 없는 무지렁이 백성으로 살아야 하는 운명을 안고 태어났다. 그러나 명치유신이라는 새롭고도 거친 바람은 근대화된 일본국을 탄생시켰을 뿐만 아니라, 이토 히로부미 같은 천민계급을 일약 일본 제일의 상류계급으로 올려놓지를 않았던가. 그러나 본래의 출신 성분 때문에 그는 요정에서 만난 우메코梅子라는 기생 출신의 여성과 결혼을 했다.

이토가 배정자를 만난 건 세 번째로 총리대신의 중책을 맡았을 무렵이었다. 그때 이토 히로부미는 이소에 있는 별장에서 배정자를 가르치고 다듬었는데, 배정자가 이토 히로부미의 정부일 것이라는 풍설이 끊임없이 제기되었고, 이는 또 일본 조야에 널리 알려진 공공연한 비밀이기도 하였다.

그 후 이토는 동경의 고지마치에 배정자의 새 거처를 마련해주고, 본격적으로 일본인의 생활과 풍습을 몸에 익히게 했다. 또한 개인교사를 붙여 영어, 프랑스어, 중국어까지 가르쳤다. 이미 이때부터 이토 히로부미는 배정자를 밀정으로 다듬고 있었다.

배정자는 조선으로 돌아와 하야시 공사의 은밀한 지원을 받으면서 일본 공사관의 조선어 교사로 활약하면서 손탁 호텔의 사교장인 정동구락부에 출입했다. 배정자의 세련된 교양미와 화려한 차림새, 뛰어난 미모는 사교계의 여왕으로 군림하는 데 부족함이 없었다.

"다야마 사다코라는 일본 이름을 쓴다는군……."

"글쎄 그 이름을 이토 공작이 친히 지어 주었다는 것이야."

배정자는 정동구락부에 출입하면서 수많은 외국 사절은 물론 대한제국의 대신들과도 교유했다. 그러한 연고로 배정자는 당시의 세도가였던 엄비의 조카사위 김영진과 이용복을 만나게 되었고, 이들을 통해 황실로 들어갈 수 있는 기회를 얻었다.

"호호호, 네 총명이 참으로 영특하고나."

국제정세가 무엇인지를 몰랐던 조선왕실이었다. 배정자의 입에서 쏟아져 나오는 신생 일본국의 새로운 문물은 엄비를 놀라게 했다.

"폐하, 다야마 사다코라는 조선 아이이옵니다. 어찌나 아는 것이 많은지 가까이 두시면 긴요하게 쓰일 날이 있을 것이옵니다."

고종황제 또한 배정자의 미모에 감탄했다. 그리고 그녀가 입에 담는 서양 문물에 넋을 잃곤 했다. 배정자는 이토 히로부미의 희망대로 조선의 왕실을 드나들면서 고종황제와 엄비의 속내를 정확하게 파악하는가 하면, 대신들의 친일 성향까지 빈틈없이 알아내곤 했다.

"이제 곧 네 세상이 열릴 것이니라."

"제 세상이면……, 아버지."

"허허허, 이제 무엇이 더 부럽겠느냐. 온 조선이 네 발 아래
있지 않느냐. 그간 너를 짓눌렀던 모든 시름을 내가 덜어 줄 것
이야. 알아듣겠느냐?"

"아버지."

배정자는 이토 히로부미의 넓은 가슴팍으로 뛰어들었다. 아버
지라고 부르는 양녀의 동태라고 보기 어려운 진한 포옹이었다.

"아버지, 소원이 하나 있어요."

"소원이라니?"

이토 히로부미는 인자하게 포장된 음흉한 웃음을 흘리면서
배정자를 바라보았다. 배정자는 안긴 채 말했다.

"제 조카 정순이 있죠? 정순이가 절영도에서 저랑 같이 있으
면서 제 시름을 덜어 주었어요."

"그애 이름이 정순이었나?"

배정자는 경부선 열차 안에서 생각했던 절묘한 계책을 입에
담았다.

"예. 정순이를 사령부에 맡기려고요."

"사령부라니, 왜?"

"밀정으로 키우고 싶어서요."

"오, 허허허. 그 무슨 뚱딴지 같은 소리야. 밀정이라면 너 하
나로도 충분해."

"아버지의 밀정으로 쓰자는 것이 아니라……, 제 밀정으로 쓰

려고요. 왜, 안 돼요?”

“음……, 발상이 놀랍구나. 허허허, 하세가와 대장에게 말해 두마.”

“부탁이 아니라 꼭 좀 되게 해 주세요, 아버지.”

“허허허, 알았어.”

이토 히로부미는 너털웃음을 웃으며 배정자를 자리에 앉게 했다. 그리고 천천히 걸음을 옮겨서 자신의 자리로 돌아가면서 정색을 하고는 말했다.

“이번에는 내가 네게 부탁할 일이 있다.”

배정자는 긴장했다. 배정자는 대답 대신 이토와 눈높이를 맞추었다.

“내일 당장 입궐하여 너의 방면에 대해 감사 여쭙고……, 이번 한일협약이 불가피하다는 것을 강조해 주어야겠다.”

“폐하께 말씀이십니까?”

“폐하가 아니라 엄비에게 말이야.”

배정자는 숨이 막혔다. 이토 히로부미는 고종황제와의 협의를 포기하고 있다는 생각이 들어서다.

“엄비 한 사람의 마음이라도 확실하게 잡아 두는 것이 좋아. 어차피 협약이 체결된 다음의 일을 고려해야 하니까.”

“다음의 일이시면……?”

“그 엄청난 혼란을 방지해야 하질 않겠나. 협약이 체결되면 스스로 목숨을 끊을 유림들도 있겠고……, 무장한 일본군을 향해 맹목적으로 달려드는 무모한 젊은이들도 있겠지. 그런 오합지졸이야 어떻게 죽은들 무슨 상관이 있겠나. 다만 한 가지, 조선 황제의 경거망동만은 용인할 수 없다는 게지."

"……!"

이토 히로부미는 강압적인 방법으로 문제의 한일협약을 조인할 궁리를 하고 있었다. 그 조인으로 인해 조선반도가 들끓을 것임도 알고 있었다. 그러나 만에 하나라도 고종황제가 자해를 한다든가, 자살을 시도한다면 큰 문제가 야기되고 복잡해진다. 이토 히로부미는 엄비를 꼬드겨서라도 한일협약이 급변하는 세계 정세와 발걸음을 같이하는 것임을 인지시켜 두고 싶었다.

"그리고 또 한 가지, 친일 대신들에게도 은밀히 일러두어라. 우리 일본국은 이번 협약을 체결하는 데 협력한 조선의 대신들에게 작위를 내려서 만대를 기리게 할 것이며, 충분한 보상으로 편안한 삶을 보장할 것이라고……. 허허허, 나도 참 딱하게 되었다. 이런 자리에서까지 국가기밀을 입에 담게 되다니. 허허허."

말을 마친 이토 히로부미는 조용히 한숨을 놓으면서 눈을 감았다. 배정자는 그의 노심초사가 얼마나 큰 것인지를 비로소 알 수 있을 것만 같았다. 배정자는 숨소리를 죽이면서 이토 히로부미가 눈을 뜨기를 기다렸다. 기다리고 또 기다려도 이토 히로부미는 눈을 뜨지 않았다.

똑똑똑, 노크 소리가 났다. 그래도 이토 히로부미는 눈을 뜨지 않는다. 배정자가 조용히 일어서서 문가로 간다. 그리고 문을 열었다. 하세가와 대장이 서 있었다. 그는 이토 히로부미가 재실인지를 눈으로 물었다.

"절영도에 있을 때는 심려만 끼쳤습니다."

"허허허, 저보다는 이토 각하께서 더 심려가 많으셨지요."

"고맙습니다."

배정자는 허리를 굽히며 하세가와 대장에게 길을 내주었다. 하세가와 대장은 빠른 걸음으로 이토 히로부미에게 다가가 섰다.

"각하, 지시하신 대로 대한제국 대신들을 공사관에 모이게 했습니다."

이토 히로부미는 만족스러운 표정을 지었다.

"허허허. 모인 게 아니라 연금을 했겠지."

"아, 예. 그렇습니다. 협약의 체결을 일사불란하게 진행하기 위해서는 불가항력이었습니다."

"당연하지 않은가. 무슨 일이 있어도 오늘 안으로 조인을 끝내야 하는 것이 사령관의 소임이야."

"예, 잘 알고 있습니다."

이토 히로부미는 천천히 몸을 일으키며 하세가와 대장에게 물었다.

"나도 가 봐야겠는가?"

하세가와 대장은 자신의 통솔력을 과시하듯 완강하게 말했다.

"아닙니다. 각하께서 직접 나서실 일이 아닌 줄 압니다. 그 정도는 제가 처리할 수 있습니다."

"그 말, 믿어도 되겠는가?"

하세가와 대장은 당장 달려 나갈 듯한 자세로 부연했다.

"그렇습니다. 지금 바로 출발하겠습니다."

"아, 잠깐!"

"예, 각하."

하세가와 대장은 돌렸던 몸을 다시 이토 히로부미에게로 향했다.

"사다코의 부탁을 흔쾌히 받아 주었으면 좋겠어."

이토 히로부미는 지금까지와는 전혀 다른 어조로 다정하게 말했다. 하세가와 대장은 잠시 주춤거리면서도 확실하게 대답했다.

"예, 명심하겠습니다."

순간 세 사람의 시선은 서로 약속이나 한 듯 교차되었다. 하세가와 대장은 배정자에게 걱정 말라는 시선을 보내면서 방을 나갔다. 이토 히로부미는 회중시계의 뚜껑을 열고 뚫어질 듯한 시선으로 현재 시간을 확인하고 있었다. 이미 시작된 작전의 진척을 측정하려는 단호한 의지가 끓어오르고 있었다.

어전회의

11월 17일. 일본 공사관 회의실에 참정대신 한규설, 탁지부 대신 민영기, 법부대신 이하영, 학부대신 이완용, 외부대신 박제순, 군부대신 이근택, 내부대신 이지용, 농상공부대신 권중현이 굳은 표정으로 앉아 있었다. 납치나 강제 연행이나 다름이 없었던 처지라 대한제국의 대신들은 친일을 하였건, 아니하였건 간에 썩 기분 내키는 자리일 수는 없다.

영악하기 그지없는 하야시 곤스케 일본 공사는 침을 튀겨 가며 그들을 다그치고 나선다. 이토 히로부미의 다짐으로도 그렇고 하세가와 사령관의 노기도 폭발 직전에 와 있었지 않았는가.

"더 이상 구구한 설명이 필요 없게 되었질 않았소이까. 대한제국이 우리 일본국의 보호를 받아야 한다는 사실……, 세계의 모든 강대국이 인정한 추세라고 수백 번 말씀드리지 않았습니까. 또 대한제국은 일본의 보호국이 되어야만 낙후된 산업을 일으키고……."

참정대신 한규설만 어림없다는 듯 반발하고 나선다.

"공사는 말을 삼가라. 조선이 어찌하여 왜국의 보호국이 돼! 원 말 같은 소리를 해야지!"

하야시 공사의 입가에 비웃음이 담긴다. 나라가 망하는 지경인데 이런 정도의 반발이 없대서야 말이 되는가. 더구나 내각의 수반인 참정대신의 처지로. 하야시 공사의 어조가 설득조로 바뀐다.

"지금까지 대한제국이라는 나라에서 격동하는 세계정세를 알 만한 사람이 있었습니까. 새로운 세기로 들어서면서 온 세계가 산업혁명의 혜택을 입으면서 제 나라의 국민들에게 보다 윤택한 삶을 제공하고 있는데, 오직 조선만이 암흑과도 같은 어둠 속에 묻혀 있지를 않습니까."

아프다. 아니 대한제국의 대신들에게는 수치감을 자극하는 말이고도 남는다. 20세기라는 새로운 세기는 무엇이고, 백성들에게 문명의 혜택을 고루 내린다는 개념조차도 몰랐던 시절이 아니던가.

"……바로 이 점을 우리 일본이 대신해 주겠다는 것이 이 조약이 체결되어야 하는 당위성이고, 또 이 문제는 미국·영국·독일·불란서 등의 강대국이 이미 인정하고 있다질 않았소이까!"

대한제국의 대신들은 하야시 공사를 바로 쳐다보지도 못하고 헛기침만 토해 내고 있다. 분위기를 장악한 하야시 공사는 다시 참정대신 한규설을 공략한다.

"참정대신 각하, 이래도 모르시겠소이까?"

한규설은 헛기침을 토하며 귀찮다는 투로 말한다.

"흠, 알고 있소이다!"

"알고 계시는 분이 왜 자꾸 불가하다고만 하시오이까!"

참정대신 한규설은 하야시를 삐딱하게 쳐다보면서 추궁하듯 대답한다.

"내가 아는 것은, 이번 협약이 체결되면……, 이 나라가 일본의 속국이 된다는 사실뿐이야. 한 나라의 참정대신이 되어 가지고 어찌 나라를 팔아먹는 조약에 찬성할 수가 있겠는가? 이 같은 내 뜻은 이미 여러 차례 천명되지를 않았는가!"

하야시 공사는 참정대신 한규설을 노려보며 손을 파르르 떤다. 한규설은 하야시의 떨리는 손을 보고 벌떡 자리에서 일어선다. 그리고 있는 대로 언성을 높였다.

"백번을 물어도 불가해. 이런 자리에 앉아 있고 싶지도 않고……!"

하야시 공사는 불꽃 튀는 눈으로 한규설을 쏘아보며 다가간다.

"앉으세요. 앉으시라니까요!"

참정대신 한규설의 기개도 만만치 않았다.

"더 할 말이 없다질 않았는가!"

일촉즉발의 험악한 분위기로 치달을 기미가 보이자 묵묵히 앉아 있던 학부대신 이완용이 계면쩍은 어투로 한규설을 설득한다.

"대감, 앉으시지요. 이 일이 어디 감정싸움으로 해결될 일입니까? 내각을 대표하는 참정대신이 가 버리시면 저희는 또……."

"그야 함께 가면 그뿐이지!"

"허어, 글쎄 그게 아니라니까요."

"끔……!"

참정대신 한규설은 신음을 토하며 다시 자리에 앉는다. 하야시 공사는 이완용에게 슬쩍 고맙다는 눈짓을 보낸다. 그리고 여유를 되찾은 하야시 공사는 다른 대신들에게 초점을 맞추면서 논란을 매듭짓고자 한다.

"자, 자, 이제 결론을 냅시다. 참정대신이 찬성을 아니한다 해도, 여기 계신 여러분의 찬성만으로도 얼마든지 결정할 수가 있질 않겠소이까?"

탁지부대신 민영기가 답답하다는 듯이 반발한다.

"하야시 공사……, 이미 수차에 걸쳐서 말한 바와 같이 이 문제는 여기 있는 대신들의 의사만으로 결정할 수 없지를 않소. 우리도 중추원이 있어요. 중추원에 이 안건을 회부하여……."

하야시 공사는 다시 버럭 소리를 지른다. 지금까지의 논란이 도로에 그칠 위험이 있어서다.

"이봐요, 탁지부대신. 중추원이라니요, 그따위 유치한 핑계가 통할 것 같소이까. 대한제국은 전제군주의 나라예요. 전제군주의 나라에서 황제가 하겠다면 그만이지, 중추원은 무슨 얼어 죽을 중추원이오. 여기서 결정하면 모든 것이 끝난다질 않았습니까!"

민영기에게는 하야시 공사의 언동이 괘씸하기 그지없다. 아무리 조선 주재 일본 공사의 위세이기로 어찌 이리도 무엄방자할 수가 있는가.

"전제군주의 나라에도 그에 합당한 법도와 관행이 있는 법……, 설혹 그대가 폐하께 직접 윤허를 받는다 해도……."

"오, 그렇지. 탁지부대신 말씀 한번 잘하셨소. 아무려면 내 직접 폐하를 배알하고 윤허를 받아 내지 못할 것 같소이까!"

자만이 지나쳤음일까. 하야시 공사는 어이없는 실언을 입에 담고 말았다. 마침내 참정대신 한규설이 탁자를 내리치며 고함친다.

"네 이놈, 그 되지 못한 말버릇 어디로 배웠느냐. 네 감히 황제폐하께 협박이라도 하겠다는 말이더냐!"

"……."

하야시 공사의 안색이 하얗게 바래진다. 한규설은 거침없는 목소리로 승기를 잡아 나간다. 공사관을 벗어날 수 있는 절호의 기회를 잡았다고 생각한 때문이리라.

"다들 일어서지 않고 뭐하고 있는 게야. 일개 공사 따위가 감히 폐하를 능멸하겠다는 저 못된 공사와 마주 앉아 얻는 것이 무어야. 당장 일어들 서자니까!"

하야시 공사의 얼굴이 창백하게 바래진다. 자신의 실언이 불러들일 파국을 방치한다면 이토 히로부미의 격노를 사게 될 것이며, 또 하세가와 대장으로부터 받아야 할 수모는 또 어찌해야 하는가. 하야시 공사의 태도는 비굴해질 수밖에 없다.

"아, 아, 참정대신 각하, 고정하시지요. 고정하시라니까요. 어차피 이번 협약의 체결은 황제폐하께서 임석한 자리에서 논의될 것이며, 또 결의될 것으로 알고 있어요. 나는 다만 그 전에 여러분의 의사를 물어서 황제폐하께 폐가 되지 않도록 할 생각이 그만……."

"저, 저렇게 간사하고 무도한……!"

참정대신 한규설은 하야시 공사의 궤변에 제동을 걸었으나 하야시 공사는 막무가내로 장황하게 말을 이어간다.

"제발 좀 들으세요. 우리 일본이 러시아의 대병을 물리치고 대승한 것에 대해 세계의 열강들이 쌍수를 들어서 환영하는 것은……, 러시아가 얼지 않는 항구를 찾아 남진하는 것을 차단해주었기 때문이오. 러시아의 남진을 방치한다면 바로 대한제국이 그 첫 번째 희생물이 된다는 사실은 세계가 알고 있는 일이오. 그렇다면 우리 일본이 대한제국의 명운을 지킨 것이 아니고 무엇이오. 또한……."

하야시 공사는 입에 거품을 물었다. 참정대신 한규설의 입을 막기 위해서는 그의 기를 꺾어야 하는 것이 최선이 아니겠는가.

“헛, 왜인들의 간사함이라더니 원……!”

참정대신 한규설의 일갈로 좌중의 분위기는 바다 밑과 같이 무겁게 가라앉았다. 초조해진 하야시 공사는 회중시계를 꺼내 본다. 현재 시각 2시 20분. 여기서 더 지체되면 공사실에서 기다리고 있는 하세가와 대장이 달려올 것이 분명하다.

실제로 공사실에서의 하회를 기다리고 있던 하세가와 요시미치 대장은 벌떡 몸을 일으키며 혼잣소리를 토해 낸다.

“……원 이렇게 더딜 수가 있나.”

오후 1시에 시작된 회의가 2시 20분이 되도록 결말을 내지 못한다면 해가 떨어지기 전에 경운궁으로 옮겨 가지 못할지도 모른다. 그렇게 되면 손탁 호텔에서 기다리고 있는 이토 히로부미에게도 면목이 서질 않는다.

탁자 건너편 소파에 앉아 있던 사이토 중좌는 고개도 제대로 들지 못한 채 곁눈질로 하세가와 대장의 눈치만 살피고 있다. 분위기는 살벌한 쪽으로 서서히 기울어져 가고 있다. 마침 참사관 하기와라가 방으로 들어섰다. 하세가와는 매가 먹이를 채듯 하기와라에게 다가서며 물었다.

“대체 어떻게 되어가고 있는 거야!”

“결의될 가망이 없습니다.”

하세가와 대장은 눈썹을 치켜세우며 분통을 터뜨린다.

“뭐얏, 가서 똑똑히 하라고 해. 벌써 2시 반이야!”

“죄송합니다, 각하.”

하세가와 대장은 주먹으로 하기와라의 가슴을 툭툭 찔러 대며 호통친다.

“죄송? 이게 죄송한 걸로 될 일이야? 안 되겠군.”

하세가와 대장은 잠시 뒷짐을 지고 온 방 안을 서성이더니 뚝 동작을 멈춘다.

“이봐, 헌병대장!”

“핫!”

사이토 중좌는 벌떡 일어서면서 부동자세를 취한다. 세워 놓은 석상과도 같은 몰골이다.

“인력거는 준비되어 있겠지?”

“예, 준비되어 있습니다.”

하세가와 대장은 몸을 꼿꼿이 펴며 소리치듯 대답한다.

“이 시간부터 대한제국 대신들의 개인행동을 금지한다. 출발 준비를 서둘러라!”

“하잇!”

사이토 중좌는 절도 있는 걸음으로 방을 나간다. 하기와라 참사관은 하세가와 대장의 격노한 시선을 피하며 사이토 중좌를 뒤따라 나갔다. 하세가와 대장은 벽시계를 힐끗 쳐다보고는 쿵쾅거리는 발소리를 내며 회의실로 달려간다.

하세가와 대장은 마치 회의실 문짝을 발길질하는 듯한 난폭

한 동작으로 회의실에 들어섰다. 대한제국 대신들은 긴장하지 않을 수가 없다. 하야시 공사가 그의 앞으로 다가서자 하세가와 대장은 불문곡직 하야시의 뺨을 후린다.

"대체 공사의 소임이 뭐냐! 황공하옵게도 천황폐하의 어명을 받들면서 이렇게 미적거려도 되는가!"

물론 하세가와 대장의 격노는 하야시 공사를 나무라는 것으로 그치지 않는다. 대한제국의 대신들을 추궁하는 일갈이나 다름이 없어서다.

"송구합니다, 각하!"

하야시 공사는 허리를 굽히며 송구해한다. 하세가와 대장은 부릅뜬 눈을 굴리며 대한제국의 대신들을 쏘아본다. 소름 끼치는 순간이 아닐 수 없다. 그리고 찢어지는 목소리로 입을 열었다.

"여러분께서는 지금 곧 경운궁으로 이동합니다. 헌병대장 사이토 중좌가 여러분을 모실 것이오!"

참정대신 한규설은 흠칫 놀라면서 중얼거린다.

"경운궁?"

대한제국의 대신들이 일본군 헌병들에게 둘러싸여 경운궁으로 간다면……, 참정대신 한규설이 우려하는 바로 그 일을 하세가와 대장이 단호한 어조로 입에 담고 나선다.

"입궐하는 대로 여러분은 어전회의에 임석하게 됩니다. 그 자리에서 여러분은 대일본제국의 제안을 의결해 주시기 바랍니다."

급기야 최악의 사태가 오고 말았다. 대신들은 서로의 눈치를 살피며 어쩔 줄을 몰랐다. 그나마 참정대신 한규설이 자리를 박차고 일어나며 소리쳤다.

"어전회의와는 상관없이……, 경운궁이라면 우리 발로도 얼마든지 갈 수가 있질 않은가."

"있지요, 있다마다요. 여러분을 내버려 두고 나와 헌병대장이 직접 어전에 들어가서 우리 손으로 협약을 체결할 수도 있구요."

"말을 삼가렷다!"

"허허허. 그거야 나로서도 원하는 바가 아니기에 여러분을 어전으로 모시겠다는 것이 아니겠소. 부디 헌병대장이 지시하는 바를 따라 주시오."

"……!"

대한제국의 대신들은 할 말을 잃었다. 이들의 뜻을 따르는 것밖에 달리 방책이 없었기 때문이다. 하야시 공사가 목소리를 낮추며 대신들에게 말했다.

"내가 이 자리에서 결의해 줄 것을 다짐한 것은 이 같은 불상사를 막아 보자는 일념이었습니다. 이젠 도리 없게 되지를 않았습니까. 황제께서 공들의 무능함을 질책하실까 걱정되기는 합니다만……, 자, 그만들 일어나시지요."

참정대신 한규설은 눈을 감았다. 자신의 처지가 너무나 한심해 견딜 수가 없어서다. 그나마 조선 선비의 소신을 굽히지 아니하는 결기를 보이기는 했어도 참담하게 된 결과 앞에서는 얼굴을 들 수가 없어서다.

하세가와 대장의 찌렁한 목소리가 다시 방 안을 울렸다.

"일어들 나라잖소. 무슨 일이 있어도 오늘 안으로 한일협약은 체결되어야 하오. 체결이 될 때까지는 여러분의 어떠한 개인행동도 일체 용납되지 않을 것이오!"

참정대신 한규설이 자리에서 일어나며 엉거주춤하게 앉아 있는 대한제국의 중신들에게 일갈한다.

"왜들 이리 나약한가. 어차피 가야 할 곳인데, 못 갈 것도 없질 않은가!"

대신들이 한 사람, 두 사람 일어서기 시작한다. 모두 파김치 같은 몰골이었다.

사이토 중좌가 헌병을 이끌고 회의실로 들어왔다.

"각하, 준비되었습니다."

"오호, 그래. 그런데 어쩐다. 대신들이 움직이려 들지를 않는군."

"핫, 알겠습니다."

사이토 중좌가 졸개들을 뒤돌아보는 순간 한규설이 언성을 높였다.

"저들에게 끌려 나가는 게 그나마 체통을 지키는 길이야. 험!"

학부대신 이완용이 한규설에게 다가서며 말했다.

"대감, 가시지요. 끌려 나가는 것보다야 제 발로 걸어 나가는 것이 백번 낫지 않겠습니까. 자, 어서요."

이완용이 한규설의 팔짱을 꼈다. 휘청하며 무너질 듯한 흔들림이 있고서야 한규설은 끌리는 발을 옮겨 놓기 시작했다. 대신들은 모두 그들의 뒤를 따랐다.

조선 주재 일본국 공사관의 앞길에는 대한제국의 대신들이 타고 갈 인력거가 줄지어 서 있었고, 집총한 일본군 헌병들이 인력거 주위에 배치되어 있었다. 박제순, 이지용, 권중현, 이근택 등은 아무 저항 없이 인력거에 올라타 검은 휘장을 내리고 있었다. 머뭇거리던 민영기도 헌병들이 다가오자 자진해서 인력거에 올랐다.

하세가와 대장은 이완용에게 부액되어 있는 한규설에게로 다가와서 채근했다.

"어서 오르시오, 참정대신."

학부대신 이완용에게 부액된 한규설은 아무 저항 없이 인력거가 있는 곳으로 걸음을 옮겨 놓기 시작했다.

"출발!"

사이토 중좌의 구령으로 인력거가 움직이기 시작했다. 하세가와 대장은 회중시계를 꺼내 들여다본다.

"너무 시간을 지체했어……."

그가 뱉어 낸 자탄의 소리는 손탁 호텔에서 하회를 기다리고 있을 이토 히로부미에 대한 송구함이 가득 묻어나 있었다.

같은 시각, 우아하게 차려입은 배정자가 엄비의 응접실로 들어서고 있었다.

엄비는 배정자에게 다가가 반갑게 손을 잡는다. 아무리 살펴보아도 미운 곳이 없는 배정자다. 옛말에도 눈에 넣어도 아프지 않다는 속언이 있지를 않던가. 게다가 배정자가 절영도에 유배된 사건 이후로는 그녀에게 큰 죄를 짓고 있다는 생각을 지워 내지 못하고 있던 엄비가 아니던가.

"너를 한번 부르려고 했었다. 절영도에서는 어찌 지냈는지 궁금하기도 하고, 물어볼 말도 있고 해서……. 이런, 고생되었나 보구나. 얼굴이 아주 수척해지지를 않았나."

두서를 가리지 못하는 엄비에게 배정자는 다소곳한 언동으로 대답한다.

"아니옵니다. 죄를 지었으면 마땅히 벌을 받아야지요. 공연히 심려만 끼쳤사옵니다. 용서하소서."

엄비는 배정자의 손등을 애틋하게 두드리며 더욱 미안해한다.

"네가 무슨 죄를 지어? 폐하의 어명을 받든 것이 무슨 죄가 돼. 해서 폐하께서는 끝까지 너의 부처를 윤허하지 않으려 하셨느니라. 그러니 너무 서운해하지 마라."

엄비는 배정자의 손을 잡은 채 소파로 함께 간다. 엄비는 배정자가 앉는 것을 확인하고서야 좌정을 한다. 실로 각별하고 세심한 배려가 아닐 수 없다. 엄비는 인자하고 정겨운 목소리로 배정자에게 묻는다.

"그래, 내게 할 말이라는 게 무엇이냐?"

배정자는 천천히 고개를 들어 엄비를 바라보며 미소를 지어 보였어도 그녀의 뇌리에는 이토 히로부미의 얼굴이 스쳐 지나간다. 고종황제의 어의를 지배하기 위해서는 그 외곽인 엄비를 설득해 두는 것도 큰 도움이 될 것이라고 그가 말하지를 않았던가.

"예, 마마. 아뢰올 말씀은 다름이 아니옵고……, 지금 논의되고 있는 한일협약이 조속히 체결되어야 하는 것은……."

엄비의 안색이 싸느랗게 식어 가면서 돌처럼 굳어졌다. 그리고 힐문하는 목소리로 반문했다.

"한일협약이라니? 그렇지 않아도 항간에 터무니없는 말들이 떠돈다기에 해괴하다 여기고 있었더니, 이젠 네 입에서까지 조속한 체결 운운하느냐!"

배정자는 엄비의 반응을 예상하고 있었다. 그러나 정연한 논리로 설득한다면 성품이 심약한 엄비 하나쯤은 충분히 설득할 수 있을 것이라고 믿었던 터이다. 배정자의 얼굴에는 더 밝고 아름다운 미소가 담긴다.

"얼지 않는 항구를 찾아서 남진하는 러시아의 야욕은 온 세계의 열강들이 경계했던 일이었사온데, 그 화근을 일본제국이 깨끗하게 해결해 놓지를 않았사옵니까. 세계는 지금 한결같이 일본제국의 공헌을 인정하고 있사옵니다. 일본국의 조선 정책에 온 세계가 협력을 아끼지 않을 수 없는 것은 바로 그 때문이옵니다. 그렇다면 조선의 진로는 어찌 되는 것이 온당할지요. 일본제국의 지원에 힘입어 보다 살기 좋은 나라를 만들고 그래서 백성들이 편하게 살 수 있다면……."

엄비는 배정자의 도도한 논리에서 헤어날 길이 없다. 대한제국의 비빈妃嬪 된 처지로도 감히 상상하기 어려운 국제정세를 당당하게 엮어 가는 배정자의 식견 그리고 설득력은 놀라운 것이고도 남는다. 그러나 엄비는 수긍하지 않고 반발한다.

"설마……, 설마하니 그 엄청난 얘기를……. 이등 공작이 그리 말하더냐."

엄비의 의구심은 당연하다. 세간을 떠도는 풍설대로라면 배정자는 이토 히로부미의 정부이고, 또한 일본제국의 첩자가 아니던가. 그러나 배정자는 굳이 엄비의 눈길을 피하려 하지 않는다.

"그러하옵니다. 지금 일본국의 조야에서는 조선을 병합해야 한다는 논란이 일고 있다 하옵니다."

"병……, 병합이라니. 네 감히 뉘 앞에서 그따위 망언을 입에 담느냐!"

마침내 엄비의 노여움이 폭발된다. 준엄함이 실려 있는 무서운 노기였다. 배정자는 여기서 밀리면 소기의 목적을 다할 수 없겠다는 생각으로 마음을 가다듬었다. 그리고 엄비로서는 감당할 수 없는 화두를 내밀어 놓고야 만다.

"마마, 용서하소서. 쇤네가 아니라면 마마께오서는 영영 모르고 지내실 일이옵고, 또한 폐하께서 이 일을 모르신다면 친일 대신들의 잘못된 진언을 그대로 믿게 될 것이옵니다. 쇤네는 오직 그 점이 염려되어 불충을 입에 담고 있음이옵니다. 두 분 폐하께서 베푸신 은혜에 보답하고 있음을 통촉해 주소서."

배정자의 눈언저리가 젖어들고 있다. 아무리 이토 히로부미의 노리개처럼 움직이고 있어도 자신을 태어나게 해 준 나라가 망하는 지경이라면 일말의 가책이 있어야 마땅하다. 배정자의 가책은 무의식중에서 우러나고 있다. 그런 배정자를 바라보고서야 엄비의 노여움이 누그러진다.

"아무리 그래도 그렇지……, 아무리 그래도!"

"마마, 한일협약이 체결된다고 하더라도 조선의 황실은 아무 탈 없이 보존될 것이라고 들었사옵니다."

엄비는 양미간을 모으며 찌르듯 반문했다.

"하면……, 황실만 보존되면 나라는 망해도 된다는 말이더냐!"

배정자는 엄비의 반발에 당황해한다. 엄비라면 황실의 보존을 최우선으로 여길 줄 알았기 때문이다.

"마마, 그것이 아니옵고……."

그때 엄비의 단호한 목소리가 튕겨져 나온다.

"천지가 무너져도 폐하께서는 윤허하지 않으실 것이니라. 나가서 이등 공작을 만나거든 우리 조선 백성을 모두 죽이지 아니하고서는 어림없는 일이라고 똑똑하게 일러야 할 것이니라. 알았거든 당장 물러가럇다."

"마마!"

엄비는 배정자를 다시 쳐다보지 않았다. 그리고 서릿발 같은 목소리로 말했다.

"썩 물러가라는데도……!"

배정자는 더 앉아 있을 수가 없다. 엄비의 부름을 받은 이래 오늘같이 노여워하는 모습은 본 일이 없다. 엄비의 거처를 나서는 배정자의 얼굴은 돌같이 굳어 있었다. 엄비의 언동이 이러하다면 고종황제의 내심은 물어볼 것도 없다. 배정자는 손탁 호텔에서 자신을 기다리고 있을 이토 히로부미의 모습을 상상하면서 몸을 움츠려야 했다.

경운궁 주위와 전각 요소요소에는 일본군이 배치되어 삼엄한 경계를 펴고 있었다. 대안문은 일본군 헌병대가 맡고 있었고, 그 좌우에 기관총이 각각 거치되어 공포감을 더해 가고 있다. 부하를 이끌고 경운궁으로 들어서던 마쓰모토 대위는 참서관 구완희가 달려오는 모습을 보고 걸음을 멈추었다. 구완희는 마쓰모토 대위의 군복 자락을 낚아채면서 근처 전각 옆 은밀한 곳으로 데리고 간다.

구완희는 주위를 살피며 마쓰모토 대위의 귀에 대고 소곤거린다. 물론 조선 조정의 움직임을 비밀리에 흘리고 있음이다. 그말을 듣는 순간 마쓰모토 대위는 황급히 부하들을 데리고 어디론가 사라졌다. 구완희가 미소를 지으며 돌아서는데 내시 김한주가 눈알을 부라리며 그의 앞을 막아선다.

"네 이놈, 네놈이 그러고도 국록을 받아먹는 참서관이더냐!"

구완희의 얼굴이 금세 홍당무처럼 달아올랐다. 구완희는 당장에라도 김한주를 후려칠 듯이 손을 들었다.

"아니, 뭐야? 병신 내시 따위가 못하는 소리가 없질 않나!"

"허허허, 병신의 눈에도 병신이 보이더냐!"

내시 김한주의 기세가 만만치가 않다. 고종황제의 지근에서 보필하는 내관이라면 상당한 무술도 구사할 수가 있을 터이다.

"저런, 저런 고얀 것이 있나."

참서관 구완희가 아무리 안간힘을 써도 내시 김한주의 눈에는 나라를 팔아먹는 일개 파렴치범으로밖에 보이질 않는다.

"이놈아, 아무리 내시 고자로 살아도 네놈처럼 나라를 팔지는 않는다!"

구완희는 들었던 손을 내린다. 일이 잘못 꼬이면 내시에게 패대기를 당할 위험이 있어서다.

"하긴……, 너 같은 병신 놈과 노닥거릴 때가 아니지."

참서관 구완희는 재빨리 몸을 돌려 자리를 피한다. 내시 김한

주는 멀어지는 구완희의 등판을 향해 큰소리로 외친다.

"네놈이 매국하는 일은 세상이 다 안다. 하늘이 두렵질 않더냐!"

"아니, 이런 병신 놈이 있나!"

참서관 구완희는 세차게 몸을 돌리며 김한주에게로 달려온다. 그러나 김한주는 미동도 하지 않은 채 다가오는 구완희를 노려보고 섰다.

"네 이놈, 내시 따위가……!"

쳐들었던 구완희의 팔이 내시 김한주에게 잡힌다. 김한주는 씹어뱉듯 말한다.

"왜, 내시의 매질은 매질이 아니더냐!"

김한주는 구완희의 팔을 비틀면서 그의 허벅지에 발을 날린다. 구완희의 몸뚱이가 월대 밑으로 떨어져 구른다. 내시가 관원을 구타한다면 어찌 되는가. 대한제국의 기강은 이미 무너져 있었고, 국민들의 분노를 두려워한 일본군 헌병들은 친일 대신들의 집을 경비하고 있을 정도로 도성 안의 치안도 이미 무너져 있었다.

손탁 호텔 특실에서 창가를 서성이던 이토 히로부미는 회중시계를 꺼내 들었다. 뚜껑을 열자 애잔하게 울리는 음악 소리가 들렸다.

정각 3시. 경운궁에서의 일은 얼마만큼 진척되고 있을까. 창백해진 용안으로 한숨만 내쉬고 있을 고종황제의 모습이 그의 뇌리에 어른거린다. 믿어야지, 암. 하야시 공사의 빈틈없는 추진력과 하세가와 대장이 거느린 막강한 병력이 있는데 무슨 문제가 있으랴 싶었지만, 참정대신 한규설의 고집은 또 어찌해야 하나. 이토 히로부미는 회중시계의 뚜껑을 닫으며 한숨을 쏟아 낸다.

노크 소리가 들렸다.

"들어와!"

이토 히로부미기 몸을 돌리자, 문이 열리면서 배정자가 들어선다.

"어서 오너라. 어찌 되었느냐?"

이토 히로부미의 서두름에 비한다면 배정자의 표정은 무척도 피곤하게 보인다.

"대한제국 대신들 전원이 수옥헌漱玉軒에 당도하는 것을 보고 나왔어요."

"그걸 묻는 게 아니질 않느냐. 황제의 생각이 어떠한지를 알고 싶은 것이야!"

이토 히로부미는 초조해하고 있었다. 하긴 조선이라는 나라를 송두리째 집어삼키는 일인데 어찌 태연할 수가 있겠는가. 그런 심정은 배정자라 하여 다를 바가 없다. 그녀는 다리에 힘이 풀려 어디라도 기대고 싶은 심정이었다.

"일단 어전회의에 임석은 하실 것입니다만……."

배정자는 말끝을 흐리며 이토 히로부미를 외면하려 했다. 그러나 이토 히로부미의 반문은 날카로웠다.

"황제가 임석하면 걱정할 일이 아니질 않더냐?"

"아니옵니다. ……그것이 아니옵고, 황제는 하늘이 두 쪽이 나도 절대 윤허하지 않을 것이옵니다."

순간 이토 히로부미의 눈초리에서 불빛이 일었다. 그리고 찌르듯 다시 묻는다.

"누가, 대체 그런 소리를 해!"

"엄비마마의 말씀이셨습니다만……, 그 기개가 하늘을 찔렀사옵니다."

배정자는 말을 맺지 못하고 휘청거린다. 그녀는 이토 히로부미의 면전인데도 주저앉듯 소파에 몸을 던진다.

"설마, 엄비가?"

엄비는 상궁 출신이다. 아관파천俄館播遷(고종이 러시아 공사관에 피신한 일) 이후, 왕자塽를 생산하면서 비빈妃嬪의 예우를 받게 되었다. 그러므로 이토 히로부미는 어느 한시도 엄비를 왕비로 생각한 일이 없었고, 다만 식견이 모자라는 조선의 아낙쯤으로 생각해 오고 있었는데, 배정자의 말대로라면 그녀가 조선 정책의 걸림돌이 될 수도 있겠다는 불길한 생각이 드는 것을 어찌하랴.

배정자는 잠시 심란해진 마음을 추스르면서 간신히 입을 열어 본다.

"아버지, 협약의 체결을 잠시 뒤로 미루시고, 황제의 심기를 살피신 연후에……."

이토 히로부미는 눈을 부릅뜨며 배정자의 말을 잘라 버린다.

"어림없는 소리! 무슨 대가를 치르더라도 협약은 오늘 안으로 체결되어야 해!"

"아버지!"

이토 히로부미는 배정자를 씹어 삼킬 듯이 노려보면서 결기를 다짐한다.

"이 일은 더 미룰 수가 없어. 황제의 생각이 더 굳어지기 전에, 대신들의 의구심이 더 커지기 전에, 조선 유림들이 더 구체적인 내용을 알기 전에, 전광석화처럼 해치워야 하는 절체절명의 과제야."

"……!"

배정자는 이토 히로부미의 단호함과 추진력을 너무도 잘 알고 있다. 그가 하고자 했던 모든 일들이 그의 뜻대로 이루어진 것도 거침없이 행동으로 옮겨 가는 그의 결단력 때문이다. 그러나 이토 히로부미는 거친 동작으로 온 방 안을 서성거리고 있다. 조선이라는 나라, 임금을 능멸하는 직언을 올리고도 살아남는 나라, 그 저력을 깨부수지 않고서는 조선을 경영할 수가 없다. 시간을 끌면 장애물도 더 커지게 마련이다.

"서둘러. 서둘러야 해!"

배정자는 몸이 떨리는 것을 감지한다. 일찍이 저같이 터져 오르는 이토 히로부미의 광기를 본 적이 없어서다.

경운궁 수옥헌.

고종황제가 임석한 대회의실은 바다 밑과도 같은 고요 속에 잠겨 있다. 상석의 용상에 고종황제가 자리했고, 그 밑으로 참정대신 한규설을 비롯한 여덟 사람의 대신들이 장방형 탁자에 둘러앉아 있었다.

고종황제는 눈을 감고 앉은 채 사태의 흐름을 감지하고 있다. 신료들은 곧 자신들이 채택해야 할 조약으로 5백년 왕조가 무너진다는 사실을 명확히 알고 있으면서도 목숨 바쳐 방어할 생각을 않고 있다. 고종황제는 자신의 무능을 자탄할 수밖에 없다. 어쩌다가 이런 신하들을 거느리게 되었는가.

참정대신 한규설이 비통한 심정을 토로하듯 입을 연다.

"폐하, 일본국 정부는 협약이라는 미명하에 이 나라를 저들의 속국으로 삼고자 함이옵니다. 어떠한 어려움이 있다 해도 저들의 요구에 응할 수가 없음을 통촉하오소서."

그래, 듣고 싶은 소리다. 어떠한 어려움이 있더라도 일본국의 일방적인 요구를 물리쳐야 한다. 그래야 조선왕조가 명맥을 유지할 수 있다. 그러나 이미 경운궁은 일본군에 의해 완전하게 포위되어 있다. 만에 하나 저들이 발포라도 하는 날이면 여기 수옥헌은 쑥대밭이 되지를 않겠는가. 고종황제는 참정대신 한규설에게 묻는다. 비통한 옥음이었다.

"그렇다면 무슨 방책이 있어야 하지를 않겠는가?"

방책은 무슨 방책, 모든 신료들이 일본군이 지켜보는 앞에서 목을 매거나 배를 째고 죽으면 된다. 그래, 그렇다고 치자. 황제가 없고 정부가 무너지면 백성들은 무엇에 의지하는가. 실로 참담한 노릇이 아닐 수 없다. 오랜 침묵이 흐르고 나서야 학부대신 이완용이 쥐어짜듯 입을 연다.

"폐하, 신 학부대신 이완용 아뢰옵니다. 본 건은 국체에 관한 것이라 저희 신료들은 폐하의 뜻을 거역할 수 없사오나……."

이완용은 고종황제의 안색을 힐끗 살피며 말을 이어간다. 불충을 저지르고 있음을 알고 있어서가 아니겠는가.

"……신하가 군주를 대하는 것은 자식이 어버이를 대하는 것과 같사온지라 적어도 소회가 있으면 거리낌 없이 말씀 올리는 것이 옳은 줄로 아옵니다."

당연하질 않은가. 고종황제는 고개를 끄덕이며 채근한다.

"말해 보라!"

학부대신 이완용은 긴장된 표정을 풀지 못하면서 또박또박 말을 이어간다.

"예, 이등박문이 전권대사로 내한한 것은 협약의 조속한 체결

을 바람이며, 일본국 공사가 별실에서 대기하고 있는 것은 즉답
을 기다리고 있음이라고 사료되옵니다.”

친일 대신 이완용은 협실에 하야시 공사와 하세가와 대장이
들어 있음을 상기시킨다. 곧 그들의 강압적인 관여가 있을지도
모른다는 점을 은근히 내세우면서 자신들이 처한 처지가 실로
고립무원임을 엄살에 섞어서 피력하고 있음이다.

“폐하, 군신 상하가 다 같이 불가라고 답하기는 그리 어려운
바가 아니옵니다. 하오나 만일, 이등박문이 폐하를 배알하여 협
약을 강청하게 되었을 때 폐하가 이를 거절할 수만 있다면 국사
를 위하여 천만다행이오나……, 만일 그렇지 아니하고 폐하께
서 윤허를 하시게 된다면 그 다음 일은 어떻게 되올지, 그때의
일을 미리 강구하지 않을 수가 없음이옵니다. 이 점 또한 통촉하
소서.”

고종황제는 어이없어 하는 표정으로 이완용을 물끄러미 바라
본다. ‘시거든 떫지나 말라’는 속언이 상기되어서다. 그렇지 않
으면 무엇인가. 자신이 러시아 공사관으로 피신하였던 ‘아관파
천’이라는 수모를 겪었을 때, 이완용은 그 일을 주도하였던 친러
대신의 우두머리가 아니었던가. 그러나 지금은 친일 대신의 우
두머리로 변신되어 일본국의 조선 정책을 앞장서서 지지하고 있
다. 참으로 한심한 노릇이다.

고종황제는 이완용뿐만이 아니라, 모든 신료들에게 자신의

진의를 확고히 해 둘 필요가 있겠다고 다짐한다.

"짐은 이미 윤허하지 않겠노라 거듭 밝혔거늘……, 또한 짐의 결심은 어떠한 경우에도 변하지 않을 것임을 다시 이 자리에서 천명하노라. 경들은 짐의 이 같은 뜻을 각별히 헤아리라."

고종황제는 쐐기를 박듯이 말하고 좌중의 신료들을 둘러본다. 참정대신 한규설은 감격에 넘치는 눈빛에 물기를 담고 있었다. 그러나 다급해진 학부대신 이완용은 고개를 돌려 이근택에게 눈짓을 한다. 이근택은 고종황제의 어의를 무시하듯 준비해 온 말을 내뱉는다.

"폐하, 신등이 미리 강구해 둘 것은……, 만일 할 수 없이 이 협약을 수락하게 된다면 그때에 이르러서는 한 자 한 구도 고치지 못할 것이라는 점이옵니다. 만일 허락하게 된다면 어디를 어떻게 고쳐야 하는지, 이것을 미리 의논해 두는 것이 장차의 실익에 대비하는 일인 줄로 아옵니다. 통촉하소서."

참정대신 한규설은 분개한다. 고종황제의 불윤의 의지가 확고하게 천명되었는데, 고치고 자시고 할 것이 무엇이겠는가.

"그대들은 어찌하여 허락을 전제하는가! 폐하께서 확고한 의지를 천명하셨는데도 어찌하여 자구를 고치겠다고 운운하는가. 자구를 고친다 하여 저 간사한 왜국의 간교함을 물리칠 수가 있다고 보는가!"

학부대신 이완용이 다시 핏대를 세운다. 이젠 고종황제쯤 안

중에 없다는 듯 언성까지 높이고 나선다.

"참정대신! 여기서 불가를 결의한다 하여 그것이 저들에게 그 대로 반영될 것이라고 보시오이까?"

군부대신 이근택은 기다리고 있었다는 듯 이완용을 옹호하고 나선다.

"기왕에 허락을 하게 될 것이면……, 우리의 뜻을 반영해서 허락하는 것도 한 방책이 아니겠소이까?"

참정대신 한규설은 치미는 분노를 자제하지 못했다.

"말을 삼가, 어전이야! 감히 어느 안전에서 허락, 허락 하는가. 그것이 대역부도가 아니면 무엇이 대역부도야!"

고종황제는 한규설의 고함 소리를 들으며 속이 뚫리는 느낌이었다. 그러나 그것도 잠시, 내부대신 이지용이 고종황제의 눈치를 살피며 이완용의 편을 들어준다.

"폐하, 학부대신의 말은 꼭 허락을 하자는 뜻이 아니옵고……, 만일의 경우에 대비하자는 뜻이라 사료되옵니다. 통촉하소서."

고종황제는 이지용을 쏘아본다. 그리고 다시 한 번 자신의 의중을 분명히 밝힌다.

"전일 이등 공작이 짐과 만난 자리에서 자구를 고치는 것은 가능하나, 전면적인 거절은 두 나라를 위해 바람직하지 못하다는 말을 했을 때도 짐은 단호히 거부했음을 경들은 어찌 벌써 잊었는가?"

학부대신 이완용은 고개를 빳빳하게 치켜들면서 고종황제의 뜻에 항명하듯 반발한다.

"폐하, 그때와 지금은 사정이 판이하게 다르옵니다. 저들은 옥새를 탈취할 계책까지 강구하고 있다고 들었사옵니다. 통촉하소서."

"그러하옵니다, 폐하. 통촉하소서."

옥새玉璽의 탈취, 어찌 놀랍지 않으랴. 대한제국의 황제만이 사용할 수 있는 국새가 일본인들에게 탈취되어 조약문서에 찍힐 정도라면 그것을 어찌 나라라 하겠는가. 대한제국의 딱한 사정은 이미 면암 최익현이 뼈아프게 지적해 놓고 있지를 않았던가.

폐하에게 나라가 있습니까, 인민이 있사옵니까!

어찌 선견지명이 아닐 수가 있으랴. 학부대신 이완용의 발언은 이미 대한제국의 신민 된 도리를 망각하고 있었고, 그의 망국적 발언을 지지한 내부대신 이지용을 어찌 대한제국의 신료들이라 하랴.

참정대신 한규설의 피 토하는 듯한 절규가 다시 이어졌다.

"폐하, 지금까지 논의된 바는 부득이한 경우를 대비하였음이나, 나라의 주권을 지킴에 있어 부득이한 경우란 상상할 수도 없음이옵니다. 신은 일본제국의 그가 누구든 오직 불가하다는 두 글자로써 대항할 것이옵니다. 통촉하여 주소서!"

고종황제는 만족한 듯 고개를 끄덕이며 자리에서 일어섰다.

"짐의 뜻은 변하지 않을 것이야. 경들은 이 점을 명심하여 공론을 정하라."

고종황제가 힘없는 걸음으로 회의실을 물러나가자 대신들의 표정에 희비가 엇갈렸다. 협약체결에 반대하는 대신들은 황제가 불참한 회의의 결과가 우려되었고, 친일하는 대신들은 보다 활기 있게 회의가 진행될 것이라는 기대감에 젖었다.

고종황제는 어둠이 밀려든 수옥헌의 복도로 나선다. 송진 냄새가 뒤섞인 찬바람이 불어온다. 그의 발걸음은 천금보다도 더 무거워 보였다. 나라의 운명을 저들 무능한 신료들에게 맡겨 둬도 무사할 수가 있을 것인가. 고종황제는 문득 율곡 이이의 「만언봉서萬言封書」의 한 구절을 떠올려 본다.

오늘의 나라 형세는 마치 오랫동안 고치지 않고 방치해 둔 만간대하萬間大廈(여러 간의 큰 집)에 비유할 수 있습니다. 크게는 대들보에서 작게는 서까래에 이르기까지 썩지 않은 것이 없어, 근근이 날만 넘기며 지탱하고 있는 형국입니다. 동쪽을 수리하면 서쪽이 따라 기울고, 남쪽을 뜯어고치면 북쪽이 휘어 넘어져서, 어떤 장인도 손을 댈 수가 없습니다. 오직 날로 더 썩어 붕괴할 날만 기다리는 그 집과 오늘의 나라 꼴이 무엇이 다르다고 하겠습니까.

아, 3백여 년 전의 글인데도 오늘의 대한제국과 한 치의 어긋남도 없다. 동쪽을 뜯어고치면 서쪽이 무너지고, 남쪽을 손대면 북쪽이 망가지는 대한제국의 오늘이어서 이미 손쓸 곳을 찾기 어렵다. 어찌 역사의 준엄함이 이 같을 수가 있는가.

고종황제의 모습이 어둠 속으로 사라지자, 참서관 구완희는 지체 없이 수옥헌에 붙어 있는 협실로 달려간다. 하야시 공사와 하기와라 참사관이 초조하게 회의 결과를 기다리고 있을 것이기 때문이다.

하야시 공사가 벌떡 몸을 일으키며 물었다.

"어찌 되었나?"

참서관 구완희는 죽을상을 지으면서 중얼거렸다.

"황제폐하께서 퇴실하셨습니다."

순간 하야시 공사의 얼굴이 환하게 밝아진다.

"오, 허허허. 그럼 국새를 대령해야지……."

"그것이 아니옵고, 참정대신의 반대가 워낙 완강하여……."

"뭐라, 그럼……!"

하야시 공사는 구완희의 멱살을 잡을 듯 가까이 다가서면서 미친 듯 소리친다.

"이건 배신이야! 조선 대신들이 어찌 우리 일본국을 이렇듯 농락할 수가 있는가!"

구완희는 몸을 웅크리면서 할 말을 잃었다. 그간 하야시 공사로부터 받은 위로금이 얼마며, 또 환대는 얼마나 받았던가.

"내 이 작자들을!"

하야시 공사는 이를 악물면서 협실을 뛰쳐나간다.

고종황제가 어좌를 비운 수옥헌 회의실 안에는 대신들이 침통한 얼굴로 앉아 있었다. 이근택과 이완용은 심각하게 귀엣말을 나누면서 다음 대책을 의논하고 있었고, 참정대신 한규설은 그들의 동태를 심히 못마땅하게 쏘아보고 있다. 문이 벌컥 열리면서 창백한 얼굴의 하야시 공사가 씩씩거리며 들어섰다.

"참정대신 각하! 대체 어찌 되었소이까!"

한규설은 못마땅한 표정으로 하야시 공사에게 고개를 돌리면서 말했다.

"폐하께서는 협상은 대신들이 알아서 하라고 분부하셨소만……, 대신들이 응하지 않는 안건이면 당연히 폐기되는 것이 마땅하지 않겠는가."

하야시 공사는 숨 가쁘게 중신들의 면면을 살핀다. 찬성하는 사람과 반대하는 사람을 확연하게 구별할 수가 있었다. 또 찬성하는 사람이 더 많다는 사실을 수없이 점검해 왔던 터가 아니던가.

"이거야 원. 황제가 하교했으면 따르는 게 대신들의 소임이고, 또 기왕에 따를 것이면 참정대신이 앞장서서 황제폐하의 어의를 받드는 것이 백번 지당한 노릇이 아니겠소이까!"

참정대신 한규설의 반응은 당당하고 의연하였다.

"암, 당연하지. 나 참정대신은 백번을 죽어도 이 협약에는 찬성할 수가 없어. 또 여기 있는 대신들은 마땅히 참정대신의 의견을 존중할 것이고……!"

하야시 공사는 눈자위를 하얗게 드러내며 한규설에게 다가간다. 그리고 격한 목소리로 그를 다그친다.

"불가라! 황제께서 대신들에게 알아서 하라고 했다면 그것이 곧 어명일진데……, 참정대신은 독불장군이라도 된답니까. 이 회의는 당연히 참정대신의 찬동으로 모든 의견이 모아져야 할 것이라고 나는 믿고 있어요. 어서 찬성을 표명하시오!"

"그대의 말투가 그 모양이면 난 이 자리에 앉아 있을 수가 없어. 힘!"

격분한 한규설이 용수철처럼 팅겨져 일어선다. 자리를 박차고 나갈 태세가 분명하다. 동석한 대신들은 숨을 죽인다. 특히 학부대신 이완용이 그랬다. 하야시 공사가 빠르게 한규설에게 다가선다. 그리고 무엄방자하게도 한규설의 어깨를 짓이기듯 힘껏 눌렀다.

"못 나가요. 나갈 수 없어요!"

하야시 공사의 폭력으로 참정대신 한규설은 털썩 의자에 주저앉고 만다. 그때 찢어지는 듯한 목소리가 터져 올랐다.

"무엄하지 않은가. 감히 어디다 손을 대는 게야!"

탁지부대신 민영기가 탁자를 내리치며 하야시 공사에게 호통을 치는 것으로 조선 대신들의 체모를 살려 보려 했으나, 하야시 공사의 난동은 꺾일 기미가 보이지 않는다.

"이보다 더한 꼴을 당하지 않으려면 가결을 서둘러요. 이토 각하의 면전에서 가결하는 것과 내 앞에서 가결하는 것이 판이하게 다르다는 사실을 알아야 할 것이오!"

하야시 공사의 광기는 가늠할 수 없는 방향으로 번져 간다. 대일본제국의 조선 정책을 떠맡은 하야시 공사가 아니던가. 손탁 호텔에서 하회를 기다리고 있을 이토 히로부미에게 심려를 끼치지 않아야 장차 외무대신의 자리라도 넘볼 수가 있다. 하야시 공사의 폭언에 시달리는 대한제국의 대신들은 이미 지쳐 있었다. 시퍼렇게 날이 선 양극의 화제를 놓고……, 아니 이미 결론이 나 있는 화제에 시시비비가 더 먹히지 않을 것임도 잘 알고 있었기 때문이다.

창밖에는 이미 칠흑 같은 어둠이 밀려와 있다. 그러나 수옥헌의 둘레는 일본군 헌병들이 밝혀 놓은 관솔불로 대낮같이 밝다. 수옥헌 안에도 등불이 밝혀진다. 시름 가득한 대한제국의 대신들은 누구 한 사람도 움직이지 않는다. 여기저기서 조선 대신들의 한숨 소리만 들려올 뿐이다.

7시 30분. 손탁 호텔 특실을 서성이는 이토 히로부미도 지칠

지경이다.

그는 2차 한일협약이 원문대로 조인되었다는 소식을 눈이 빠지도록 기다리고 있다. 그러나 대한제국의 대신들이 수옥헌에 강제입실되었다는 소식을 들은 지도 벌써 다섯 시간이나 지났다. 대체 하야시 공사는 무엇을 하고 있는가. 강대국 러시아와의 전쟁에서 승리하여 세계열강의 반열에 들어선 일본제국이 아니던가. 그 러시아에 비한다면 대한제국은 저절로 쓰러져야 하는 가난한 나라다. 길바닥에는 굶어서 죽은 시체들이 즐비하다. 백성들을 구휼할 서양식 병원이 있는가, 아니면 나라를 지킬 수 있는 군함이라도 한 척 있는가, 그도 아니라면 잘 훈련된 군대라도 있는가. 정부의 기강이 무너지고 부정부패가 만연한 나라, 이미 나라랄 수도 없는 집단을 쓰러뜨리는 데 무슨 장애물이 이리도 많은가. 이토 히로부미의 숨결이 점차 거칠어지고 있다.

"끔……!"

이토 히로부미는 금빛 회중시계를 바스러질 정도로 세게 움켜쥐었어도 싸느란 금속성 감촉만 전달될 뿐, 정작 듣고 싶은 소리는 종무소식이다. 동석해 있던 하세가와 대장도 입술이 말릴 수밖에 없다.

"쉬운 일일 수가 없겠지……. 아무리 그래도 너무 늦질 않나……."

이토 히로부미가 중얼거린다. 그것은 애써 관용하려는 자기 위안일 뿐이다. 하세가와 대장도 함부로 나설 수가 없다. 심기가 상해 있는 이토 히로부미를 위로할 말도 없었거니와 그 위로가 오히려 구설이 되어 돌아올 수도 있어서다.

문 두드리는 소리가 들린다. 이토 히로부미는 신경질적인 목소리를 토하면서 몸을 돌린다.

"들어와!"

참사관 하기와라가 두 사람의 눈치를 살피며 조심스럽게 들어와 선다. 하세가와 대장이 이토 히로부미의 눈치를 살피며 하기와라에게 묻는다.

"수옥헌의 일은 어찌 된 게야!"

"황제는 협상타결하라고 하명하였습니다만……, 참정대신 한규설의 반대가 워낙 완강한지라…….”

순간, 이토 히로부미가 윽박지르듯 소리친다.

"공사는 대체 뭘하고 있었다는 게야!"

하기와라 참사관의 얼굴이 사색으로 변한다. 육군대장 하세가와 사령관의 추궁보다 지금은 이토 히로부미의 노여움이 더 무섭다는 사실을 알고 있어서다.

"공사께서는 최선을 다하고 계십니다만…….”

"최선, 너는 이따위 진행을 최선으로 본다는 말이냐!"

"송구합니다, 각하."

하기와라 참사관은 온몸을 움츠리며 부동자세가 된다. 하세가와 대장이 자리에서 일어선다. 그리고 조심스럽게 이토 히로부미에게 다가가서 신중한 목소리로 진언한다.

"각하, 송구스러운 말씀이오나 각하께서 몸소 입궐하시지요."

이토 히로부미는 입술을 꼭 다문다. 진작 그리해야 되는 일을 행여나 하고 있었던 자신의 판단이 바보 같아서일 것이리라.

"끔……."

"각하께서 친히 저들을 질책하신다면 아무도 거역하지 못할 것이옵니다."

이토 히로부미는 고개를 끄덕이면서 중얼거린다.

"진작 그랬어야 했어……."

이토 히로부미의 판단력과 추진력은 일본국의 지도자들 중에서도 정평이 나 있을 정도다. 명치천황이 조선과의 문제를 해결하기 위해 몸소 그를 불러 당부한 것도 따지고 보면 오늘과 같은 난제를 풀어 가는 적임자이기 때문이 아니겠는가.

"참사관은 뭘하고 있나. 각하의 입궐을 서둘지 않고……."

"예."

하기와라 참사관은 재빨리 방을 나간다. 이토 히로부미는 턱수염을 쓸어 당기며 골똘한 생각에 잠긴다. 그리고 천천히 걸어서 창가에 가 선다. 초조해진 하세가와 대장이 그의 곁으로 다가서며 조용한 목소리로 다시 독촉한다.

"각하!"

이토 히로부미는 마음을 정리했는지 낮게 반응한다.

"음, 가지."

손탁 호텔의 현관이 부산해진다. 이토 히로부미의 외출이면 호텔 전체가 숨을 멈추어야 한다. 조선 땅에서 그의 위세를 넘어설 사람은 아직 없다. 황금빛으로 치장한 검은 마차에 이토 히로부미와 하세가와 대장이 나란히 오른다. 마차는 어둠을 뚫고 경운궁으로 달려간다. 협문을 사용할 수만 있다면 손탁 호텔과 수옥현은 넘어지면 코 닿을 거리다. 그러나 하세가와 대장은 일본군이 배치된 경운궁 전체를 보이고 싶다. 결국 황금마차는 먼 길을 돌아서 대안문을 통해 경운궁으로 들어간다. 요소요소에 배치된 일본군의 기세는 요란할 정도로 대단하다. 이토 히로부미는 만족한 웃음을 입가에 담는다. 이제 모든 것을 자신의 의지대로 밀고 갈 수 있다는 확신이 아니겠는가.

환하게 불이 밝혀진 수옥헌은 마치 빈집과도 같이 썰렁하게 서 있었다. 대한제국의 대신들은 연금된 것과도 같은 처지로 한숨만 몰아쉬고 있다. 오후 3시부터 시작된 어전회의는 장장 다섯 시간을 허비하고도 아무 결정도 하질 못했다. 고종황제가 물러간 다음에는 더욱 황량한 벌판이 되었다. 이젠 더 말할 것도, 더 토론할 것도 없다.

마음이 심란하기는 거처에 돌아가 있는 고종황제도 마찬가지. 궁내부대신 이재극과 시종무관장 민영환도 숨이 막힐 것만 같다.

이재극은 몸을 숙이며 고종황제에게 은밀하게 고했다.

"폐하……, 이등 공작을 부르시어, 이 협약의 체결을 수삼 일만이라도 뒤로 미루는 것이 어떠하올지……."

고종황제는 이재극의 말에 귀가 솔깃했다. 바람 앞에 선 촛불과도 같은 나라의 위기를 모면할 수 있을지도 몰라서다.

"연기를……, 이 상황에서 연기한다 하여 무슨 득이 있을지?"

"폐하, 수삼 일만이도 연기할 수 있다면, 그 사이 뜻있는 인사들을 궐기하게 할 수 있을 것이옵니다. 또한 이를 계기로 백성들의 분노가 폭발한다면 저들이 감히 어찌 지금과 같이 무도할 수가 있겠사옵니까?"

고종황제의 용안에 비로소 희색이 돈다. 시종무관장 민영환 역시 쾌재를 부르듯 진언한다.

"그러하옵니다, 폐하. 이 난국을 헤쳐 나갈 현책일 줄로 아옵니다."

그러면서도 이재극은 다시 신중하게 고해 올린다. 매사 불여튼튼이라는 고사처럼 빈틈없이 일을 추진하지 않고서는 성공할 가능성이 없기 때문이다.

"폐하, 마음의 준비가 필요하다는 구실로 우선 말미부터 얻으시고 난 연후에……, 오늘 이 통분한 폐하의 심회를 모든 유림에게 속속들이 전한다면 마치 임진년의 왜란 때처럼 많은 의병이 봉기할 것으로 아옵니다.”

고종황제의 가슴이 두근거린다. 의병들, 임진년 왜란 때 나라를 위기에서 구해 준 의병들의 충의를 고종황제가 모를 까닭이 있던가. 흥분이 지나친 때문인가. 고종황제는 화제를 지나치게 앞당겨 놓고야 만다.

“암, 그렇다마다……. 하면 할보(호머 헐버트의 조선 이름)가 어떨꼬? 할보가 조선 공론(「코리안 리뷰」)을 발행하지 않는가?”

“신문을 활용하자는 말씀은 백번 지당하시옵니다만, 코리안 리뷰는 영자신문이라 한계가 있사옵니다.”

이재극의 말이 끝나기 무섭게 민영환이 고무된 표정으로 말을 이었다.

“폐하, 기왕 신문을 활용하실 거라면 대한매일신보가 어떻겠사옵니까? 대한매일신보의 사장인 영국인 어네스트 베델, 조선 이름으로 배설裵說이옵니다.”

“짐도 배설을 알고 있어. 배설이라면 큰 도움이 될 듯도 싶군.”

“배설은 그간 외국인이라는 치외법권을 활용하여 배일에 앞장서 왔사옵니다. 신보사 문 앞에 일본인은 들어올 수 없다는 팻말까지 달아 놓았다 하지 않사옵니까? 배설이 적임인 줄로 아옵니다.”

그러나 궁내부대신 이재극은 민영환의 의견에 제동을 걸고 나선다.

"폐하, 아무리 배설이 배일에 앞장서 왔다 하여도 외국인은 외국인이옵니다. 차라리 황성신문이 어떨까 하옵니다. 황성신문 사장 장지연이라면 목숨을 걸고서라도 반드시 이 일을 성사시킬 수 있을 것이옵니다."

고종황제도 위암 장지연의 사람됨을 잘 알고 있다.

"음, 장지연이라면 이등의 가슴에 비수를 꽂고, 백성들의 가슴에 불을 지를 수 있겠어. 그리 정하도록 하지."

궁내부대신 이재극은 한숨 돌렸다. 그러나 이제부터가 문제였다. 누가 이토 히로부미를 설득하여 수삼 일간의 말미를 얻어 낼 수 있겠는지……, 고종황제도 문제의 핵심을 바로 짚고 있었다.

"폐하, 신 이재극을 이등 공작에게 보내 주소서. 신이 담판하겠사옵니다. 윤허하여 주소서."

고종황제에게는 다른 선택의 여지가 없다. 그러나 망설이지 않을 수도 없다. 혹시라도 일이 잘못된다면 오히려 더 많은 것을 잃게 되지 않을까 걱정되어서다.

"폐하, 화급을 다투는 일이옵니다. 윤허하소서."

"그리하도록 하라."

"폐하! 성은이 망극하옵니다."

궁내부대신 이재극은 지체 없이 몸을 일으켰다. 서둘지 않으면 실기失機하게 된다. 그는 어전을 물러나와 빈청으로 달렸다. 손탁 호텔로 가기 위해서는 황급히 옷을 갈아입어야 하기 때문이다.

참서관 구완희는 빠른 발걸음을 놀리며 수옥헌으로 달렸다. 이 급보를 알리기 위해서다. 수옥헌 입구에는 하기와라 참사관이 죽을상으로 서 있었다.

"이것 봐, 대체 어찌할 작정인가. 궁내부대신이 손탁 호텔로 가는데……."

"궁내부대신이? 거긴 왜?"

"이토 각하에게 협약의 체결을 수삼 일 연기하게 하라는 어명을 받들고……."

"아, 하하하."

하기와라 참사관은 온몸을 뒤틀며 소리 내어 웃었다. 구완희는 답답해진다.

"웃을 일이 아니질 않나. 어서 공사님께 고해 올려야지."

"허허허. 이토 각하께서는 이미 경운궁으로 뜨셨어. 이젠 조인만 남았어."

"……!"

구완희는 온몸이 나른해지면서 힘이 빠지는 것을 느낀다.

수옥헌의 입구가 술렁거린다. 착검한 헌병들이 달려와 도열했다. 등촉을 밝힌 사이토 중좌의 뒤로 이토 히로부미와 하세가와 대장이 따르고 있다.

"어서 오십시오, 각하."

다급해진 하야시 공사는 재빨리 몸을 돌리며 회의실을 향해 달린다. 그는 문짝을 차고 들어가는 기세로 소리쳤다.

"이토 각하께서 드십니다."

참정대신 한규설은 눈을 감았다. 운명의 시간이 다가오고 있음을 감지한 때문이다. 이윽고 이토 히로부미와 하세가와 대장이 회의실로 들어섰다. 하야시 공사는 무엄하게도 고종황제가 앉았던 어좌를 가리키며 조아렸다.

"좌정하시지요, 각하."

이토 히로부미는 아무 거리낌 없이 어좌에 앉는다. 그는 무법을 자행하려는 동태를 의식적으로 드러내 보이고 있다.

"저, 저런……!"

참정대신 한규설이 자리를 차고 일어나 욕설이라도 퍼부을 기세였으나, 이토 히로부미가 먼저 손을 들어 그를 제지했다.

"앉으시오, 참정대신."

서릿발이 도는 목소리였다. 한규설은 끔, 하는 신음을 토하며 몸을 던지듯 의자에 앉았다. 이토 히로부미는 핏발이 선 눈알을 굴리며 조선 대신들의 얼굴을 하나하나 훑어 간다. 아무도 입을 열지 못하는 지루하고 답답한 시간이 흘러간다.

이때가 밤 10시. 이토 히로부미는 좀처럼 입을 열지 않는다. 그는 조선 대신들의 진을 빼면서 긴장감을 고조해 가는 고도한 심리전을 구사하고 있다. 얼마나 시간이 또 흘렀을까. 마침내 이토 히로부미는 두 손을 탁자 위에 올리면서 깍지를 끼었다. 그리고 담담한 목소리로 말하기 시작했다. 그러나 대한제국의 대신들에게는 위협적인 소리로 들린다. 소름 끼치는 순간이 아닐 수 없다.

"오랜 시간 동안 협약 체결에 관하여 논의한 것으로 알고 있어요. 하나 이미 결정은 내려진 것으로 보고 더 이상 시간을 끌지 않겠소. 공들의 황제께서도 모든 것을 공들에게 맡긴다는 하명이 계신 것으로 아는데……, 이제 와서 왈가왈부를 다시 시작한다면 그야말로 백년하청百年河淸이 아니겠소."

참정대신 한규설이 손을 흔들면서 말을 하고자 했으나 이토 히로부미는 단호한 목소리로 그를 제지한다.

"아, 아, 그냥 듣기만 하세요. 공들은 잠시 전 황제폐하의 면전에서 하신 말씀을 아무 가감 없이 내게 다시 들려주면 됩니다. 이보다 더 공평하게 물어볼 수는 없는 일이 아니겠소."

이토 히로부미는 여기서 잠시 말을 멈추고 대신들을 둘러보았다. 그들에게 마음을 정하는 시간적인 여유를 줄 만큼 그는 이런 일에 익숙했고 또 노련했다.

급기야 이토 히로부미의 시선이 참정대신 한규설의 얼굴에 박힌다. 곁에 앉은 학부대신 이완용은 한규설의 거칠어진 숨소리를 생생하게 들을 수가 있었다.

"한 참정께서는 조속히 타결하라는 폐하의 뜻을 거역하는 까닭이 무엇이오?"

한규설은 지겹다는 듯이 이토 히로부미를 쏘아보며 뱉어 낸다.

"도대체 몇 번을 말해야 알아듣겠는가! 오직 이 나라를 지키자는 명분이외다. 이 협약은 성사될 수가 없어요. 나한테 백번을 물어보시오. 난 절대 반대오이다!"

"참 딱한 참정이구먼……."

이토 히로부미는 고개를 들어 탁자 끝에 앉아 찬반을 기록하려는 하야시 공사에게 손가락을 저어 보이면서 웃었다.

"참정대신 한규설은 반대구먼……!"

이토 히로부미는 하야시 공사의 붓이 움직이는 것을 세세히 지켜보고 나서 외부대신 박제순에게로 고개를 돌린다.

"하면, 외부대신의 의향은 어떠하신가?"

박제순은 주위를 힐끗거리며 신료들의 눈치를 살핀다. 그러나 다른 대신들은 한결같이 외부대신 박제순의 입에 시선을 집중하고 있다. 문자 그대로 외부대신이기 때문이 아니겠는가. 박제순은 잠시 헛기침을 하고는 호기 있게 말한다.

"이것은 명령이 아니고 협상이오이다. 협상에는 가부의 길이 있을 터인데……, 일국의 외부대신 된 자가 제 나라의 외교권을 박탈당하는 데 찬성할 까닭이 없질 않소이까!"

순간 하야시 공사가 이토 히로부미에게로 다가와 귀엣말을 한다. 이토 히로부미는 박제순을 쳐다보며 빙긋이 웃었다. 박제순은 뭐가 켕기는지 헛기침을 여러 번 했다.

이토 히로부미는 허허 웃으며 부드럽게 말했다.

"외부대신은 협상 타결하라는 폐하의 성지를 거역할 생각인가요?"

박제순은 바짝 긴장해 있는 하야시 공사의 얼굴을 힐끗 보고는 고개를 숙이며 말했다.

"내 어찌 폐하의 성지를 거역하겠소."

이토 히로부미는 입가에 비웃음을 담으며 고개를 끄덕였다.

"그 말은 곧 찬성이란 말이 아니오. 공사, 외부대신 박제순 찬성!"

외부대신 박제순은 어중간하게 손을 저으며 말한다.

"이보시오, 이토 공작. 그것은……."

이토 히로부미는 외부대신 박제순을 쏘아보면서 무슨 할 말이 있느냐고 눈빛으로 묻는다. 박제순은 무슨 말인가를 하려고 입술을 오물거리다가 눈을 질끈 감으며 고개를 숙여 보인다. 제 풀에 죽어 가는 몰골이었다.

"허허허, 별 싱거운 사람 같으니. 그러게 찬성을 하면 될 일이 아닌가!"

이토 히로부미의 어투는 담담했어도 말에 잠긴 뜻은 협박이나 다름이 없다. '일본국 공사관에서 받아 간 금품이 얼마인 것을 내가 아는데……. 그 액수를 밝혀야 내 뜻을 따르겠는가.' 대

한제국의 대신들에게는 시퍼런 칼날을 들이대는 것이나 다름이
없다.

"그럼, 이번에는 탁지부대신 차례로구먼."

이토 히로부미는 창밖으로 시선을 던지고 있는 민영기를 바
라보며 못마땅하다는 어조를 노골적으로 드러냈다.

"탁지부대신은 어찌 생각하시오?"

탁지부대신 민영기는 결연하게 대답했다.

"나는 오직 거부할 따름이오."

이토 히로부미는 이미 그런 대답이 나오리란 걸 알고 있었다
는 듯 고개를 끄덕였다. 그러면서도 다시 확인하는 것을 잊지 않
았다.

"그 말은 이 협약을 절대로 거부하겠다는 것인가?"

"이를 말인가. 절대로 동의할 수가 없어요."

이토 히로부미는 하야시 공사를 건너다보며 가시가 성크런
말을 토해 낸다.

"탁지부대신 민영기는 반대. 끝내 반대야!"

이토 히로부미의 강한 시선이 이번에는 법부대신 이하영의
얼굴에 멎었다.

"법부대신은 어찌 생각하시오?"

이하영은 난감해하는 얼굴로 동료들의 모습을 살피는 모양이
면서도 우물쭈물 입을 열었다.

"나는 이토 공사가 내한한 의도를 모르는 바는 아니나……."

이토 히로부미는 순간의 여유도 두지 않는다.

"내가 이곳에 온 뜻을 안다면 찬성이 아니겠소. 공사, 법부대신 이하영 찬성이라고 적지!?"

이하영은 아차 싶었다. 이하영은 하야시 공사를 향해 손을 내저었다.

"양국 사이에는 이미 한일의정서와 한일협정이 조인돼 있고 외교상 긴요한 사항은 모두 귀국의 의견을 듣게 되어 있어 새로운 협약을 체결할 필요가 없다는 게 내 생각이오!"

이젠 시간을 아껴야 한다. 이토 히로부미는 이하영의 부연에 개의치 않겠다는 듯 학부대신 이완용을 바라보며 빙긋이 웃었다.

"물론 학부대신은 찬성이겠지요?"

"어명이 계셨으니 이 안은 협상할 여지가 있다고 봅니다."

이토 히로부미는 만족한 표정으로 주위를 둘러보며 부연했다.

"암, 협상할 여지가 있다면 해야지요. 공사, 학부대신 이완용은 찬성이야."

기지개라도 펼 생각인가. 이토 히로부미는 만면에 미소를 담으며 어좌御座의 등받이에 몸을 기댄다. 그리고 농상공부대신 권중현에게 묻는다.

"농상공부대신의 의향을 듣고 싶소이다. 허허허. "

"나는 어전회의에서도 학부대신의 의견과 동일하였소."

"허허허, 그럼 되었지 않은가. 찬성하신 것으로 하겠소."

"찬성은 아니오이다."

권중현이 의외의 말을 뱉어 내자 이토 히로부미는 버럭 화를 낸다. 애초부터 찬성하는 사람으로 분류되어 있었기 때문이 아니겠는가.

"이렇게 원, 학부대신의 의사와 같다고 하질 않았는가!"

권중현은 당황해서 어쩔 줄을 모르면서 말까지 더듬거린다.

"다, 단서가 있습니다."

노회한 이토 히로부미의 언동은 시시각각 분위기에 따라 변화무쌍하게 달라진다.

"단서라니, 무슨 단서……?"

농상공부대신 권중현은 기록에라도 자신의 불가피했던 처지를 남겨 놓으려는 듯 안간힘을 쓰고 있는 것으로 보인다.

"화, 황실의 조, 존엄과 안녕을 보장한다는 문장이 삽입되어야……."

이토 히로부미는 권중현의 안간힘에 동정을 하는 기색이면서도 이야기의 본질에 대하여서는 가차 없이 밀고 나간다.

"허허허, 알아요. 조선왕실의 존엄성은 당연히 보장되어야지요. 그러나 그것은 이미 제1차 한일협정에 적혀 있는 것으로 충분하지를 않겠소. 찬성하신 것으로 하겠소! 농상공부대신 권중현 찬성!"

이토 히로부미의 불같은 시선은 어느 사이엔가 군부대신 이근택에게로 옮겨 와 있다.

"군부대신은 어찌 생각하시오?"

이근택은 담담하게 대답했다.

"나는 학부대신, 농상공부대신의 의향과 같소이다."

"군부대신 이근택도 찬성! 마지막으로 내부대신에게 묻겠소. 찬성이요, 반대요?"

내부대신 이지용은 얼마 전까지 외부대신으로 있으면서 일본국 공사관과 수많은 거래를 해 온 장본인이다. 지난번 제1차 「한일의정서」가 체결되면서 그의 집에 폭탄이 던져진 사건도 따지고 보면 친일 대신의 수괴로 지목되어 있었기 때문이 아니겠는가. 그러나 간악하게도 이지용은 빠져나갈 길이라도 열어 보겠다는 잔꾀를 부리고 나선다.

"동양의 대세와 한일의 우의관계를 모르는 바가 아니나, 이미 나와 일본 공사가 체결한 제1차 한일협정이 있는데 무엇 때문에 이 나라의 외교권마저 박탈하는 협약을 또 맺으려 하시오?"

어찌 이지용의 알량한 잔꾀가 근대 일본국을 만들어 낸 풍운아의 마음에까지 스며들 수가 있겠는가. 역시 이토 히로부미는 노회하였다.

"동양의 대세를 아신다면 양국의 우의 또한 존중하지 않을 수가 없겠지요. 나는 공의 뜻을 존중합니다. 찬성하신 것으로 하겠습니다.”

내부대신 이지용은 이토 히로부미의 말에 이의를 달지 않았다. 다만 얼굴이 붉어질 뿐이었다. 이토 히로부미는 탁자를 툭툭 치며 판결을 내리듯 말했다.

“공사, 내부대신 이지용 찬성.”

이토 히로부미의 오만과 대한제국 대신들의 무기력을 말없이 지켜보고 있던 참정대신 한규설이 두 손으로 탁자를 내리치며 소리친다.

“이것 보시오! 모든 찬성은 그대 이토 공작의 찬성이 아닌가!”

이토 히로부미는 두 손을 펼쳐 보이면서 너털웃음을 웃는다.

“허허허. 내 그대 한 참정의 의사는 분명이 반대라고 하지를 않았는가. 또 다른 반대자도 두 사람이나 있는데, 무엇을 근거로 나의 찬성이라 하는가.”

참정대신 한규설은 난동을 부려서라도 이 회의를 파탄으로 몰아가리라고 다짐한다.

“이것 봐, 이등 공작……!”

이토 히로부미는 참정대신 한규설을 설득할 필요도 없었고, 이미 드러나 있는 결과를 기정사실로 하리라 다짐하면서 누구나 들을 수 있을 정도의 신음을 토하면서 자리에서 일어선다.

“나는…….”

이토 히로부미는 여유만만하게 대신 하나하나의 얼굴을 살피면서 결론으로 다가간다.

"여기 계신 모든 대신들의 의사를 존중하는 뜻에서 한 분 한 분에 대한 가부를 물어본 바……."

참정대신 한규설이 다시 소리치며 나선다. 이 순간을 그냥 넘기면 끝장이라는 생각이 들어서다.

"아니야, 그것이 아니질 않는가!"

이토 히로부미는 비웃음이 넘치는 시선으로 한규설을 물끄러미 바라보고 나서 다시 입을 열었다.

"알아요. 참정대신은 끝까지 반대를 했어요. 또 공들께서도 들은 바와 같이 탁지부대신 또한 확실히 반대 의사를 밝혔질 않소. 게다가 법부대신도 이의를 제기한 바가 있으니 반대한 것으로 하질 않았소. 하나……, 학부대신을 포함한 나머지 다섯 대신들께서 적극적인 찬성을 하였다면, 여덟 분 가운데서 다섯 분이 찬성하셨으니 이 협약은 가결된 것이 분명하질 않소."

참정대신 한규설은 세차게 몸을 일으켰다. 그리고 입에 거품을 물면서 고함을 질렀다.

"닥쳐라, 닥치지 못하겠느냐. 이건 법이 아니라 죄악이니라!"

급기야 이토 히로부미는 본색을 드러낸다. 손에 잡히는 기물이라도 집어던질 기세로 참정대신 한규설을 몰아친다.

"그 무슨 당치 않은 소리야. 이 나라 조선이 한 참정이 다스리는 나란가. 많은 대신들이 찬성한 일이면 당연히 따르는 것이 배운 자의 도리이거늘, 한 참정은 어찌하여 그대의 생각만을 고집하는가. 이래도 내 말이 틀렸는가!”

이토 히로부미는 한규설의 얼굴에 닿을 만큼 가까운 거리에 다가와 있었다. 한규설은 온몸을 부들부들 떨면서도 더 이상 무엇을 어찌해야 할지를 가늠하지 못한다.

이토 히로부미는 그런 한규설을 쏘아보면서 하야시 공사에게 소리친다.

“공사는 어서 가서 국새를 대령케 하라. 응하지 않으면 끌어서라도 데려오라!”

하야시 공사는 기다렸다는 듯 회의실을 빠져나갔다.

참정대신 한규설은 두 손을 들어 휘두르며 미친 듯이 외쳐댄다.

“대체 무엇들 하고 있는가! 그대들은 정녕 만고역적의 소리를 듣고자 하는가!”

학부대신 이완용은 눈을 감아 버렸고, 군부대신 이근택도 한규설의 시선과 마주치기를 꺼렸다. 내부대신 이지용, 외부대신 박제순, 농상공부대신 권중현 등은 고개를 숙인 채 말이 없었다.

참정대신 한규설은 탁자를 짚어 몸을 지탱하면서 울부짖었다.

“후회하게 될 것이니라. 매국노의 이름을 만세에 남기게 될 것이니라. 너희들 자손만대에 이르기까지 매국노의 이름은 지워지지 않을 것이니라.”

이토 히로부미는 상체를 앞으로 당기면서 한규설에게 말했다.

"허허허. 그만 되었지 않았는가. 이미 다 끝난 일을!"

"폐하, 폐하……! 으흐흐."

마침내 참정대신 한규설은 실성한 사람처럼 비틀거리며 회의실을 박차고 나간다. 튕겨져 나오듯 수옥헌을 빠져나온 한규설은 어딘가를 향해 비틀거리며 달려간다.

"폐하, 폐하……, 으흐흐흐, 폐하……!"

하기와라 참사관이 한규설의 뒤를 따랐다. 만일의 사태에 대비하려는 용의주도함이었다. 조금 늦게 협실에서 뛰쳐나온 참서관 구완희도 한규설이 사라진 쪽으로 달려가고 있다.

참정대신 한규설은 미친 듯 절규하며 불빛이 환한 전각을 향해 뛰어들면서 비틀거린다.

"폐하, 아니 되옵니다. 폐하, 아니 되옵니다, 폐하……!"

눈물로 범벅이 된 한규설은 앞뒤를 가리지 못했다. 그는 불빛이 밝은 전각의 방문을 벌컥 열어젖히면서 뛰어들었다. 순간, 여자들의 비명 소리가 귀청을 울렸다.

"웬 놈이냐, 당장 물러서지 못하겠느냐!"

"아악, 밖에 누구 없느냐!"

잠시 뒤 참정대신 한규설은 상궁 둘에 의해 이끌려 나왔다.

"대체 이 무슨 해괴한 짓거립니까. 여긴 황후폐하의 침전이 아니오이까!"

한규설은 이미 제정신이 아니었다. 그는 치미는 울분을 참지 못해 대전에 든다는 것이 길을 잘못 들어 엄비의 거처로 뛰어들었다. 한규설은 상궁들의 질책을 들으면서도 통분의 사무치는 울음을 그치지 못했다.

"폐하, 폐하, 아니 되옵니다. 폐하……!"

하기와라 참사관과 구완희가 황급히 달려와 비틀거리는 한규설을 낚아챘다.

"고정하시오, 참정대신 각하!"

두 사람은 한규설을 부액해 수옥헌 쪽으로 급히 걸었다.

한편, 대한제국의 내시들에 의해 고종황제의 옥새가 수옥헌으로 전해진다. 하야시 공사는 외부대신 박제순을 가까이로 불렀다. 그리고 그의 손을 잡아서 옥새 가까이로 당겼다. 머뭇거리는 기색이 완연했으나 완강한 거부는 아니었다.

하야시 공사는 대한제국 외부대신 박제순의 손에 들린 옥새를 당겨서 깨끗하게 정리된 제2차 한일협약의 문건 위에 올려놓았다. 그리고 힘차게 눌렀다.

오후 3시부터 시작되어 장장 아홉 시간 동안의 우여곡절을 겪으면서 끝내는 이토 히로부미의 강압적인 질문과 자의적 해석으로 나라의 주권이 박탈되는 치욕의 '을사조약'은 이렇듯 어이없게 체결되었다. 이로써 대한제국의 외교권이 박탈당하고 통감정치 시대로 접어들게 되었다.

"폐하, 신등의 불충을 통촉하소서."

시종무관장 민영환은 수옥헌에서 있었던 통한의 소식을 고종황제에게 전하면서 끓어오르는 회한의 눈물을 쏟고 또 쏟았다. 고종황제의 용안에도 눈물이 쏟아져 흘렀다.

물론 뒷날에 쓰여진 것이지만 일본 공사 하야시 곤스케의 『회상기回想記』에는 이날의 일들이 얼마나 용의주도하게 이루어진 것인지를 구체적으로 적고 있다.

조선 정부의 각 대신을 여하간에 아침부터 일본 공사관에 참집하도록 하여 그 석상에서 내가 교섭을 시작하겠으나, 적당한 때에 임석을 바라게 될 것입니다. 그러나 오전 중에는 진척이 없다고 보아야 할 것입니다. 이렇게 협의가 안 될 것이므로 점심을 먹은 후 아무래도 임금 앞에 나아가 친재親裁를 얻는 것이 낫지 않을까 합니다. 이때 물론 나도 동행할 작정입니다. 이때 진행 여하에 따라서는 그 자리에 당신께서도 오셔야 될 것입니다. 물론 이 경우 궁중에 곧 알현드릴 수 있도록 모든 일을 꾸며 놓고 있겠습니다.

물론 이토 히로부미와도 사전에 협의하고 있었음을 보여 주는 내용이지만, 그와 같이 중차대한 일을 실행하기 위해서는 병력의 동원은 물론 대한제국 대신들의 동요까지도 철저하게 차단할 필요가 있다는 사전준비가 있었음도 같은 『회상기』에 적혀 있을 정도다.

아, 5백년 사직을 어찌해야 하는가. 비록 자신이 용상의 자리에 그대로 있다 한들 무엇으로 백성들의 안위를 보살필 수가 있다는 말인가.

"폐하, 폐하!"

경운궁의 통곡 소리가 메아리치기 시작했다. 상궁도 내시들도 모두가 울었다. 그들이 할 수 있는 일은 우는 일, 소리 내어 울 수 있는 일뿐이었다.

이토 히로부미를 만나기 위해 경운궁을 나섰던 궁내부대신 이재극은 일이 잘못되었음을 알고 황성신문사 위암 장지연의 집을 찾았다. 물론 사람들의 시선을 피하기 위해서였다.

"위암, 이젠 믿을 곳이 위암밖에 없게 되었어요."

위암 장지연은 가슴이 철렁 내려앉았다. 그는 일본국 공사관에 조선의 대신들이 연금되어 있었다는 사실, 일본군 헌병들의 호위를 받으면서 경운궁으로 옮겼다는 사실은 알고 있었으나 구체적으로 무엇이 어떻게 되고 있다는 것은 모르고 있었다.

"보시면 알아요."

이재극은 제2차 한일협약의 초본을 장지연에게 내밀면서 말했다. 문건을 집어 들던 장지연은 동작을 멈추면서 몸을 부르르 떨었다. 아, 이 엄청난 문건에 옥새를 찍기 위해 하루 종일 불법을 자행했다는 말인가.

"결과는 어찌 되었소이까?"

"폐하께오서도 통곡하시고 계실 것으로 알아요."

"……!"

위암 장지연은 치밀어 오르는 분노를 주체할 길이 없다. 5백 년 종묘사직이 어찌 이다지도 허무하게 무너져 내릴 수가 있다는 말인가. 위암 장지연은 필사본을 펼쳐 들었다. 그리고 읽는 둥 마는 둥 이재극에게 따지고 물었다.

"대한제국 정부 및 일본 정부는 양 제국을 결합하는 이해공통의 주의를 공고히 하고자 대한제국이 부강해졌다고 판단될 때까지 다음 조항을 지킬 것을 약정한다. 이게 무슨 조약입니까? 조약의 제목도 정해져 있질 않습니다."

"일본 측에서 붙인 이름은 제2차 한일협약이라 하오만……, 강제적으로 체결된 조약인데 우리 쪽 명칭이 있을 까닭이 없지를 않소."

궁내부대신 이재극은 협약이 체결되기까지의 소상한 과정을 장지연에게 세세히 일러 주었다. 치를 떨면서 듣고 있던 장지연이 신음에 가까운 소리를 냈다.

"이럴 수가……, 모두가 믿기질 않아요. 아무리 왜놈들이 몰아세웠다 해도 그렇지. 국록을 받아먹는 대신들이 어찌 나라를 팔아먹는 협약에 찬성을 할 수가 있단 말입니까! 필시 공사관과 뒷거래가 있었을 것이 분명합니다. 내 이놈들을……."

그제야 이재극은 고종황제의 거처에서 있었던 은밀한 얘기를 위암 장지연에게 전했다.

"사실 폐하께오서도 침통해하신 나머지 위암에게 이 사실을 알릴 것을 은밀하게 하교하시면서 나더러 이등 공작을 만나 협약의 체결을 수삼 일만 연기할 것을 요청하라 하셨지요. 그 수삼 일 동안 위암을 비롯한 여러 언론을 중심으로 백성들의 봉기를 촉구할 수 있다면……."

이재극은 더 이상 말을 이어가지 못했다. 장지연도 더 들어야 할 것이 없었기에 협약의 조문에 시선을 꽂았다. 참으로 어처구니없는 내용이 아닐 수 없다.

한국 정부 및 일본 정부는 양 제국을 결합하는 이해공통利害共通의 주의主義를 공고히 하고자 한국의 부강의 실實을 인認할 시에 이르기까지 이 목적으로 다음의 조관條款을 약정함.

1. 일본 정부는 재동경 일본 외무성에 의하여 금후 한국의 외국에 대한 관계 및 사무를 통리지휘統理指揮하겠고, 일본국의 외교 대표 문제에 있어서 영사領事는 외국에 있는 한국의 신민臣民이라는 점에서 보호한다.

2. 일본국 정부는 한국과 타국과의 사이에 현존現存하는 조약의 실행을 완전히 하도록 서로 노력하고, 한국 정부는 금후 일본 정부의 중개仲介에 불유하고 국제적 성질을 갖는 어떠한 조약

이나 혹은 약속을 아니함을 약約한다.

3. 일본국 정부는 그 대표자로 하여금 한국 황제폐하 궐하에 한 명의 통감統監을 두되, 통감은 전형 외교에 관한 사항을 관리하기 위하여 경성에 주재하고 친히 한국 황제폐하를 내알內謁하는 권리를 갖는다.

일본 정부는 또 한국의 각 개항장에 따른 일본국 정부가 필요하다고 인정되는 지역에 이사관理事官을 두며, 이사관은 통감의 지휘하에서 종래 재한국 영사의 일체 직권을 집행하고 아울러 본 협약의 조관條款을 완전히 실행하기 위하여 필요하다고 할 만한 일체의 사무를 처리한다.

4. 일본국과 한국과의 사이에 현존하는 조약은 본 협약의 조항에 저촉되지 않는 것에 한하여 모두 그 효력을 계속할 것으로 한다.

5. 일본국 정부는 한국 황실의 안녕과 존엄을 유지할 것을 보증한다.

상의 증거로 하각下刻은 각 본국 정부로부터 상당相當하는 위임을 받아 본 협약에 기記 각 조인한다.

광무 9년 11월 17일

외부대신 박제순

명치 38년 11월 17일

특명전권공사 임권조

위암 장지연은 제2차 한일협약이라고 적힌 문건을 구겨 들면서 궁내부대신 이재극에게 따져 묻는다.

"이제 어찌하실 생각이십니까? 재임 중에 나라가 망하질 않았습니까."

"면목 없어요."

"그게 어디 말로만 해서 될 일이랍니까. 폐하를 지근에서 모신 대감이 아니십니까!"

궁내부대신 이재극은 고개를 숙였다. 천하의 공론을 주도해 가는 위암 장지연이다. 그의 말이 곧 백성들의 원성이기에 이재극은 쥐구멍에라도 들어가고 싶었으나, 위암 장지연은 그의 수치심을 자극하는 말도 서슴지 않았다.

"친일하는 무리들은 나라를 팔고도 호의호식하겠지요. 그러나 책무가 무엇인지를 아는 자는 살아 있기를 바라지는 않을 것으로 압니다."

"……!"

궁내부대신 이재극은 위암 장지연의 얼굴을 바라보았다. 그의 얼굴은 온통 눈물에 젖어 범벅이 되어 있었다. 이재극은 더 앉아 있을 수가 없었다. 자신의 이름만 거명되지 않았을 뿐, 자신을 향해 죽어야 한다고 말하는 것이나 무엇이 다른가. 이재극은 몸을 일으켰다. 중심이 잡히지 않을 만큼 후들거렸다. 작별의 말도 나오지 않았다. 입을 열면 장지연이 달려들어 목을 비틀 것만 같아서다.

궁내부대신 이재극은 거리로 나왔다. 살을 에는 듯한 찬바람이 뼛속 깊이 파고들었다. 어디선가 통곡 소리가 들렸다. 환청인지도 모른다. 이재극은 그 통곡 소리가 자신을 휘감을 것만 같아서 몸을 움츠리고 걸었다.

궁내부대신 이재극은 귀를 막고 잠시 걸음을 멈춘다. 위암 장지연의 호통 소리가 생살을 도려내는 것 같아서다.

"두고 보시면 압니다. 내일 아침 날이 밝으면 거리가 온통 시체로 넘쳐날 테니까요."

바람이 불었다. 너무도 차가운 바람이었다. 이재극은 걸음을 재촉했다. 아무리 발걸음을 빨리해도 앞으로 나가지지 않았다.

홀로 된 위암 장지연은 찢어질 듯한 심회를 추스르며 먹을 갈았다. 내일 아침에 발간될 「황성신문」에 실을 사설을 써야 하기 때문이다. 그 사설로 인해 조선 민중의 분노가 폭발하여 준다면 그보다 더한 영관은 없다.

전날 이등박문이 우리나라에 왔을 때 백성들은 모두 말하기를 '평소에 이등은 동양 삼국을 정족처럼 안전한 태세로 올려놓은 일을 스스로 주선했던 사람이니……,

더 붓이 나가질 않는다. 가슴 한쪽이 저려 오면서 팔을 놀릴 수가 없어서다. 위암 장지연은 온 힘을 모아 붓을 든 오른손으로 집중한다. 그때 주필인 유근柳瑾이 들어와 장지연의 곁으로 다가선다. 유근은 장지연과 함께 「황성신문」을 창간하였던 동지이기도 하였지만 후일 장지연의 셋째 아들 재윤과 유근의 딸 숙희淑姬가 결혼하게 되어 두 사람은 사돈이 될 만큼 가까운 사이이기도 하였다.

유근은 장지연의 붓끝에서 눈을 뗄 수가 없었다. 저 유명한 「시일야방성대곡是日也放聲大哭」이라는 명사설이 탄생하려는 순간이기 때문이다. 불과 4백80자의 짧은 글이어도 그 내용에는 조선 민중의 통한과 결기를 담고 있지를 않던가. 그러나 어찌 짐작이나 했으랴. 위암 장지연은 마지막 구절을 매듭짓지 못한 채 스르르 무너져 내린다.

"위암, 이 사람 위암!"

유근은 위암 장지연을 안아다 응접 소파에 눕히면서 안간힘을 쓰듯 소리쳐 흔든다. 잠시 뒤 위암 장지연이 눈을 뜬다. 그리고 책상 쪽을 가리키며 뭔가를 중얼거린다. 서둘러 사설을 완성하라는 뜻이 아니겠는가. 유근은 고개를 끄덕여 보이고 책상으로 다가가 위암 장지연의 대문장에 매듭을 지었다.

그렇게 완성된 사설은 11월 20일자 「황성신문」에 실리면서 조선 민중들로 하여금 통한에 사무친 울분을 토하게 하였고, 그로부터 1백여 년이 지난 오늘을 사는 우리들의 심금까지 울리고 있지를 않던가.

「시일야방성대곡」

  손탁 호텔 안은 늦은 밤인데도 대낮과도 같이 불을 밝히고 있다. 온 방마다 휘황한 불빛이 넘쳐나고 있었고, 사람들의 내왕도 분주해 보였다. 그러나 호텔 밖의 사정은 판이하게 다르다. 호텔 정문에는 차단기가 설치되어 있고, 양옆으로는 기관총이 내걸려 있다. 또한 추가 병력이 손탁 호텔로 속속 집결하고 있는 형국이었다.

  손탁 호텔의 노른자와도 같은 1층 정동구락부는 색색의 비단으로 장식되었고, 정면 중앙 벽면은 일장기만으로도 가득해 보였다. 스탠드 칵테일바 형식으로 꾸며진 여러 테이블에는 서양 요리가 화려한 집기에 어울리도록 배치되어 있다. 오랜 세월 동안 유교문화에 지배되어 온 조선의 처지로는 생소한 연회장이지만, 몰려든 면면들만 살펴도 당연히 조선 최고의 파티가 되고도 남는다. 이 파티를 위해 일본에서 요리사를 초빙해 왔을 정도였으니까.

홀 한가운데 설치된 메인테이블을 둘러싼 사람들만 살펴도 그렇다. 대일본제국을 탄생시킨 제일의 원훈인 이토 히로부미 공작, 조선 주차 일본군 사령관 하세가와 요시미치 육군대장, 조선 주재 일본 공사 하야시 곤스케 등은 가슴에 주렁주렁 훈장이 달려 있는 예복 차림이고, 홍일점 격인 다야마 사다코도 화려한 서양 드레스로 성장하고 있다. 또 주변 테이블을 에워싼 사람들도 일본군의 고급장교이거나, 일본 은행의 임원들이 대부분이다.

제2차 한일협약의 체결을 자축하는 연회라면 대한제국의 멸망을 축하하는 모임이나 다를 것이 없다. 망한 나라의 도성 한복판에서, 그것도 고종황제가 통한의 눈물을 쏟고 있을 경운궁 바로 근처에서 대한제국의 국권을 약탈한 도적들이 호화찬란한 연회를 펼치고 있는데도 아무 소란 없이 진행되고 있다는 것도 이상하기까지 한 노릇이다.

하세가와 대장이 이토 히로부미의 곁으로 다가서며 아첨을 겸한 축하의 말을 입에 담는다.

"각하, 오늘의 이 기쁨은 러일전쟁의 승전이 이끌어 낸 대성과이자, 각하의 오랜 염원이 일거에 이루어진 일대 쾌거가 아닐 수 없습니다. 축하드립니다."

"허허허. 나도 그리 생각하고 있는걸……."

이토 히로부미는 당당하게 대답한다. 열아홉 살 어린 나이로 쇼카손주쿠松下村塾(이토가 공부한 서당)에 들어갔을 때 스승 요시타 쇼인吉田松陰은 지식보다는 호연지기를 아우르는 젊은이들을 길러 내고자 하였다.

죽어서 불후不朽가 되려면 시간과 장소를 가리지 말고, 나라를 위해 큰일을 하려거든 오래 살아라!

참으로 새겨 둘 만한 가르침이 아닐 수 없다. 이토 히로부미는 스승의 가르침에 따라 참으로 오래 살았다. 그 삶이 일본국의 근대화를 이끌어 냈고, 대한제국을 손아귀에 넣었으며, 앞으로 만주를 지배하려는 야욕을 불태우고 있지를 않던가.

하세가와 요시미치 육군대장은 몇 발자국 앞으로 나서며 잔을 높이 든다. 그리고 근엄한 어조로 건배를 제의한다.

"오늘의 이 기쁨은 황공하옵게도 천황폐하의 은덕에 힘입은 것이며, 이토 각하의 탁월한 지도력이 이끌어 낸 영원불멸의 성과가 아닐 수 없습니다. 이에 조선군 사령관 하세가와 대장은 대일본제국의 무궁한 발전과 대동아공영권의 조속한 건설……, 그리고 이토 각하의 건승을 축원하는 건배를 제의하고자 합니다. 자, 다 같이 잔을 높이 듭시다."

좌중의 모든 시선들이 숙연해진다. 이토 히로부미도 만면에 미소를 담으며 크리스털 잔을 들어 보인다.

"건배……!"

하세가와 대장의 선창에 따라 온 방 안이 '건배!' 소리로 소용돌이친다. 그것은 건배를 외치는 소리가 아니라 조선의 지배를 자축하는 우렁찬 함성이었다. 그리고 크리스털 잔이 부딪치는 소리가 여기저기서 땡그랑거렸다. 사람들은 입술을 축인 잔을 놓으며 우레 같은 박수 소리로 이토 히로부미를 들뜨게 한다.

"각하."

하세가와 대장은 이토 히로부미에게 다시 한 발 다가서며 정중하게 입을 열었다. 자축의 말을 청하고 있음이었다. 이토 히로부미는 마다하지 않는다. 자청해서라도 쏟아 낼 감회가 또 얼마이겠는가. 이토 히로부미가 한 발 앞으로 나서자 좌중은 물을 뿌린 듯 조용해졌다.

이토 히로부미의 얼굴에는 홍조가 띠어 있다. 오늘 이 순간을 위해 평생을 던져 온 사람이 아니던가. 그의 목소리는 조용하면서도 확신에 차 있었다.

"여러분의 노고에 힘입어 나는 영광스럽게도 내 생애에서 가장 뜻깊은 자리에 서게 되었다. 또 이런 시간이 오기를 나는 몽매에도 그리워하였다. ……비록 조선의 황제가 용상에 앉아 있어도 대한제국은 우리 일본제국에 병합된 것이나 다름이 없다. 오늘 이 영광스러운 자리가 있기까지 새로 태어난 우리 대일본제국은 참으로 험난한 길을 걸어오지 않았는가."

이 대목에서 이토 히로부미는 치밀어 오르는 감격을 주체하기 어려운 듯 잠시 말을 멈추고 눈을 감았다. 1868년, 메이지유신을 매듭지으면서 얼마나 급하게 달려왔던가. 새로운 체제의 일본국을 발족한 지 겨우 7년 뒤인 1875년에 이른바 '운양호 사건'을 일으켰다. 그래서 맺어진 것이 '강화도조약'이었고, 그 조약의 시행에 따라 일본국 공사관이 조선 땅에 들어설 수 있었고, 일본군이 주둔할 수 있었다.

물기에 젖은 이토 히로부미의 목소리가 다시 흘러나왔다.

"우리는 메이지유신의 현장에서……, 일청전쟁·일러전쟁의 전선에게 수많은 청춘들이 꽃잎처럼 쓰러져 가는 것을 보면서도 눈물 흘릴 겨를이 없었다. 그 헤아릴 수 없는 고통을 감내하면서, 이제 겨우 여기에 이르렀다."

배정자의 양 볼을 타고 뜨거운 눈물이 흘러내린다. 이토 히로부미의 섬세하면서도 강인한 성품을 가까이서 겪어 온 배정자는 그의 확신에 찬 의지는 감동 그 자체일 수도 있어서다.

"조선의 경영은 끝난 것이 아니라 이제 시작에 불과하다. 우리는 더 많은 시련에 시달릴 것이며, 때로는 목숨을 잃을 수도 있을 것이다. 나는 여러분들의 일사불란한 분투를 기대할 뿐이다."

제2차 한일협약, 다시 말해 '을사조약'은 대한제국의 외교권을 박탈하고, 통감정치를 시작하는 데 불과하다. 이토 히로부미는 이로부터 5년 후인 1910년 조선과 일본의 합병이 있기까지 그 안에 일어날 조선 민중의 저항까지도 염두에 두고 있었다.

"나 이토는 귀관들의 노고를 잊지 않을 것이다. 다시 한 번 그동안의 노고에 감사한다. 고맙다."

우레 같은 박수가 터져 올랐다. 사람은 많지 않았어도 가슴을 울리고도 남을 열광의 박수였다.

11월 20일의 날이 밝았다. 조선 민중들에게는 통한의 날이었다.

"신문이오, 황성신문이오!"

「황성신문」이 배포되었다. 신문을 돌리는 사람들은 하나같이 울부짖고 있었다. 다른 날과 달랐다. 사람들은 발걸음을 멈추고 「황성신문」을 받아 들었다.

위암 장지연의 논설 「시일야방성대곡」은 사람들의 통분을 자아내게 하는 데 부족함이 없는 대문장이었다.

전날 이등박문이 우리나라에 왔을 때 백성들은 모두 말하기를 '평소에 이등은 동양 삼국을 정족처럼 안전한 태세로 올려놓은 일을 스스로 주선했던 사람이니, 그의 내한은 필시 우리의 독립을 공고히 할 방침을 권고하기 위함일 것이다'라고 하여 부산 항구로부터 한성으로 들어오기까지 관민 상하가 모두 환영했다. 세상일이란 참으로 알 수 없도다. 천만 뜻밖에도 그 다섯 가지 조항이 어디서 나왔다는 말이더냐. 이 다섯 조항은 비단 우리나라뿐만이 아니라 동양 삼국을 분열시킬 징조로 만드는 것인즉, 이등의 원래 뜻은 어디로 가 버렸단 말인가.

더욱이 우리의 대황제폐하는 강경한 성의로 이를 끝까지 거절했으니, 이 조약이 성립되지 아니함은 이등 자신이 너무도 잘 알리라.

그러하거늘 아아, 저 개돼지보다도 못한 소위 우리나라의 대신이라는 자들은 영리만을 바라고, 거짓 위협에 겁을 먹고 우물쭈물하다가 결단을 내리지 못한 채 스스로 매국노가 됨으로써 4천년 강토와 5백년 종사를 남에게 바치고 2천만 동포로 하여금 남의 노예가 되도록 하였구나!

저 개돼지만도 못한 외부대신 박제순 이하 여러 대신은 꾸짖을 가치조차 없거니와 명색이 참정대신이라는 자는 정부의 우두머리로서 어찌 아닐 부否, 한 글자로써 책임을 모면하고자 하였느냐. 김상헌같이 문서를 찢어 통곡하지도 못하였으니 구차하게 살아서 세상에 서 있은들 무슨 면목으로 강경하신 황제폐하를 다시 뵈올 것이며, 무슨 면목으로 2천만 동포를 다시 대하겠느냐.

오호, 통제라! 우리 2천만 노예가 되어 버린 동포여! 살 것이냐, 죽을 것이냐! 단군, 기자 이래 4천년 국민정신이 하룻밤 사이에 갑작스레 멸망해 버린단 말이냐!

분하도다. 분하도다! 동포여, 동포여!

위암 장지연의 격정에 찬 논설을 읽은 사람들은 모두 약속이나 한 듯 털썩 무릎을 꿇고 통한의 눈물을 쏟았다.

"폐하, 폐하!"

도성 안은 온통 눈물바다, 통곡의 바다로 변해 간다.

「황성신문」을 입수한 일본 공사관에서는 긴급회의가 소집되었다. 새벽까지 이어진 축하연에서 거나하게 취했던 탓에 회의실에 모인 관계자들의 몰골은 하나같이 말이 아니었다. 하야시 공사도 급하게 달려 나온 듯 잠옷 위에 외투 하나를 달랑 걸친 몰골이었다.

하야시 공사의 얼굴은 이미 하얗게 질려 있다. 숙취로 계속 뒷골이 당기고 정신이 멍한데도 위암 장지연의 논설이 비수보다 더한 예리함을 뿜어내고 있어서다.

"어떻게 된 거야? 어찌하여 이런 논설이 나올 수가 있나. 그것도 밤사이에!"

사태의 긴박함을 눈치챈 곳이 어찌 일본국 공사관뿐이랴. 일본군 헌병대에서도 비상 명령이 내렸다.

"당장 잡아들여. 당장……!"

마쓰모토 대위가 인솔하는 일본군 헌병들은 사이드카를 앞세우고 황성신문사로 달려갔다. 마쓰모토 대위는 허공을 향해 권총을 쏘면서 고함친다.

"한 놈도 남김없이 전원 체포하라!"

헌병들은 닥치는 대로 기물을 파괴하면서 황성신문사로 난입했다. 식자공들을 폭행하고 활자판에 발길질을 한다. 온 방 안에 활자가 나뒹굴었고, 인쇄기에는 모래가 뿌려지면서 박살이 난다. 마쓰모토 대위는 사장실 문을 박차고 들어간다. 위엄 장지연은 태연히 자리에 앉아 있었다. 마쓰모토 대위가 권총으로 삿대질을 하면서 소리친다.

"네가 장지연이냐!"

위엄 장지연은 태연히 자리에서 일어서며 당당하게 대답한다.

"그렇기는 하다만……, 네 소행이 실로 괘씸하지 않느냐!"

"이런 불경한 놈이 있나!"

"아무리 침략국의 장교기로 최소한도의 예절은 있어야지!"

마쓰모토 대위는 불문곡직 장지연에게로 다가가 명치를 가격했다. 욱, 외마디 비명과 함께 장지연의 무릎이 꺾였다.

"나는 너 같은 놈들을 잡아들여 족치는 일본군 헌병대위 마쓰모토다!"

마쓰모토 대위는 미친 듯한 고함을 내지르더니 장지연의 옆구리에 군홧발을 내지른다. 황성신문사 사장 위엄 장지연은 나무토막처럼 방바닥을 구른다.

"이놈을 헌병대로 연행하라!"

마쓰모토 대위는 미친 듯 사장실의 기물을 때려 부수면서 권총을 연속으로 발사했다. 액자가 몸부림을 치듯 흔들리다가 바닥에 떨어져 박살이 난다.

황성신문의 사설 「시일야방성대곡」은 잠자던 조선 민중들의 가슴에 불을 질렀고, 도성 사람들을 술렁거리게 했다. 상인들은 상점 밖으로 뛰쳐나와 고함을 지르거나 통곡을 했고, 분을 참지 못한 상인들 중 일부는 일본 상인들의 상점을 공격하러 몰려갔다. 그러나 이미 일본군이 종로에 진을 치고 있었기에 상점을 향해 돌을 던지는 정도로 분을 삭여야 했다.

상인들은 열었던 상점 문을 닫아 잠그고 탑골공원으로 향했다. 탑골공원에는 분노에 휩싸인 백성들이 구름처럼 모여들었다. 그들의 머리 위로 「황성신문」이 폭설처럼 날렸다. 일본군과 일본 헌병들이 서둘러 탑골공원 주위를 둘러싸고 배치되었다.

성난 군중들은 일본 공사관으로 몰려가 돌을 던지며 진입을 시도하는 등 격렬한 시위를 벌였다. 백성들의 행렬은 대안문 앞으로도 이어지고 있었다. 흰 상복을 입은 유생들과 휴교를 단행한 학교의 학생들, 교사들, 상인들, 노동자들, 회사원들, 심지어 관리들까지 관복을 입은 채 대안문 앞으로 몰려들었다. 이들은 황제를 목 놓아 외치며 통곡을 했다.

일본군들은 대안문을 굳게 걸어 잠그고 만약의 사태에 대비해 기관총을 요소요소에 거치했다. 기병대와 보병은 중무장을 한 채 대안문 근처에서 집결해 명령을 기다리고 있었다. 대안문 밖에는 일본 헌병 수백 명이 착검을 한 채 몇 겹으로 도열하고 있다.

의정부 참정 이상설의 조약 폐기와 매국 적신 처단 상소에 이어 원로대신들의 상소가 빗발쳤고, 유생들도 한성에 대한13도 유약소를 설치하고 조직적인 저항에 들어갔다.

일촉즉발의 상황이 한성 곳곳에서 이어지고 있다. 이미 전날 특별경계령을 내려놓은 이토 히로부미도 긴장하지 않을 수 없었다.

'조선인을 다 죽이고서야 이 땅을 얻은들 무슨 소용이 있겠는가?'

이토 히로부미는 가능한 한 충돌을 자제하라고 하세가와 대장과 사이토 중좌에게 신신당부를 했다.

"다만, 일본인이나 일본군, 공사관 등 공공의 시설을 파괴하려는 무리에 대해서는 가차 없이 발포하라!"

산발적인 충돌이 한성 전역에서 벌어졌다. 일본인 거주지와 상가에서 방화가 이어졌고, 일본 주요 건물에 대한 습격과 일본인에 대한 폭행이 자행되었다. 이토 히로부미의 지시대로 일본군 헌병과 주둔병들이 강경진압에 나서면서 조선인 수백 명이 체포되어 헌병대와 육군사령부로 연행되어 갔다.

탑골공원에서 몰려나온 군중들은 종로 네거리에서 일본헌병대와 대치를 했다. 헌병들은 대안문으로 집결하려는 군중들을 막으라는 명령을 받고 있었다.

사수국권死守國權이라는 휘장 주위로 청년들이 몰려들었다. 몇 몇 청년을 주축으로 구국 연설이 펼쳐졌다. 군중들은 한결같이 주먹을 들어 하늘을 찌르며 연설에 찬동했다.

김하원이라는 청년은 연설을 하다가 일본헌병대를 향해 달려 갔다. 대열을 갖춰 선 일본 헌병들 앞에서 김하원은 가슴을 내밀 며 소리쳤다.

"우리는 나라를 구하고자 여기에 섰다. 내 나라를 구하기 위 해 내 목숨을 바치는 일보다 값진 것이 어디 있느냐? 너희들에 게도 나라가 있으니 알 것이다. 어서 길을 비켜라! 길을 비키지 않을 것이면 내 심장에 대고 총을 쏘아라!"

김하원 앞에 서 있던 일본 헌병은 주춤거리며 뒤로 물러갔다. 그것을 본 군중들은 환호를 지르며 헌병들을 압박해 갔다.

"물러나지 마라!"

일본 헌병 뒤에서 쇳소리같이 날카로운 명령이 날아들었다. 김하원은 기세등등하게 앞으로 나갔다. 그 순간, 총검이 김하원 의 심장을 파고들었다. 김하원은 붉은 피를 뿜어내며 비틀거렸 다. 그리고 그 자리에서 힘없이 쓰러졌다. 잠시 팽팽한 침묵이 흘렀다.

"저놈들을 죽여라!"

누군가가 소리치자 조선 민중의 분노가 폭발했다. 일선에 서 있던 군중들은 일본 헌병을 향해 몸을 날렸다. 그와 동시에 일본

군 헌병들이 방아쇠를 당겼다. 순식간의 일이었다. 수십 명의 사
람들이 총검에 찔려 죽어 갔다. 군중들은 뒤로 물러나면서 돌과
기왓장을 헌병들에게 던졌다. 헌병들도 돌에 맞아 비틀거렸다.

"진격하라. 한 놈도 남김없이 체포하라!"

일본군 헌병들은 총검에 찔려 쓰러진 조선 민중들을 짓밟으며
앞으로 달려 나왔다. 군중들은 뒤로 물러나서 계속 돌을 던졌다.

"발포하라!"

총탄이 빗발치듯 날리자 수많은 사람들이 낙엽처럼 쓰러졌다.
놀란 군중들은 사방으로 흩어지기 시작했다. 흩어지면서도 군중
들은 돌을 던졌다. 급하게 연락을 받고 증파된 헌병들이 사방에
서 몰려왔다. 군중들은 당황해서 우왕좌왕했다. 그 와중에 개머
리판에 맞아 쓰러지고 총검에 찔려 쓰러진 사람들이 속출했다.

시종무관장 민영환은 해가 중천에 떠오르고서야 퇴청을 했
다. 운집한 백성들로 인해 대안문 출입은 통제되어 있었다. 민영
환은 서문을 통해 겨우 궁궐을 빠져나올 수가 있었다. 인력거를
타면 일본인으로 오인 받아 공격을 받을 게 뻔하고, 사인교를 타
면 고위관리인 줄 알고 위해를 당할 것이 아니겠는가. 민영환은
시종들이 마련한 가마에 올랐다. 민영환은 집으로 돌아가는 길
목마다 성난 군중과 마주쳤다. 나라의 주권을 회복하자는 함성
과 친일세력을 몰아내자는 열혈 청년들의 외침, 담 너머로 흘러

나오는 아녀자들의 곡소리까지 크고 작은 소리들이 민영환의 마음을 어지럽혔다. 그 소리들은 민영환의 머릿속에서 '이게 다 네 탓이니라!'는 소리로 메아리치는 것이나 다름이 없다.

시종무관장 민영환은 가슴을 쥐어뜯으며 입술을 깨물었다. 고종황제를 지근에서 모시면서도 아무 도움이 되지를 못한 것이 통한에 사무칠 일이다. 이 불충을 어찌해야 하는가. 이 치욕과 울분을 어찌해야 하는가. 무슨 낯으로 다시 폐하를 대할 것이며, 또 무슨 염치로 선조의 위패 앞에 설 수가 있겠는가. 민영환이 집에 당도하자 민영환의 아내가 버선발로 뛰어나왔다.

"대감, 이게 무슨 변고이옵니까? 어쩌다가 이 나라가 이런 지경이 되었습니까?"

민영환은 고개를 숙인 채 사랑채로 향하면서 중얼거렸다.

"내가 죄인이오, 내가……."

시종무관장 민영환은 뒤따르려는 아내를 손을 들어 가로막았다.

"날 좀 내버려 두시오."

거처로 들어선 민영환은 보료에 정좌한다. 눈을 감고 지나온 세월을 곰곰이 곱씹어 본다.

생부 민겸호의 슬하를 떠나 백부 민태호의 양자로 입양되던 일, 정시문과 병과에 급제하여 관직에 나서던 일, 성균관 대사성으로 있을 때 임오군란이 발발하였고, 그때 생부 민겸호가 살해

되어 벼슬을 버리고 3년간 거상했던 일……, 다시 이조참판으로 제수되고, 젊다기보다는 어린 나이로 도승지에 오르던 일, 황제의 총애를 입어 승진을 거듭한 나날들이었다. 도승지, 홍문관 부제학, 이조참판, 한성우윤, 상리국 총판, 친군전영사를 거쳐 예조판서가 되고, 병조판서, 형조판서, 한성부윤, 내무부독판사로 승차되면서 많은 사람들의 부러움을 사지 않았던가.

을미사변乙未事變이 일어나 명성황후가 시해되던 해에는 주미 전권대사가 되었으나 사직을 하였고, 이듬해 특명전권공사로 러시아 황제 니콜라이 2세의 대관식에 참석했던 일……. 그때 일본, 미국, 영국 등을 여행하면서 서구 문명의 변천에 얼마나 소스라치며 놀랐던가.

귀국 후 의정부 찬정, 군부대신을 지내다가 다시 영국·독일·프랑스·러시아·이탈리아·오스트리아 6개국 특명전권 공사로 외유하면서 서양 문물에 일찍 눈을 뜬 덕분에 유럽의 제도를 모방해 정치제도를 개혁하려고 여러 차례 상주하기도 했었다. 비록 군제개편만 채택되어 원수부를 설치하고 육군을 통합하는 데 그치긴 했지만 무의미한 세월만은 아니었다. 독립협회를 적극 후원하며 시정을 개혁하려다가 같은 민씨 실세의 미움을 사 파직되었던 일, 그리고 다시 기용되어 참정대신으로 지내던 나날들, 친일 대신들과 대립하고 일본의 내정간섭을 성토하다가 시종무관장이라는 한직으로 밀려난 일까지……. 그야말로 파란으로 점철된 관직 생활이었다.

민영환은 길게 한숨을 내쉬면서 아내를 불러 당부한다.

"내 관복을 내오시오."

"지금 관복을 입고 계시지 않으십니까?"

"내가 처음 입궐할 때 입었던 조선의 관복 말이외다. 소중히 간직하라 하지 않았소?"

아내의 얼굴에 불길한 빛이 스치고 지나간다. 민영환의 얼굴이나 목소리에는 아무 변화가 없었어도 뭔가 결단하려는 기색이 완연하다. 아내는 머뭇거리면서도 움직이지 못한다.

"어서 가져오라 하지 않았소!"

아내가 관복을 가지러 간 사이 민영환은 문갑서랍을 연다. 그리고 상자 밑 깊숙이 감추어 두었던 단검을 꺼냈다. 칼집을 벗어난 단검은 유난히도 빛을 발했다. 민영환은 단검을 보료 아래로 깔아 두고 먹을 갈기 시작했다. 아내가 관복을 가지고 들어왔다.

"놔두고 가시오."

"오늘은 정말 이상하십니다. 꼭……."

아내는 말을 끝맺지 못했다. 민영환은 고개를 젖히고 긴 한숨을 내쉬었다.

"……날 좀 내버려 두구려."

아내는 망설이다가 방을 나갔다. 민영환은 붓을 들었다. 황제와 백성들에게 남기는 유서를 한 자 한 자 정성들여 써 내려

민영환의 유서

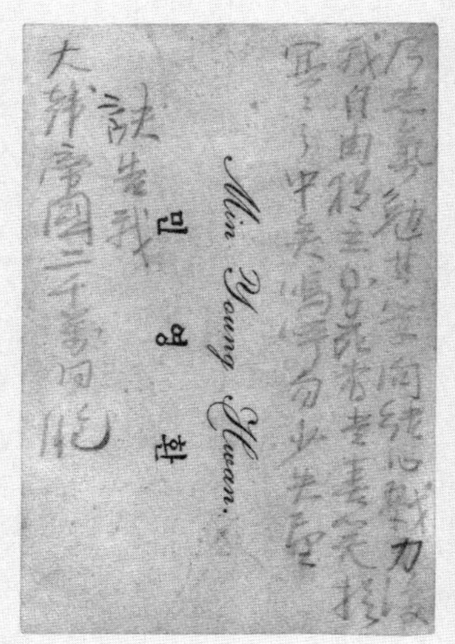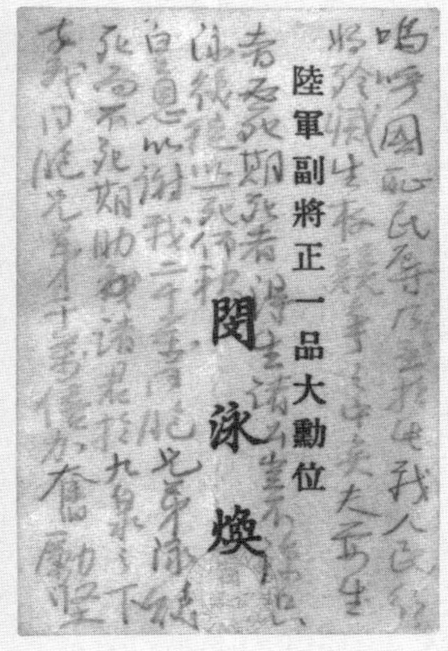

아, 나라의 수치와 백성의 욕됨이 이에 이르렀으니

우리 인민은 장차 생존경쟁에서 잔멸하리라.

대저 살기를 바라는 자는 반드시 죽고,

죽기를 기약하는 자는 살 수 있는 법인데, 여러분은 왜 이것을 모르는가.

영환은 한번 죽음으로써 임금의 은혜에 보답하고,

2천만 동포형제에게 사과하노라.

영환은 죽어서도 죽지 않고, 저승에서 여러분을 돕고자 하니

우리 2천만 동포 형제들은 천만배로 보답하여 마음을 굳게 먹고,

학문에 힘쓰며, 일심협력하여 우리의 자유와 독립을 회복하면

죽은 몸도 저승에서 기뻐 웃으리라. 아, 조금도 실망하지 말라.

우리 대한 제국 2천만 동포형제에게 이별을 고하노라.

갔다. 민영환의 눈에는 눈물이 고였다가 볼을 타고 흘러내렸다.
턱에서 떨어진 눈물은 종이를 적시며 글자가 번지게 했다. 그러
나 민영환은 자신이 눈물을 흘리고 있다는 사실조차 모르는 듯
하였다.

시종무관장 민영환은 종이를 접어 봉투에 넣고 걸봉에 또박
또박 유서라고 썼다. 신식 관복을 벗고 예전의 조선관복으로 갈
아입었다. 이윽고 보료 밑에서 단검을 꺼낸 민영환은 무릎을 꿇
고 정좌하였다.

"폐하, 신의 불충을 용서하소서."

시종무관장 민영환은 조용히 관복의 앞자락을 열었다. 그리
고 명주 내의 또한 열고 물소 뿔로 만들어진 단검 자루를 힘껏
잡으며 칼날을 맨살에 댄다.

'나 하나의 죽음으로 이 나라와 이 백성의 치욕을 씻고 떨쳐
일어날 수 있다면……, 백번이라도 고쳐 죽겠노라!'

민영환은 거친 숨결을 고르며 힘껏 배를 찔렀다. 그리고 천천
히 옆으로 칼날을 옮겨 간다.

울컥울컥 선혈이 쏟아져 흘렀다. 그리고 온몸이 천천히 무너
져 내렸다. 물론 후일의 일이지만, 그가 쓰러진 자리에서 정절貞
節의 대나무가 솟았다는 동경의 말이 일파만파로 퍼져 나가기도
하였다.

시종무관장 민영환의 할복자결이 알려지자 장안은 삽시간에

울음바다가 되었다.

"국가의 기둥이 쓰러지고 큰 별이 떨어졌다."

흰옷 입은 백성들이 민영환의 집으로 몰려들어 통곡을 했다. 민영환의 뒤를 이어 의정대신 조병세도 백성과 각국 공사에게 보내는 유서를 남기고 음독자결을 했다. 전 참판이자 갑신정변의 주역이었던 홍영식의 형 홍만식, 학부주사 이상철, 평양의 전 봉학도 스스로 목숨을 끊는 등 매국 조약 체결에 항거하는 자결이 잇따랐다.

전날, 조병세는 77세의 노구로 관리들을 이끌고 대안문으로 달려 나가 통한의 눈물을 쏟으며 상소를 올렸다. 고종황제는 충정이 너무나 고마워 그의 인견을 허락했으나, 그들을 위로하는 말밖에는 아무 말도 할 수가 없었다. 고종황제를 배알하고 경운궁을 나오던 조병세 일행에게 일본 헌병들이 달려들었다.

"저자들을 포박하여 연행하라!"

조병세는 헌병들을 향해 쩌렁쩌렁하게 울리는 고함으로 호통을 쳤다.

"대한제국의 고관이니라. 당장 물러서지 못하겠느냐!"

헌병들의 선봉에 선 마쓰모토 대위는 콧방귀를 뀌었다.

"너희가 공사관의 허락 없이 황제를 만난 것은 대죄이다. 중벌을 받아 마땅할 것이다."

조병세는 어이가 없었다.

"네 이놈! 정부의 고관이 황제를 배알하는 일이 어찌 너희들의 허락을 받아야 한다더냐? 당장 물러서렷다!"

"저 시끄러운 늙은이의 주둥이를 막아라!"

조병세는 포박을 당하고 입을 틀어막힌 채 헌병대로 강제연행되었다. 그 광경을 지켜보고 있던 백성들이 격앙되어 야유와 욕설을 퍼부으며 헌병들에게 다가갔다. 그러자 마쓰모토 대위는 즉각 권총을 들어 공포를 쏘아 댔다.

"한 발이라도 더 다가오는 놈이 있으면 지체 없이 사살한다."

조병세는 일본군 헌병대에서 온갖 고초를 다 당하고서야 간신히 석방되었다. 국권을 잃어버린 대한제국의 무력함을 뼈저리게 느끼며 사령부를 나온 조병세의 눈앞은 캄캄절벽, 오직 절망만이 남아 있을 뿐이었다. 집으로 돌아온 조병세는 아편을 마시고 자결한다. 그래도 망국의 한은 씻길 수가 없다.

분노한 백성들은 밤이 되자 횃불을 들고 학부대신 이완용의 집으로 몰려갔다.

"매국노 이완용을 쳐 죽이자!"

으리으리한 기와집 솟을대문은 굳게 닫혀 있었고, 대문 앞에는 헌병 10여 명이 지키고 있었다. 그러나 몰려드는 군중의 물결에 헌병들은 겁을 먹지 않을 수가 없다. 헌병들은 위협사격으로 군중들을 해산시켜 보려 했으나 오히려 성난 군중들을 자극하고 만다. 군중들은 헌병에게 돌과 횃불을 던지며 다가간다. 사

방에서 몰려드는 군중을 감당할 수 없었던 헌병들은 뒷걸음질을
하며 공포를 쏘아 대는 것이 고작이었다.

군중들은 대문을 부수고 이완용의 집 안으로 몰려 들어갔다.
이완용과 이완용의 식솔들은 이미 피신한 상태였고, 하인들만
이 두려움에 떨고 있었다. 누구랄 것도 없이 손에 든 횃불을 건
물을 향해 던졌다. 순식간에 이완용의 집은 불길에 휩싸였다.

비슷한 시각, 이근택의 집으로 향하는 길목의 어둠 속에 박상
인이 청년들과 함께 숨어 있었다. 헌병을 앞세운 인력거가 박상
인의 시야에 들어왔다.

박상인이 손을 흔들자 청년들이 골목에서 튀어나오며 헌병들
을 향해 돌팔매질을 하기 시작했다. 헌병들은 호루라기를 불어
대며 청년들을 뒤쫓았다. 박상인은 바람처럼 인력거를 향해 달
려갔다. 박상인의 손에는 서슬 퍼런 단검이 들려 있었다. 박상인
은 인력거 휘장을 걷었다.

"누, 누구냐!"

"나라를 팔아먹은 개만도 못한 인간! 죽어랏!"

박상인은 이근택의 심장을 겨냥하고 찔렀다. 그러나 이근택
이 몸을 피하는 순간 단검은 그의 팔을 찌르게 된다. 박상인이
재차 단검으로 찌르려 했으나 이근택의 반응이 더 빨랐다. 이근
택은 박상인을 걷어차며 인력거에서 튀어나갔다. 박상인은 재
빨리 일어나 이근택을 뒤쫓았다. 피가 흐르는 팔을 움켜쥔 채 이

근택은 헌병이 사라진 방향으로 소리를 지르며 달아났다.

"누구 없느냐! 날 살려라! 날⋯⋯!"

이근택의 고함 소리를 들었던 것인지, 호루라기와 발소리가 점점 가까워졌다. 박상인은 가까스로 이근택의 덜미를 잡아챘다.

"매국노. 네놈이 무사할 줄 알았더냐!"

박상인은 이근택의 등을 향해 단검을 내리꽂았다. 그러나 이번에도 단검은 빗나가 이근택의 어깨에 꽂히고 말았다. 그때 가까이서 총소리가 들렸다. 얼마 떨어지지 않은 골목에서 헌병들이 달려오고 있는 것이 보였다. 박상인은 이근택에게 호된 발길질을 하면서 달아나기 시작했다.

윤민호는 일본인 차림으로 권중현의 집 근처에 잠복해 있었다. 권중현의 인력거에도 헌병들의 경호가 붙어 있었다. 인력거가 대문 앞에 이르자 윤민호는 손을 들어 신호를 보냈다. 순간 권중현의 집 담 끝에서 수많은 횃불들이 집채를 향해 날아갔다.

"대감, 위험하오이다!"

권중현이 인력거 휘장을 걷으며 밖을 내다보았다. 횃불을 던지고 있는 청년 몇 명이 보였다.

"어서 가서 저놈들을 잡아들이지 않고 무얼 하느냐!"

헌병들은 황급하게 달려갔다. 기다리고 있던 윤민호가 천천히 인력거 쪽으로 걸어갔다. 권중현은 인력거에서 내리며 윤민호를 힐끗 쳐다보았다. 지나치는 일본인이라고 생각했는지 신경을 쓰지 않는 모양이다.

윤민호는 걸음을 멈추고 권중현을 향해 권총을 빼 들었다. 그리고 소리쳤다.

"매국노 권중현!"

권중현은 윤민호가 빼 든 권총에 시선을 모으며 뒷걸음치기 시작한다.

"2천만 백성을 대신해서 너를 벌하겠다!"

권중현이 등을 돌려 달아나는 순간, 윤민호의 권총이 불을 뿜었다. 총탄은 권중현의 등판에 명중했다. 권중현은 앞으로 푹 고꾸라진다. 총소리에 놀란 헌병들이 황급히 몰려오기 시작한다. 윤민호는 걸음을 옮기며 쓰러진 권중현을 향해 한 발을 더 쏘았다.

"이건 창준 형님 몫이다!"

호루라기 소리가 요란하게 들려온다. 윤민호는 재빠르게 골목길로 몸을 날렸다. 어찌 권중현의 집뿐이랴. 분노한 조선 민중들에 의해 도성 거리는 아수라장으로 변해 가고 있었다.

11월 22일, 이른바 '을사늑약乙巳勒約'이라고도 일컬어지는 침략조약의 강제체결에 성공한 이토 히로부미는 교활하게도 수원성水原城을 둘러본다는 구실로 계산된 나들이를 시도하고 나선다. 도성의 거리가 혼란의 수렁으로 빠져들고 있고, 친일 대신의

집에 폭탄이 던져지는 판국이라 조선군 사령관 하세가와 요시미
치는 정중하게 만류하였다.

"각하, 아직은 때가 어수선합니다. 다음 기회로 미루심이 옳
은 줄로 압니다."

"허허허, 우리에게는 지금이 기회가 아니겠나. 전쟁도 불사하
는 마당인데 소요 따위에 짓눌린대서야 더 큰일을 도모할 수 없
겠지……."

만면에 웃음을 담은 이토 히로부미의 결기는 하세가와 대장을
주눅 들게 하였다. 2만여 명의 주둔군을 거느리고서도 나 하나
지켜주지 못한대서야 말이 되느냐는 힐문과도 같았기 때문이다.

손탁 호텔을 떠난 황금마차의 주위는 일본국 기마병들이 철
통같이 포위하면서 달리고 있다. 이토 히로부미는 대담하게도
마차의 창문을 열어 놓고 살벌하게 변해 가는 도성 거리의 풍경
을 내다볼 만큼 여유로웠다. 남대문역을 떠난 특별열차는 눈 깜
짝할 사이에 수원역에 도착한다. 이토 히로부미는 일본군 헌병
들에게 옹위된 채 수원성으로 향한다.

수원성은 아름답고 정교하면서도 드넓기가 그지없다. 일본의
성채는 번주藩主(고을을 다스리는 장군 격)만을 보호하기 위한 개인주택
이나 다름이 없다. 그러나 한국의 성은 백성들을 보호하는 울타
리다. 조선왕조를 세운 태조 이성계는 한양성을 쌓으면서 백성
들을 폭력으로부터 보호하기 위한 울타리라는 뜻으로 보폭어민

保暴禦民이라는 말을 쓰질 않았던가.

수원은 정조正祖 임금에 의해 만들어진 조선 땅에 있는 유일한 인공도시였고, 수원성의 성벽과 누각은 다른 것들에 비해 곡선이 많은 특이한 아름다움을 간직하고 있다. 전하는 말에 따르면, 축성에 임한 신료들이 그 아름다움으로 인해 많은 인력과 자원이 소모된다면서 다른 성곽이나 다름없이 직선으로 쌓을 것을 진언하였을 때,

"아름다운 것이 곧 강한 것이다!"
라고 정조가 말했다는 일화가 전해진다.

"허어, 이 성곽과 누각은 조선에 있는 다른 것에 비하기 어려운 아름다움이 있질 않나."

이토 히로부미는 정조 임금을 만나보지도 않았거니와 아직은 그에 대한 깊은 성찰도 없었지만, 수원성의 아름다움에 감탄을 아끼지 않았다.

"바로 보셨습니다, 각하. 약 2백여 년 전에 축성되었다고 합니다만, 그때 이미 서양식 기중기의 원리를 이용하였다는 기록이 있는 것으로 압니다."

"허어, 서양식 기중기를……?"

서양식 기중기의 원리를 응용했다는 것은 물론 다산茶山 정약용丁若鏞이 창안한 '거중기'를 말한다. 이토 히로부미는 조선 민족의 명석함에 다시 한 번 놀라면서도 그것을 밖으로 내색할 수

가 없다.

이토 히로부미의 계산된 수원성 나들이라면 오래 머물 필요가 없다. 잠시 도성을 떠난 것만으로도 자신의 넓은 도량이 과시되었고, 다시 서울 거리를 누비는 귀로가 조선 민중들에게는 거인의 발자취로 기억될 것이리라.

이토 히로부미는 수원역으로 돌아와 귀경하는 특별열차에 올랐다. 그는 창밖으로 흐르는 조선 농촌의 풍경을 지켜보면서 회심의 미소를 입가에 담고 있다. 얼마 안 있으면 자신이 초대 조선통감朝鮮統監이 되어 조선에서의 모든 권한을 행사하게 된다는 자부심에 젖어 있음이 아니겠는가.

수원성에서 보았듯이 장구한 역사와 찬란한 문화를 간직하고 있는 조선의 인민들을 어떻게 다스려야 하는가. 그가 시름에 가득한 한숨을 쏟아 내고 있을 때 열차는 어느덧 영등포역으로 진입하면서 속도를 늦춘다. 열차가 멈추고 잠시의 시간이 흐르자 곧 뜻하지 않았던 불상사가 일어나고야 만다.

물끄러미 창밖을 내다보고 있는 이토 히로부미를 향해 돌덩이가 날아들었기 때문이다. 퍽, 하는 소리와 함께 열차의 유리창이 박살나면서 파편이 사방으로 튀었다. 이토 히로부미는 본능적으로 허리를 숙이며 위기를 모면하였으나, 하세가와 대장의 노성일갈은 무섭게 터져 올랐다.

"당장 체포하라! 돌을 던진 자를 체포하라!"

일본군 헌병들이 돌을 던지고 달아나는 사내를 뒤쫓아가는 것을 확인하고 나서야 조선 주차 일본군 사령관 하세가와 대장은 황급히 달려와 이토 히로부미의 주변을 살핀다. 그의 외투 위에 깨진 유리 파편이 하얗게 널려 있었으나 다친 곳은 없었다.

"각하……!"

하세가와 대장의 목소리는 기어 들어가는 듯하였고, 이토 히로부미는 눈을 감은 채 미동도 하질 않는다.

돌을 던진 사람은 현장에서 잡혔다. 김태근金台根이라는 농민이었다. 그는 혹독한 고문을 당하면서도 떳떳하게 말했다.

"……돌덩이 하나로 원수를 죽일 수 없다는 사실은 너무도 잘 알고 있지만……, 그렇게라도 하지 않고서는 견딜 수가 없었다!"

조선인이라면 누구도 같은 마음일 것이 아니겠는가. 그 같은 보고를 받으면서 이토 히로부미는 보일 듯 말 듯한 웃음을 입가에 담고 있었으나, 내심으로는 형언할 수 없는 전율감에 젖고 있었다. 그도 그럴 것이 이로부터 4년 후 그 전율감은 현실의 일로 드러나 그는 하얼빈 역두에서 안중근安重根 의사의 총탄에 쓰러지게 되기 때문이다.

"아, 악. 엄마……!"

이토 히로부미가 남대문역에서 내려 황금빛 마차에 옮겨 타고 있었던 바로 그 무렵, 김은영은 산통에 시달리고 있었다. 하얗게 떠진 눈은 초점을 잃었고, 때론 숨을 멈추기까지 하는 극심한 산통이라 어머니 강씨는 불안해지는 마음을 가눌 길이 없다. 이대로 둔다면 목숨을 잃을 것만 같아서다.

"은영아, 정신을 차려야지. 응, 은영아……."

강씨는 은영을 다독여 놓고 방을 뛰쳐나갔다. 돌이 할멈을 데려오지 않고서는 뒷일을 감당하지 못할 것 같아서다. 이웃 산바라지로 이골이 난 돌이 할멈이라면 은영이 산고를 바로 잡아 줄 것이라는 확신 때문이다. 강씨가 빠른 걸음으로 대문을 차고 나가 좁은 골목길을 허둥지둥 빠져나간다. 그리고 큰길로 나섰을 때 아주 가까운 곳에서 총소리가 울렸다. 주춤거리는 강씨의 눈에 젊은 사람이 달려오는 것이 보였다. 곧 총소리에 쫓기는 젊은이는 비틀비틀 강씨에게로 달려와 기력이 다한 듯 손을 휘저으면서 쓰러진다. 젊은이의 목덜미에서 선혈이 흘러내리고 있었다.

"이런 변이 있나……!"

지난밤의 소용돌이를 알 길이 없는 강씨는 피 흘리며 쓰러진 젊은이를 안아 들었다. 언젠가 김은영이 총상을 입었던 일이 상기되어서다. 뒤따라 달려온 일본군 헌병들은 강씨에게 발길질을 했다. 강씨는 힘없이 길바닥에 나동그라진다. 일본군 헌병은 피투성이가 된 젊은이를 나무토막처럼 끌고 사라져 간다. 강씨는 끊어질 듯한 허리의 통증을 추스르며 간신히 몸을 일으킨다.

넋이 나간 강씨의 귀에 딸 은영의 비명 소리가 아득하게 들린다. 이젠 걸음을 재촉해야 한다. 강씨는 안간힘을 다해 비틀비틀 발걸음을 옮긴다. 온몸을 비틀면서 산통에 시달리던 딸 은영의 모습이 뇌리에 가득하게 떠오른다.

"우리 은영이 좀 살려 줘요. 은영이가 죽어요."

강씨는 돌이의 집으로 들어서면서 있는 힘을 다해 소리친다. 돌이 할멈이 달려 나오면서 쓰러질 듯 비틀거리는 강씨를 부액한다.

"이렇게 부실한 몸뚱이가 있남……. 왜 하필이면 이런 때에……."

강씨는 돌이 할멈의 말뜻을 알아차리지 못한다.

"이럴 때라니요. 무슨 일이 있었는가요?"

"이렇게 원, 나라가 망했으니까 하는 소리지……!"

강씨는 눈앞이 캄캄해진다. 나라가 망했다면……, 이창준의 죽음도 헛된 것이 되는가. 강씨의 마음은 의지할 곳을 잃은 듯 허황해진다. 그러나 지금 당장은 은영의 일이 다급하다.

"어서 가요. 가서라도 우리 딸에게는 그런 소리 하면 안 돼요. 그런 소리 들으면 우리 은영인 죽어요."

강씨는 경황없이 중얼거리면서도 돌이 할멈의 등을 밀면서 쪽대문을 나선다. 골목을 벗어나자 큰길은 더욱더 소란해지고 있었다. 일본군의 사이드카가 바람처럼 달리는가 하면 무장한 병사들도 이리 뛰고 저리 뛰고 있다. 강씨는 잠시 전 피투성이가 되어 끌려가던 젊은이를 떠올리면서도 돌이 할멈의 등을 밀었다.

어쩐 일인지 은영의 비명 소리는 들리지 않았다. 강씨는 돌이 할멈의 손을 잡아끌면서 허둥거리듯 방으로 들어선다. 고통이 멈춘 은영의 모습은 마치 허수아비와도 같았다.

"은영아, 은영아……. 어서 좀 봐줘요."

강씨가 은영의 몸을 흔들어 정신을 추스르게 하는데도 아무 반응이 없다. 돌이 할멈은 파김치가 된 은영의 손목을 잡으면서 혀를 찼다. 그리고 아랫배를 살폈다. 불러 있어야 할 산모의 배가 이미 꺼져 있었다. 사산이었다. 돌이 할멈은 고개를 살래살래 흔들면서 탄식처럼 뱉어 냈다.

"벌써 죽었어. 죽었는걸……!"

강씨는 자지러지고 만다. 기력이 쇠진한 은영이 죽은 줄로 알았기 때문이다.

"죽긴, 누가……!"

돌이 할멈의 목소리에는 아무 과장도 없다. 항용 있는 일이기 때문이다.

"사산이라니까!"

"……!"

강씨도 은영도 동작을 멈추었다. 돌이 할멈은 뭔가를 중얼거리면서 죽어서 나온 핏덩이를 수습하였다. 사내아이였다.

"쯧쯧쯧, 그래도 넌 더러운 꼴 보지 않고 죽었지……."

강씨는 돌이 할멈의 저주와도 같은 말에 아무 대꾸도 하지 않았다. 은영이 알아서는 안 될 일이라는 생각……, 뭔가 불길한 일이 있을 것만 같은 예감을 떨쳐 내기 어려워서였다.

김은영은 자신의 사산에 대한 죄책감을 떨쳐 내지 못했다. 나라의 명운과 운명을 같이한 이창준에 대한 죄책감일 수도 있었다. 김은영의 회복은 예상 밖으로 빨랐다. 그녀가 제2차 한일협약이 강제체결되었다는 소식을 접한 것은 사산이 있고 난 사흘 뒤였다.

'가야 해, 기필코 가야 해……!'

김은영은 하루라도 빨리 몸을 추슬러서 충청도 정산으로 달려가리라고 다짐하고 있었다. 오직 면암 최익현만이 자신의 진로를 정해 줄 것이라는 확신 때문이었다. 그 결기가 그녀의 회복을 빨리하고 있었는지도 모른다.

"이년아, 다신 그런 소리 마라. 에미 죽는 꼴 보려면 어딘들 못 가!"

강씨의 만류는 살인적이나 다름이 없다. 지아비 김칠성도 이미 떠나가고 없다. 그가 남기고 간 돈이라면 밥을 굶을 지경에는 이르지 않을 것이기에 은영일 떠나보낼 수가 없다.

“가야 해요, 엄니. 망해 가는 나라를 구해야지요.”

“어이구, 나라 구할 사람이 네년밖에 없든! 매국 대신이라고 욕먹는 것들은 고대광실에서 거들먹거리고, 우국지사들이란 것들은 목매달아 죽고…….”

김은영은 한숨을 놓으면서도 어머니 강씨를 원망할 수가 없다. 빚더미에 몰린 가게를 남에게 넘기고, 이국만리 타국 땅으로 팔려 간 지아비를 생각한다면 무슨 말인들 못하겠는가.

“엄니, 우리가 부끄럽지 않게 살려면……, 모두들 주어진 소임이 무엇인지를 알아야 하고, 그것을 앞장서서 행할 수가 있어야 돼요.”

“어이구 잘났지. 그래서 겨우 그 꼴이냐. 이년아 정순일 봐라. 그래도 그애 덕분에 우리가 목에 풀칠을 했었질 않았냐……. 어딜 간다구? 가려면 정순이한테나 가거라. 정순이 이모 심부름이라도 해 주면 너나 나나 이런 꼴로 살겠냐.”

김은영은 지그시 입술을 물었다. 지난번 정순이 쌀 한 가마니를 가지고 왔을 때는 고맙다는 말조차도 뱉어 낼 수가 없었다. 배정자의 쌀을 받았다는 자책 때문이었다. 어찌 되었을까. 그때 배정자는 절영도에서 유배 중이라고 했었다.

돌아왔겠지. 돌아와서 대한제국의 황실을 정탐하고, 이토 히로부미에게는 몸을 던졌겠지. 그리하여 한일협약 체결에 대공을 세우면서 요망스러운 웃음을 입가에 담았겠지. 그렇다면 배정자부터 죽여 없애야 하질 않겠는가.

자강회가 건재했던 시절, 배정자의 암살을 기도하였던 강기태는 일본군 헌병들에 의해 무자비하게 사살되었다. 김은영의 다짐은 강기태의 복수로까지 이어지고 있다.

"엄마, 정순이 집에 다녀올래요."

"어이구, 해가 서쪽에서 뜨네. 효녀 심청이 났네."

강씨는 비아냥거리면서도 얼굴에는 환한 웃음을 담았다. 아이를 사산한 오기로 또다시 나랏일 한다고 덤벼들었다간 이번에는 목숨을 잃는다. 적어도 강씨는 그렇게 믿고 있었기에 정순을 찾아가겠다는 은영이가 눈물겹도록 고마울 뿐이다.

무성서원

충청도 정산. 면암 최익현의 사저는 증원된 일본군 헌병들에
의해 더욱 엄중한 감시를 받고 있었다. 외부와 단절되어 있는 상
황이라면 제2차 한일협약이 강제체결된 치욕도 모르고 있을 수
밖에 없다.

오늘도 최익현은 손자 원식과 새로 맞은 손부 김씨를 거처로
불렀다. 아직은 어리다고 할 두 부부를 바라보고 있노라면 잠시
라도 시름을 덜 수 있었고, 나날이 달라지는 그들의 생각을 확인
하노라면 이젠 마음 놓고 떠날 수 있겠다는 다짐을 하게 된다.
이런 시간이면 한씨 부인도 동석하곤 하였다.

"허허허……, 나란히 앉은 너희들의 모습을 보노라니 이 할아
비의 모든 시름이 가시는구나."

"받자옵기 민망한 말씀이옵니다."

초롱초롱 눈망울을 빛내는 손부 김씨의 모습은 언제나 슬기로워 보였다.

"일찍이 율곡 이이 선생께서 참선비의 도리를 말씀하셨느니라……, 수기공부修己工夫는 유지유행有知有行이요……, 그 다음은 어찌 되느냐?"

면암 최익현의 시선은 손부에게로 옮겨 가 있다. 김씨의 대답은 맑은 목소리가 되어 흘러나왔다.

"지이명선知以明善이요, 행이성신行以誠身이옵니다."

면암 최익현은 흡족한 웃음을 담으면서 만족해한다.

"허허허, 참으로 영특하구나. 그 뜻은 원식이가 풀어 보겠느냐?"

"예. 나를 갈고 닦는 공부는 많이 알고 많이 행하고자 함이요, 많이 알아야 함은 착하고 훌륭한 일을 더없이 밝혀서 성심을 다해 행하기 위함인 줄로 아옵니다."

"용하고 대견하구나. 아무리 많이 배워서 아는 것이 많아도, 그 아는 바를 실행하지 아니하면 참선비랄 수가 없느니라."

"명심하고 있사옵니다."

원식이 또렷하게 대답했다. 면암 최익현은 평생의 동반자 한씨를 바라보며 만족한 웃음을 보냈다. 한씨는 지아비 최익현의 웃음이 무엇을 뜻하는지 알고 있었기에 어린 손자 내외에게 당부하는 말을 잊지 않았다.

"너희 할아버님은 평생을 한결같이 지행知行하면서 살아오셨느니라. 많은 후학들도 할아버님의 실천궁행을 귀감으로 삼고 있지를 않더냐."

"사가의 아버님도 늘 그렇게 가르쳐 주셨사옵니다."

"허허허. 이젠 시름을 덜었음이야……."

면암 최익현은 혼잣말로 중얼거렸다. 이젠 정말로 떠나도 되겠다는 확신이 들어서다.

밤이 이슥해지면서 정산 사저 밖에 어둠을 헤치는 그림자가 나타났다. 검은 옷에 검은 복면을 쓴 정시해였다. 원식의 혼사가 있은 이래 일본군 헌병들에게는 밤참이 내려지고 있었다. 정시해는 바로 그 순간을 이용하곤 하였다.

면암 최익현의 거처에도 밤참이 들었다. 최영조가 막 댓돌을 내려서고 있을 때 담장을 훌쩍 뛰어넘는 그림자가 있었다.

"접니다. 선생님……."

최영조는 재빨리 주위를 살피면서 정시해를 끌어들였다. 정시해는 최영조가 기거하는 중사랑에서 옷을 갈아입었다. 그리고 면암 최익현의 거처로 들었다.

"용케 들어왔구나. 그래, 도성 사정은 어떠하더냐?"

"대감마님, 국운이 기울어……."

정시해는 말을 이어가지 못한 채 품에 간직하고 온 위암 장지연의 서찰을 최익현의 앞으로 밀어 놓았다.

“위암이······.”

위암 장지연의 편지를 펼쳐 든 최익현의 미간이 좁혀지면서 손이 떨리기 시작했다. 그리고 망국亡國이라는 글자가 온 방 안을 난무하기 시작한다. 책 속에서나 읽을 수 있었던 글자다. 그 입에 담을 수도 없는 참담함이 어찌하여 살아생전에 자신의 일로 다가온다는 말이던가. 면암 최익현은 위암 장지연의 편지를 구겨 쥐었다. 아무리 그간에 우려하고 경계했던 일이라고 하더라도 막상 현실의 일로 다가오고 보니 무엇을 어찌하여야 될지 눈앞이 캄캄해질 뿐이다.

나라를 사랑하는 우국충절들이 목을 매고 죽는다 하여 이미 왜국의 수중으로 들어간 이 나라의 주권이 다시 돌아오겠는가. 면암 최익현은 끓어오르는 분노에서 헤어날 길이 없다. 가슴이 찢어지는 이 모멸감을 어찌해야 하는가. 정시해는 자세를 고쳐 앉았다. 그리고 스승 최익현에게 눈물에 얼룩진 통한의 결기를 전해 올린다.

“대감마님, 시생은 이 길로 도성으로 다시 돌아갈 것이옵니다. 가서, 을사오적乙巳五賊을 이 손으로 요절내고야 말겠습니다.”

면암 최익현은 이를 악문 채 아무 말도 하지 않았다.

“윤민호·박상인 등이 이미 실행에 옮겼을 것으로 압니다만······, 만에 하나라도 실패를 하였다면, 누군가가 나서서 결판을 내야 하지 않겠사옵니까? 그 역적들과는 한하늘 아래서 살

수 없습니다."

면암 최익현은 분노와 착잡함이 뒤엉킨 한숨만 쏟고 있다.

"대감마님!"

정시해가 항변하는 듯한 목소리를 토해 냈을 때 비로소 면암 최익현은 입을 열었다.

"원통하고 분통한 일이구나. 내 이런 날이 올 줄을 진작 알고 있었느니라만……, 아무 힘도 더하지 못한 채 이런 엄청난 일을 당하게 되었구나. 나라가 이런 지경에 이르렀는데 무엇을 더 망설이겠느냐. 이제 정해진 길을 갈 수밖에……, 오직 실행할 일만 남았느니라."

"실행할 일이라 하오시면?"

아들 최영조의 물음에 면암 최익현의 눈썹이 파르르 떨렸다.

"나라의 명운이 이런 지경에 이르렀는데, 내 한 사람의 안위를 생각해서 뭘하겠느냐. 나설 것이니라. 내 이미 너희들에게 말한 대로 내가 앞장서서 나갈 것이니라."

"도성으로 가신다면, 시생이 모시겠사옵니다."

면암 최익현은 고개를 저으면서 부연했다.

"아니다. 도성으로 가지는 않을 것이니라."

"……!"

정시해는 의아해했다. 평생을 위정척사로 일관해 온 면암 최익현이다. 오직 나라만을 생각해 온 그가 아니던가. 이 어려운 때 면암 최익현이 도성이 아닌 다른 곳으로 간다면 과연 그곳이 어디란 말인가.

면암 최익현이 다시 부연했다.

"내 기꺼이 목숨을 버릴 것이니라. 내 심줄 하나, 핏줄 하나가 남아 있을 때까지 싸워서 저 흉측한 왜적을 물리칠 수 있다면……, 늙고 병든 몸을 기꺼이 바칠 것이니라!"

정시해는 감격하여 두 손으로 방바닥을 짚었다. 그리고 눈물을 뚝뚝 흘렸다.

"대감마님……, 따르겠사옵니다. 시생이 모시겠사옵니다!"

"고맙구나. 먹을 좀 갈아야겠다."

정시해는 지필묵이 놓인 연상을 당겨서 면암 최익현의 앞으로 옮겨 놓고, 먹을 갈기 시작했다. 최익현은 눈을 감고 정신을 가다듬었다. 그리고 붓을 들었다.

실로 한탄스럽고 원통하옵니다. 난신적자가 그 어느 때인들 없으리오만, 어찌 이번같이 국새를 마음대로 찍고 조약을 맺은 저 박제순·이지용·이근택·이완용·권중현 같은 자들이 있겠사옵니까?

당초에 왜적들이 이 신약을 기어코 성립시키려고 온 것이라면 우리 조정에서 그것을 모를 리가 없었을 것이옵니다. 이미 알고 있으면서도 그것을 온 나라 백성들에게 보여 필사의지로써 밝히지 못하고, 아무도 모를 야반에 회의를 진행했다는 것 자체가 도적들이 하는 형세라고 하겠사옵니다.

신조약 체결 때 폐하께서 비록 일인들에게 협박을 당하셨다 하여도, 책상을 치며 한번 천위를 떨치시고 또 참정대신 이하 제 대신들도 병자호란 때 김상헌이 화의서和議書를 찢었듯이 한사코 물리쳐 '비록 내 목을 가져갈 수 있어도 이 조약은 이룰 수 없다'고 버티셨더라면, 제아무리 군사를 거느리고 윽박지르는 저들이라도 우리를 가히 어쩔 수 있었겠사옵니까? 하물며 각국 공사관이 바라보는 이목들이 있고 우리 백성들이 떨쳐 일어남이 있는데 어찌 우리 모두를 죽여 없앨 수 있겠사옵니까?

설사 저들이 아무리 흉악한들, 그리고 군대를 앞세워 강요한들 우리가 응낙하지 않으면 어찌하지 못할 것이옵니다. 군위가 아직 바뀌지 않았고, 백성이 아직 망하지 않았으며, 각국 공사들이 아직 돌아가지 않은 이때 조약은 폐하와 참정대신의 인가를 얻지 못한 것이니, 이는 맹약이 아니라 위약임을 일본 공사관에 즉시 통보하시고 만국 공사관에 빨리 통보하여 이 조약의 무효화를 꾀하시는 한편 일본의 죄상을 만천하에 알려야 하옵니다.

폐하께 지금 국가가 있사옵니까, 토지가 있사옵니까? 그리고 백성이 있사옵니까? 이제 국가도 없고 토지도 없고 백성도 없다면, 두려워할 것은 저항 없이 나라를 물려주는 치욕뿐이옵니다. 비유컨대 숨이 끊기려는 사람에게는 백약이 듣지를 않으니 한번 독삼

탕이나 써 보는 것이 여한이나 없는 경우와 다르지 않사옵니다. 이같이 죽을 것을 뻔히 알면서도 결단을 하지 못해 뒷날에 한을 남기는 것이 어찌 또한 거듭 슬픈 일이 아니겠사옵니까?

얼마나 무서운 직소直訴인가. 또 도성과 떨어져 있는 충청도 정산에 머물고 있으면서도 얼마나 정확하게 사태를 읽고 있는 가. 이토 히로부미가 '임금을 능멸하고서도 살아남을 수 있는 조선왕조'임을 경외의 눈으로 바라보았던 그 실체가 다시 한 번 드러나고 있음과 무엇이 다른가.

정시해는 뜨거운 눈물을 쏟으며 스승 면암 최익현에게 상체 를 굽힌다.

"대감마님, 가슴이 찢어지고 피가 솟구치는 직필이옵니다."

"폐하께서 이 상소를 읽으신들 무슨 대책이 있겠느냐. 간당과 왜적들에게 손발이 다 묶여 계신 폐하께오서는 또 얼마나 답답 해하시겠느냐."

면암 최익현은 잠시 말을 멈추고 숨결을 가다듬었다. 그리고 한숨을 섞어서 말했다.

"나 또한 조병세·민영환·홍만식처럼 목숨을 끊기는 어렵 지 않으나……, 사람마다 다 목숨을 끊는다면 장차 이 나라의 국 권은 누가 회복한단 말이냐. 내 이미 늙고 병든 몸이 심히 안타 까울 뿐이다."

정시해는 침통해하는 스승 최익현을 차마 바로 볼 수가 없었다. 면암 최익현은 머리를 흔들며 숨을 깊이 들이쉬었다. 그러고는 눈을 부릅떴다.

"비록 폐하께오서는 힘이 없으시다 해도 이 나라에는 2천만 백성이 살아 있어. 나라는 빼앗기면 다시 찾을 수 있어도, 백성들의 넋까지 빼앗기면 속수무책일 것이야. 내가 할 일은 그들에게 힘을 주는 일이 아니겠느냐."

면암 최익현은 다시 붓을 들었다. 그리고 백성들에게 고하는 글을 힘차게 써 내려간다.

당당한 대한의 백성이 구차하게 고개 숙여 저 원수 일본 밑에서 하루 삶을 구한들 어찌 죽음보다 나으랴. 우리나라는 토지도 백성도 모두 자립이요, 자주였다. 이에 감히 포고로써 호소하노니 나라 안 온 동포들이여, 바라건대 이를 죽어 가는 한낱 늙은이의 말이라 흘려 버리지 말고 부디 우리 모두 스스로 힘내고 굳게 다져서 우리의 인종마저 바꾸려는 저들의 악랄한 간계를 끝내 막아 낼지어다.

이마에 땀방울이 맺힐 정도로 면암 최익현은 집중하여 붓을 움직였다. 구구절절하고 힘에 넘치는 대문장이 아닐 수 없다.

면암 최익현은 붓을 놓고 힘이 다했는지 한참 동안 넋을 잃은 것처럼 앉아 있었다. 정시해는 숨이 막혔다. 잠시 후 면암 최익현은 허리를 곧추세우고 자세를 바로 했다.

"이 상소를 가지고 도성으로 달려가서 유생들이 설치한 '대한13도유약소'에 전해 주어라. 백성들에게 고하는 글은 위암 장지연에게 전해 신문에 싣게 하여라. 위암에게 무슨 일이 생겼거든 역시 '대한13도유약소'에 먼저 전하게 해라. 그 후의 일은 그들이 알아서 할 것이니라. 그리고 시해 너는……."

"예, 대감마님."

"소임을 마치는 대로 태인 무성서원으로 달려오너라."

"예, 명심하겠사옵니다."

면암 최익현은 정시해를 떠나보낸 후, 새로 맞은 손자며느리 김씨를 거처로 불렀다. 곧 김씨가 들어와 공손히 앉는다. 아직 어린 티가 가시지 않은 얼굴에 쪽 찐 머리가 예쁘고 단정하게 보였다. 눈에 넣어도 아프지 않을 손자며느리가 아니던가.

"할아버님, 찾아 계시옵니까?"

면암 최익현은 애틋한 눈빛으로 어린 손부를 바라보면서 조용히 입을 열었다.

"이리 다가와 앉으라."

손부 김씨는 조심스럽게 최익현의 곁으로 다가앉았다. 면암 최익현은 손때가 묻은 종이상자 하나를 김씨에게 건넸다. 김씨는 갑작스러운 일에 어리둥절해했다. 최익현은 다정한 눈빛으로 김씨를 바라보며 말했다.

"어여 열어 보아라."

김씨는 고사리 같은 손으로 종이상자 뚜껑을 조심스레 열었다. 그 안에는 참빗과 동곳, 그리고 안경 등 면암 최익현이 쓰던 일용품들이 들어 있었다.

"……?"

손부 김씨는 의아해했다. 무슨 연유로 가까이에 두어야 할 일용품을 보게 하는 것일까. 김씨는 조심스럽게 물었다.

"이건 할아버지께서 긴히 쓰시는 일용품이 아니옵니까?"

면암 최익현의 얼굴에 흡족해하는 웃음이 담긴다. 그것을 알고 있는 것이 얼마나 대견한 노릇인가. 면암 최익현의 대답은 자애로웠다.

"차후, 그것들 보기를 할아비 대하듯 하여라."

"……!"

손부 김씨는 면암 최익현이 말하는 진의를 헤아리지 못했다. 그녀는 시할아버지 최익현의 얼굴을 간절한 시선으로 쳐다볼 뿐이었다. 면암 최익현은 김씨에게로 다가앉으면서 그녀의 여리고 하얀 손을 잡으면서 자칫 마지막이 될지도 모르는 회한의 말을 입에 담는다.

"이 작고 고운 손에 이 집안의 성쇠가 달려 있구나. 부디 자중하여라."

어린 손부는 무언가 예기치 못한 불길한 일이 밀려오고 있음을 감지했어도, 그것이 무엇인지는 가늠할 수가 없다. 김씨는 다소곳이 고개를 숙였다.

"허허허. 그만 물러가거라."

"예, 할아버님."

거처를 나가는 손부 김씨의 가녀린 모습을 지켜보면서 면암 최익현은 눈시울을 적셨다. 다시는……, 두 번 다시 볼 수 없는 손부의 모습이기 때문이다.

사랑채를 물러난 손부 김씨는 종이상자를 소중히 안고 시할머니 한씨가 머무는 내당으로 건너갔다. 종이상자를 들고 들어오는 손자며느리를 바라보면서 한씨는 가슴이 철렁 내려앉는다.

"할머님……, 할아버님이 내려 주셨사옵니다."

한씨는 숨을 멈추었다. 아무리 짐작하고 있었던 일이기로 이렇게 가슴이 두근거릴 줄은 어찌 짐작이나 했던가.

"어서 가서 네 시어미를 데려오너라."

손부 김씨는 황급히 방을 나간다. 뭔가 큰일이 벌어지고 있음을 직감해서다. 한씨는 종이상자를 어루만지면서 한숨을 쏟았다. 한숨은 곧 눈물로 바뀌었다. 한씨의 눈물이 깊게 파인 주름살을 타고 흘러내렸다. 밖에서 인기척이 나자 한씨는 옷고름으로 눈물을 닦았다. 며느리 임씨와 손부 김씨가 긴장된 모습으로 방으로 들어선다.

“가까이들 와서 앉아라.”

한씨는 종이상자 곁에 임씨와 김씨를 앉혔다. 임씨는 종이상자 안을 살피면서 불안해하는 기색이 된다.

“어머님, 대체 무슨 일로 아버님이 며늘아기에게 이 물건을 내려 주시는지……?”

임씨는 불안한 심정을 가누지 못하는 듯 말을 이어가지 못했다.

한씨는 한숨 섞인 탄식을 토해 냈다.

“떠나시려나 보다.”

임씨의 가슴이 철렁 내려앉는 순간, 어린 김씨가 왈칵 울음을 토해 낸다. 한씨는 어린 손부가 소리 내어 흐느끼는 모습을 한참 동안이나 바라보다가 조용히 부연한다.

“……평생을 법도대로 사신 어른이 아니시더냐. 신하 된 도리, 부모 된 도리…….”

한씨는 감정이 북받쳐 잠시 말을 멈추었다. 그리고 또 얼마의 시간이 다시 흐르고 나서야 한씨는 울음을 삼키면서 말을 이었다.

“스승 된 도리……, 자식 된 도리……, 어느 하나도 소홀히 하시지 않으셨느니라.”

“아……!”

손부 김씨가 후다닥 몸을 일으키며 시할아버지께로 달려 나가려고 했다. 임씨가 어린 며느리를 불러 세운다.

“아가…….”

손부 김씨는 눈물을 훔치며 임씨 옆에 주저앉는다. 그러나 이내 울음을 터뜨리고 만다.

“할아버님, 할아버님…….”

임씨는 흔들리는 김씨를 가만히 안아서 다독였다.

“떠나시는 할아버님도 네가 의연하길 바라실 게다.”

손부 김씨는 솟구쳐 오르는 설움을 참아 내지 못한다. 한씨는 깎아 놓은 돌조각처럼 앉아 있었다. 며느리 임씨는 시어머니 한씨의 일이 걱정되었다. 지난날 최익현이 귀양길에 오르면 한씨 또한 자책하는 삶으로 일관했었다. 겨울에는 불을 때지 않은 냉골에서 지냈고, 쌀밥은 입에 대지도 않았다. 이제 최익현이 떠나면 또 그런 자책으로 일관하지 않을까 싶어서다.

손부 김씨의 울음이 진정되기를 기다렸다가 임씨는 한씨에게 위로의 말을 건넸다.

“어머님, 너무 상심 마세요. 별일 없으실 것으로 압니다.”

한씨는 눈물을 깨끗이 지운 얼굴로 오히려 임씨를 위로했다.

“대감께서 유배지에 계실 때, 나는 언제나 토방에 홀로 앉아 그 어른의 고초를 함께하면서도 송구함을 감추기 어려웠다만……, 이번 일은 그때와 다르지 않더냐. 대감께서 몸소 충정하는 길에 나서셨으니 내가 토방에 들 까닭이 없지를 않겠느냐. 그러니 나로 인한 심려는 말도록 하여라.”

임씨는 남편을 사지로 보내면서도 당당함을 잃지 않으려는 한 씨에게 더는 할 말이 없었다. 임씨는 고개를 숙이며 흐느꼈다.

"송구하옵니다, 어머님……!"

"그만 눈물을 거두어라. 슬퍼할 일이 아니지 않느냐. 마땅히 해야 할 일을 하러 가시는 게다. 그리고 우리는 이 집안을 잘 지켜 내야 하느니라. 그것이 그 어른의 뜻일 게야. 알겠느냐?"

며느리 임씨와 손부 김씨는 울먹일 뿐 아무 대답도 할 수가 없었다.

어둠에 겹겹이 싸인 면암 최익현의 정산 거택은 고요 속에 잠겼다. 문흥식은 발소리를 죽이며 사랑 뒷마당으로 연결된 후문으로 다가서고 있었다. 담장 밖에서 순찰을 도는 헌병들의 발소리가 들렸다. 문흥식은 담에 기대어 숨을 죽였다. 헌병들이 멀어지는 것을 확인한 문흥식은 아주 조심스럽게 후문을 열었다. 그리고 집 안쪽을 향해 손짓을 했다. 불이 꺼진 마당의 어둠 속에서 면암 최익현이 천천히 걸어 나왔다.

사저를 감시하는 일본군 헌병들의 순찰은 일정한 간격, 일정한 시간을 유지한다. 면암 최익현은 소리 없이 열리는 후문을 나간다.

"이쪽입니다."

문흥식은 재빠르게 앞장서서 숲 쪽으로 향한다. 뒤를 따르는 면암 최익현의 발걸음은 사뿐할 정도로 가볍다. 일흔세 살, 누가 어두운 밤길을 헤치는 면암 최익현의 날렵한 모습을 고희를 넘긴 노인으로 보랴. 두 사람의 그림자가 숲 속 오솔길로 접어들자 비로소 문홍식은 한숨을 돌린다.

"여기부터는 안전할 것으로 아옵니다. 저 고개만 넘어가면 큰 길을 만나게 됩니다."

"그래, 서두르자."

희미한 초승달이 그들의 움직임을 비추고 있다. 나무 덤불에서 헌병 한 사람이 모습을 드러내면서 두 사람의 앞을 막아선다.

"꼼짝 마라!"

총구를 문홍식에게로 향하고 다가오는 헌병은 아직 솜털이 송송한 기타지마 지로 이등병이었다.

"오, 기타지마 이등병……?"

문홍식이 그의 앞으로 나서며 아는 척을 했다. 그러나 기타지마 이등병은 단호하였다.

"당장 돌아가시오!"

문홍식은 당황하지 않을 수가 없다. 더구나 기타지마 이등병이 가슴에 매달린 호루라기를 입에 물었기 때문이다.

"이봐, 기타지마!"

기타지마 이등병은 호루라기를 입에 문 채 총구를 문홍식의 가슴팍에 들이댔다. 이 살벌한 광경을 지켜보던 면암 최익현이 문홍식의 몸을 밀어내며 기타지마 이등병이 들고 있는 총신을 밀어낸다.

"물러나시오!"

기타지마 이등병이 소리치는데도 면암 최익현은 움직이지 않았다. 어둠 속이었는데도 최익현의 눈빛은 형형하게 빛나고 있다.

"네, 어찌 총을 들어 나를 막으려 하느냐?"

기타지마 이등병은 마른침을 꿀꺽 삼킨다. 정산 사저를 감시하면서 면암 최익현의 인품을 알게 되었다. 마을 사람들이 그를 존경하는 것처럼 자신도 모르게 면암 최익현을 존경하게 되었다. 때문에 거인이나 다름이 없는 면암 최익현과 일대일로 마주 선 것은 평생의 영광이나 다름이 없다. 그러나 이 순간을 함부로 넘길 수 없는 것이 기타지마 이등병에게 주어진 임무임을 어찌하랴.

"네가 나를 막아 네 나라의 이익을 도모하려는 것이라면 나는 능히 네 총에 맞아 내 나라를 구할 것이니라!"

"……·!"

면암 최익현의 목소리에는 어린 문도들을 타이를 때처럼 정감이 실려 있다. 기타지마 이등병은 송구해지는 마음을 가누지 못한 채 문흥식을 쳐다본다. 어찌했으면 좋겠느냐고 묻는 애절한 눈빛이었다. 면암 최익현은 조용히 총신을 밀어내면서 말을 이었다.

"이 나이에 무슨 두려움이 있겠느냐만……, 내가 여기서 죽으

면 너희 사령관 장곡천이 나를 죽인 너를 어찌할지 그게 걱정이
구나!”

기타지마 이등병은 쿵쾅거리는 가슴의 고동 소리가 거인 최
익현에게 전해질까 몸 둘 바를 모른다. 그제야 문흥식이 조심스
럽게 기타지마 이등병의 어깨에 손을 올렸다.

“대감마님의 말씀 의미 있게 새겨들었으면 좋겠다. 우리는 너
와 만나지 않은 걸로 하겠다. 너 또한 우리를 보지 않은 것으로
하는 것이 좋지 않겠느냐.”

“그것은…….”

“살아서 돌아가라. 돌아가거든 오늘 있었던 일을 자랑스럽게
간직해 다오. 대감마님은 하늘의 뜻을 받들고 계시니라.”

기타지마 이등병은 더 저항할 기미를 보이지 않았다. 문흥식
이 먼저 그의 앞을 지나간다. 면암 최익현은 기타지마에게 다가
서며 따뜻한 말로 다독거렸다.

“바람이 차구나. 옷을 단단히 입도록 하여라.”

기타지마 이등병은 고개를 숙인 채 할 말을 잃었다. 문흥식은
거침없는 걸음으로 앞장서 나갔고, 면암 최익현은 묵묵히 그의
뒤를 따랐다.

“……!”

기타지마 이등병은 힘없이 총을 내린다. 그리고 주위를 살폈
다. 그러나 보이는 것은 어둠뿐이었다.

면암 최익현이 정산 사저를 빠져나갔다는 보고가 헌병대로 날아들었다.

사이토 중좌는 사색이 될 수밖에 없다. 초대 조선통감으로 부임한 이토 히로부미는 평소 '10만 명의 조선 병사보다 최익현 한 사람이 더 두렵다'고 입버릇처럼 말했었다. 이토 히로부미는 그의 인품과 솔선수범에 내심 머리를 숙이곤 했었다.

면암 최익현을 정산 사저에 연금한 것도 따지고 보면 조선 조정은 말할 나위도 없고, 반일의 기치를 높이 들 기회만 엿보고 있는 유림들과의 차단을 고려한 것이 아니었던가. 그가 도성으로 들어오면 어찌 되는가. 세상 돌아가는 기세만 살피던 조선의 유림들이 단걸음으로 그의 휘하에 몰려들 것은 불을 보듯 뻔한 일이다. 그 다음은 어찌 될 것인가.

사이토 중좌는 지체 없이 조선군 사령부로 달려가 하세가와 대장에게 보고했다.

"최익현의 행방이 묘연하답니다."

"뭐야?"

하세가와 대장은 벌떡 몸을 일으켰다. 면암 최익현을 풀어 놓는 것은 조선의 유림과 민중을 풀어 놓는 것과 조금도 다름이 없다. 언젠가 이토 히로부미가 말하지 않았던가. 최익현으로 인해 조선군 사령관이 큰 곤욕을 치를 날이 있을 것이라고.

"이런 멍청이 같은 새끼들이 있나. 도대체 헌병들은 뭘 했다는 거야. 대일본 육군의 헌병들이 그 늙은이 하나 붙잡아 두질 못한대서야 말이 되느냐!"

"면목 없습니다, 각하."

"언제야, 대체 언제 사라졌다는 게야!"

"지난밤, 지난밤……!"

"우물쭈물하지 마라. 몇 시야, 없어진 것이……!"

하세가와 대장도 난감하기는 마찬가지다. 사안이 사안인 만큼 이토 히로부미에게 보고를 해야 할 일이다. 조선군 사령부의 군기를 의심 받게 될 것이며, 자신의 지도력에 상처를 입게 될 일이 아니고 무엇인가.

"머저리만도 못한 것들. 헌병 일개 분대가 노인 한 사람을 지키지 못하다니……, 뭣하고 있나. 당장 가서 최익현을 잡아들이지 않고!"

사이토 중좌는 얼떨결에 부동자세를 취하며 대답을 했다.

"핫!"

사이토 중좌는 사령관실을 나가려 했다.

"이봐, 사이토!"

"하!"

하세가와 대장은 한심하다는 듯이 돌아서는 사이토 중좌를 쏘아보면서 다시 묻는다.

"지금 어디로 가야 하는지 알기나 하고 나가는 건가?"

사이토 중좌는 그제야 정신이 들었으나 대답할 말이 없었다.

"……!"

하세가와 대장의 명령은 기관총을 쏘아 대듯 쏟아져 나왔다.

"정산에서 한성으로 오는 모든 도로를 차단한다. 모든 통행인들을 철저하게 검문검색한다. 특히 늙은이들을 중점적으로 검색한다. 알았나!"

"핫!"

"어떠한 경우라도 최익현으로 하여금 한성 땅을 밟게 해서는 안 된다. 또한 최익현과 조선 유림의 접촉을 절대로 용납해서는 안 된다. 헌병대장의 목을 걸고 해결해. 당장 서둘러!"

충청도 정산에서 도성으로 들어오는 모든 도로가 차단되었다. 요소요소에 헌병들이 배치되어 행인들을 닦달하는 검문검색이 시작되었다. 특히 노인들이 겪어야 하는 곤혹은 이만저만이 아니었다.

충정도 정산 사저에 마쓰모토 대위의 사이드카가 들이닥쳤다. 그를 수행한 하루야마 소위는 졸개들을 풀어 면암 최익현의 집을 샅샅이 뒤지게 했다. 만일을 몰라서다.

손부 김씨는 마루를 닦고 있었고, 한씨는 안마당에서 빨래를 널고 있었다. 난폭하게 들이닥친 일본군 헌병들은 이 방 저 방으로 뛰어들어 가장집물家藏什物을 깨부수는 난동을 부리기 시작했다. 손부 김씨는 소스라치게 놀라며 한씨에게로 달려갔다.

"대체 무슨 짓들이냐! 어디서 배워 먹은 행패야!"

한씨는 하루야마 소위를 향해 호되게 소리쳤다.

하루야마는 한씨가 건네주는 채소나 음식을 고맙다며 받던 지난날의 하루야마가 아니었다. 그는 눈이 뒤집혀 아무것도 보이는 것이 없는 듯했다.

"최익현을 찾고 있다. 어디에 숨겼느냐!"

하루야마는 거세게 한씨를 밀쳐 내며 반발했다. 그의 서슬에 밀린 한씨는 중심을 잃으면서 빨래를 잡았다. 한씨는 빨래를 잡은 채 땅바닥에 나뒹굴었다.

"할머님! 어머님, 좀 나와 보세요!"

손부 김씨가 시할머니를 안아 일으키며 임씨를 불렀다. 부엌에서 뛰쳐나온 임씨는 하루야마 소위에게 소리쳤다.

"네 이놈들, 무엄하질 않느냐!"

그는 달려오는 임씨의 가슴팍을 주먹으로 내지르면서 소리친다.

"어디다 숨겼나. 어디냐니까!"

임씨는 비틀비틀 중심을 잡으면서 하루야먀에게로 다가선다.

"이런 못된 것이 있나. 그간의 은혜를 몰라도 분수가 있지!"

하루야마는 손을 번쩍 들었다. 임씨의 목덜미를 후릴 태세였다. 그때 사랑에서 뛰어나오던 마쓰모토 대위가 소리쳤다.

"오이, 노닥거릴 시간 없다. 온 집 안을 샅샅이 뒤져라!"

하루야마가 손을 내리고 헌병들은 사방으로 흩어지면서 다시 광태를 보이기 시작했다. 손부 김씨는 오들오들 몸을 떨었다. 임씨가 몸을 추스르며 시어머니 한씨를 안아 들었다.

세 여인은 눈앞에서 벌어지는 어이없는 광경을 지켜볼 수밖에 없었다. 문짝은 뜯어져 마당을 굴렀고, 방 안의 기물들은 성해 남은 것이 없었다.

정산 읍내에서 한성으로 이어지는 길목에도 일본군 헌병들이 쫙 깔렸다. 그들은 행인들을 잡아 세우고 얼굴을 살폈다. 특히 노인들에게 가해지는 행패는 목불인견目不忍見이었다. 힘없는 노인들은 일본군 헌병들의 우악스러운 손길에 잡혀 쓰러지고 넘어졌다.

그야말로 무법천지였다. 일본군 헌병들은 집도 상점도 가리지 않았다. 읍내는 순식간에 아수라장으로 변하고 말았다.

면암 최익현은 하세가와 대장이나 사이토 중좌의 허를 찌르듯 남쪽을 향해 걷고 있었다. 아침 산길은 험한 대신 상쾌했다. 최익현은 가슴 가득 시원한 바람을 쓸어 담으며 뒤를 돌아보았다. 문흥식의 지친 걸음이 뒤를 따르고 있었다. 그는 발을 삐끗해 나무를 꺾어 지팡이 삼아 걷고 있었다. 면암 최익현은 인자한 눈길로 문흥식을 바라보며 말했다.

"힘들면 힘들다고 하여라. 왜적들이 우리의 행방을 어찌 알겠느냐?"

면암 최익현은 먼저 곧게 뻗은 잣나무에 기대어 앉았다.

"잠시 쉬었다 가자꾸나."

문홍식은 숨을 고르며 최익현 옆으로 다가와 앉았다.

"지금쯤이면 시해도 한성에 당도했겠지……."

"예. 시해 걸음이면 벌써 도착했을 것이옵니다. 민호와 상인도 전갈을 받는 즉시 출발했을 것이옵고……, 어쩌면 저희보다 먼저 태인泰仁에 도착할지도 모를 일이옵니다."

"그래. 그랬으면 얼마나 좋겠느냐……."

문홍식은 옆구리에 차고 있던 표주박 물병에서 물을 따라 최익현에게 올린다.

"목을 축이시지요."

면암 최익현은 표주박 잔에 담긴 물을 단숨에 비웠다. 문홍식은 잔을 받아 물을 따르며 한숨을 내쉬었다.

"걱정할 거 없느니라. 그들이 내 식솔을 죽여 얻을 게 무에 있겠느냐? 얻는 것보다 잃는 게 많을 것이야."

마치 남의 얘기를 입에 담듯 담담하게 말하는 최익현의 모습을 지켜보면서 문홍식은 눈시울을 적셨다. 칠십 평생 일신의 영달이나 가솔의 안위보다는 위정척사와 나라 사랑의 일념으로 살아온 그였다. 문홍식은 지난 1년 남짓 스승 최익현을 가까이에서 섬기면서 선함과 밝음과 바로 산다는 것이 무엇인지를 몸소 익혀 온 터였다.

면암 최익현의 얼굴에 정겨운 미소가 담겼다.

"그나저나 너에게 못할 짓을 하고 있는 것만 같구나."

"당치 않으신 하념이십니다, 선생님. 시생은 마땅히 해야 할 일을 하고 있을 뿐이옵고……, 또 선생님을 가까이서 모실 수 있는 것이 평생의 광영이자 보람이옵니다."

면암 최익현은 고개를 끄덕이며 부연했다.

"네가 살아가야 할 앞날을 내가 잠시 빌려 쓰고 있음이니라. 돈도 빌려 쓰면 이자를 쳐서 갚아야 하는데……, 하물며 세월을 빌려 쓰면서도 이자는커녕 빚만 더 얹어 주는 꼴이 되었으니 한심하달밖에."

문흥식은 가슴이 뭉클했다. 최익현은 고개를 들어 시린 하늘을 보며 혼잣말처럼 중얼거렸다.

"너 같은 젊은이에게 제대로 된 나라를 물려줘도 시원치 않을 판국에, 서까래부터 기둥까지 송두리째 썩어서 무너질 나라를 물려주게 되었으니……, 너희들 젊은이들을 대할 면목이 없어……."

면암 최익현이 몸을 일으켰다. 문흥식이 재빨리 부액했다.

"허허허, 지금은 내가 너보다 나을 것이야. 어서 앞장서려무나."

문흥식은 힘찬 발걸음을 내딛는다. 면암 최익현은 그의 뒤를 따르면서 입가에 웃음을 담았다.

싱그러운 바람, 눈부신 아침 햇살이 나뭇가지 사이를 지나 두 사람의 발끝에 와서 머문다. 두 사람은 전라도 태인을 향해 발걸음을 재촉했다.

조선을 다스리는 모든 권한을 거머쥔 초대 조선통감 이토 히로부미가 조선 주재 일본국 공사관에 임시 집무실을 마련했다. 그는 초록색 융단이 깔린 탁자로 다가섰다.

하세가와 대장과 하야시 공사가 취임을 기념하는 일필휘지를 청했기 때문이다. 눈부시게 하얀 화지和紙(일본 종이)가 반듯하게 놓여 있었고, 커다란 벼루에는 먹물이 흥건했다.

이토 히로부미는 굵은 붓을 집어 들면서 하세가와 대장을 바라보았다.

"사령관은 면암 최익현이 아무 목적도 없이 그냥 집을 나갔다고 생각하는가?"

하세가와 대장은 무슨 말인지 얼른 이해하지 못했다.

"면암이 손자며느리를 맞을 때 이 사태를 예견했어야 옳았질 않았는가?"

"……!"

하세가와 대장은 등골이 오싹했다. 이토 히로부미는 경성에 발을 들여놓을 때마다 면암 최익현의 근황을 물었고, 그가 올린 모든 상소문을 빠짐없이 읽었노라고 자랑하곤 했었다.

"한 집안의 가장이 그가 해야 할 일들을 모두 마무리 지으면……, 목숨을 버릴 곳을 찾지 않겠나. 적어도 면암의 인품이라면 말이야."

그제야 하세가와 대장은 이토 히로부미의 말뜻을 알아차렸다.

"제 생각이 미욱하였습니다, 각하."

이토 히로부미는 목소리를 낮추었다. 그러나 추궁하는 어조는 바꾸지 않았다.

"내 언젠가 말했었지. 조선 주차 일본군 사령부가 면암 한 사람으로 인해 큰 곤욕을 겪게 될 것이라고……."

"아, 예. 기억하고 있습니다."

이토 히로부미는 입술을 일그러뜨리는가 싶더니 곧 비웃음을 담아냈다.

"훌륭하군……. 내 말을 아주 훌륭하게 무시했어."

하세가와 대장의 등판에 진땀이 흘러내렸다. 변명을 하고자해도 입이 열리지 않는다. 일본군 육군대장……, 조선 정책을 수행하기 위한 무력 지원의 모든 책임을 지고 있는 주차군 사령관이 초대 조선통감에게 이 같은 수모를 당한대서야 말이 되는가.

하세가와 대장이 어깨를 펴면서 자세를 바로 했다. 무슨 말을 어떻게 하려는가, 긴장되는 순간이었다.

이토 히로부미는 굵은 붓을 들고 있었다. 그는 그 붓을 벼루에 던지듯 먹물을 묻혔다. 그 동작이 의미심장했다. 상체를 곧추세운 하세가와 대장은 물론, 하야시 공사도 긴장했다. 먹물에 듬뿍 젖은 큰 붓이 하세가와 대장의 얼굴로 날아들기라도 할 것 같은 분위기였다.

이토 히로부미가 다시 불쑥 말을 했다.

“면암은 조선이라는 큰 벼루에 먹을 갈고 있질 않았나!”

이토 히로부미는 들고 있던 굵은 붓을 펼쳐 놓은 종이 위에 주저 없이 던졌다. 하세가와 대장은 움찔 놀랐다. 이토는 손으로 하얀 화지 위에 던져진 붓을 가리키며 말했다.

“보라구! 저 종이에 찍힌 검은 점을 말이야.”

화지 위에 던져진 큰 붓은 빨아들였던 먹물을 토해 내고 있었다. 먹물이 빠르게 번져 나가고 있었다.

“저 주위로 번져 나가는 먹물을 잘 보란 말이야. 얼마나 빨리 번져 가는가, 면암의 결기가 저렇게 번져 간다면……, 사령관에게는 수습할 방책이 있는가!”

“……!”

하세가와 대장은 비로소 이토 히로부미가 심려하는 바를 알았다. 그러나 수긍하기가 싫었다. 최익현의 결기가 아무리 크다 해도 총탄 한 발이면 끝난다. 무엇이 두렵다는 말인가.

“각하…….”

하세가와 대장이 불만스러운 듯 이토 히로부미를 불렀다.

"면암 한 사람을 죽이는 것은 어렵지가 않아. 그러나 조선 민중들이 그와 함께 살기에 '천하동생天下同生'이라면……, 그가 죽는 것은 '천하동사天下同死'가 아니겠는가. 조선군 사령관은 면암을 잃은 조선 민중의 '천하동사'를 감당할 수가 있다고 보는가."

"……!"

육군대장 하세가와 요시미치는 숨이 막힌다.

아니야, 이건 아니야. 하세가와 요시미치는 다짐에 다짐을 거듭하면서도 이토 히로부미와 맞설 용기가 없다. 그의 영향력은 아직도 일본 조야를 자유롭게 이끌어 갈 만큼 건재했기 때문이다.

멀리 무성서원武城書院이 보였다. 전라도 태인에 있는 무성서원은 원래 신라의 명현 최치원을 배향한 곳으로, 숙종 22년에 임금의 친필이 내려지면서 사액서원賜額書院이 되었다. 정면에는 단층 기와집인 명륜당이 있고, 오른쪽에는 강수재, 왼쪽에는 홍학재가 자리 잡고 있으며, 명륜당 뒤쪽에 최치원의 위패를 모신 사당, 태산사가 있지를 않던가.

면암 최익현과 문흥식이 무성서원으로 이어지는 고갯마루에 이르렀을 때였다.

"웬 놈이냐!"

몽둥이를 손에 든 청년들이 숲 속에서 튀어나왔다. 문흥식은 얼른 최익현의 앞을 막아섰다.

“썩 물러서렷다. 면암 선생님이시니라.”

“선생님!”

숲 속에서 정시해가 달려 나오면서 큰 소리로 외쳤다. 정시해는 면암 최익현의 앞으로 다가와 정중한 예를 올렸다. 머뭇거리던 태인의 청년들도 정시해를 따라 일제히 허리를 굽혔다.

“원로에 고초가 크셨을 것으로 아옵니다.”

“아니다. 나보다는 흥식이가 애를 썼다. 그래 도성에 간 일은 잘되었구?”

정시해는 당황해하는 모습을 감추지 못한다. 면암 최익현은 뭔가 크게 잘못되고 있음을 직감했다.

“위암 선생께서 황성신문에 협약 체결의 부당함과 을사오적의 처벌, 백성들의 궐기를 바라는 통렬설을 썼사온데, 그것이 도화선이 되어 한성의 백성들이 모두 떨치고 일어나게 되었사옵니다.”

“오, 과시 위암이 아니더냐!”

위암 장지연에 대한 면암 최익현의 감복은 잠깐일 뿐이었다.

“위암 선생님은 그 일로 헌병대에 끌려가 엄청난 고초를 당하였고, 황성신문은 폐간되었사옵니다. 유근 주필을 잠시 만났는데 쉽게 풀려나기 힘들 것이라고 하였사옵니다.”

면암 최익현은 자기도 모르게 양손을 맞잡으면서 탄식했다.

“허, 저런……. 가자, 가서 소상한 말을 하자꾸나.”

“예, 대감마님.”

면암 최익현이 급한 발걸음을 내딛자 정시해가 번쩍 손을 들었다. 면암 최익현을 에워싸던 젊은이들은 재빨리 숲 속으로 다시 몸을 숨겼다.

정시해는 면암 최익현을 호위하듯 나란히 걸으면서 도성에서의 일을 부연했다.

“민호 군과 상인 군이 큰일을 해냈사옵니다.”

“오, 그래?”

문흥식은 바짝 최익현의 뒤를 따라 붙었다. 윤민호와 박상인에 관한 일이라면 자신도 알아 두고 싶어서다. 정시해는 눈빛을 반짝이며 말을 이었다.

“민호 군은 이근택을 칼로 찔러 큰 부상을 입혔고, 상인 군 또한 권중현을 권총으로 쏘았사온데 듣자하니 겨우 목숨을 부지하고 있을 정도라 하옵니다.”

“오, 장한지고……!”

“또한 그들은 다른 청년 동지들과 합세하여 이완용의 집에 불을 질렀다 하옵고, 이 땅에서 그들의 자취를 없애기 위한 재차 삼차 계획도 세우고 있다고 들었사옵니다만, 민호는 선생님을 따르기 위해 태인에 와 있사옵니다.”

면암 최익현은 만족해하는 모습이 완연하다.

“모두들 장하구나. 매국오적들은 등골이 오싹했겠구나. 백성들의 마음이 얼마나 후련하였겠느냐. 자고로 역신은 발을 뻗고 잘 수가 없다고 하는데……, 그들이 왜적으로부터 받은 재물로 호의호식한들 마음이 편할 날이 있겠느냐. 국권을 지키려다 목숨을 잃은 원혼들이 무서워서라도 편하게 잠자리에 들 수가 없을 것이니라.”

태인 무성서원은 그리 멀지 않았다. 정시해가 무성서원의 내정으로 들어서면서 명륜당을 향해 크게 외쳤다.

“면암 선생님이 오셨습니다.”

명륜당 문이 열리면서 젊은이들이 뛰쳐나왔다. 한성에서 윤민호, 박상인과 함께 활동하던 청년들이었다. 그들의 뒤로 태인의 유림들이 따랐다. 모두 차가운 땅에 엎드려 큰절을 올렸다.

“선생님, 먼 길 오시느라 고초가 크셨습니다!”

최익현은 엎드려 있는 윤민호의 손을 잡아 일으켰다.

“장하다. 참으로 장하구나.”

“선생님, 매국오적을 쓸어 내지 못한 것이 통한에 사무치옵니다.”

면암 최익현은 흐뭇한 표정으로 청년들을 둘러보며 말했다.

“날이 차다. 그만 일어나거라.”

청년들은 자리에서 일어나 면암 최익현의 앞으로 모여들었다. 최익현은 그들을 향해 큰 소리로 말했다.

“이렇게 활기차고 굳건한 너희들의 모습을 보니 마음이 든든

하기 그지없구나. 오는 길에 민호와 상인이가, 그리고 너희들이 큰일을 해냈다고 들었다. 비록 역신들을 끝장내지는 못했으나, 또 다른 너희들이 반드시 그 일을 해낼 것이라 믿어 의심치 않는다. 여기 모인 사람이 아직은 수십에 불과하나 일당백의 기백으로 왜적을 대한다면 그 기백이 세상을 움직여서 수백, 수천, 수만의 백성들에게 우리 민족의 자긍심과 용기를 심어 줄 것이야.”

면암 최익현은 잠시 말을 멈추고 귀를 세우고 있는 청년들을 일일이 살펴보았다.

“진정 너희들이 나와 함께 나라를 위해 목숨을 바칠 각오가 되어 있더냐!”

모두가 한목소리로 대답하였다.

“예, 그러하옵니다.”

면암 최익현의 눈시울이 뜨거워졌다.

“너희가 살아 있음이 곧 나라가 살아 있음일 것이니라. 명심하렷다!”

젊은이들의 대답이 우렁차게 뿜어져 나왔다. 그제야 면암 최익현은 유림들의 면면을 살피기 시작했다. 이상한 일이었다. 누구보다도 반갑게 자신을 맞아 줄 것으로 믿었던 전 낙안군수樂安郡守 임병찬林秉瓚의 모습이 보이지 않았다. 면암 최익현은 정시해에게 고개를 돌리면서 물었다.

“무슨 변고야, 임 낙안이 보이지 않아.”

전 낙안군수 임병찬의 본관은 평택, 호는 둔헌으로 전북 옥구현 대사리에서 태어났다. 세 살 때 말을 알고, 다섯 살 때 당시^{唐詩}에 통했다는 신동이었다. 지방시에 장원으로 등과한 후 첨지중추부사 겸 오위장이 되었다가 낙안군수 겸 순천진동첨절제사로 전임했다. 이때의 선정으로 주민들의 존경을 한 몸에 받았을 정도로 지도력이 출중하였다. 동학농민이 들고 일어났을 때 무남영 우영관에 임명되었으나 끝까지 사양한 인물이기도 했다.

정시해는 송구해진 얼굴로 일단 고개를 숙여 보이고 나서 입을 열었다.

"저희들도 처음에는 몹시 궁금히 여겼는데……, 모친상을 당하신지라 정읍 선산으로 가서 시묘^{侍墓(묘소를 지키며 효도하는 것)}살이를 하신다고 들었사옵니다."

"어허, 이런 변이 있나. 사정이 그와 같다면 정읍부터 다녀와야 하지를 않겠느냐."

"대감마님, 며칠 쉬신 연후에 거동하시지요. 정산에서 예까지 단숨에 달려오시지 않으셨습니까?"

"아니야, 그렇지가 않아. 우선 문상부터 하는 것이 도리가 아니겠느냐."

면암 최익현은 문흥식을 돌아보면서 물었다.

"견딜 수 있겠느냐?"

"이를 말씀이옵니까. 제가 모시겠습니다."

"시해, 너도 채비하여라."

면암 최익현은 그 길로 정읍을 향해 발길을 돌렸다. 면암 최익현은 의병을 모으기 위해 태인으로 왔다. 무성서원을 거점으로 의병을 모으자면 임병찬의 지도력이 필요하지를 않던가.

"서둘러야 한다. 촌각을 다투어야 할 일이니라."

면암 최익현의 발걸음은 빨랐다. 정시해와 문흥식이 최익현의 좌우를 지키며 부지런히 따른다. 잠시 쉬어 갈 때면 도성에서 있었던 일들로 화제의 꽃을 피우곤 하였다.

"대감마님, 아뢰옵기 송구합니다만……, 은영이가……."

면암 최익현이 고개를 번쩍 들어 관심을 보인다. 문흥식도 귀를 세웠다.

"창준의 혈손을 보았는데……, 사산이었다고 하옵니다."

"그 무슨……!"

면암 최익현은 더 말을 이어가지 못했고, 문흥식은 왈칵 눈물을 쏟고 만다. 자강회를 이끌어 갈 때의 김은영은 마치 여장부와 같은 결단력으로 수많은 청년들을 일사불란하게 이끌어 갔고, 대사를 끝내고 숨을 고를 때면 언제나 정 많은 누님이 되어 어린 청년들을 다독이곤 하지를 않았던가.

"데려오질 않고……."

면암 최익현이 아쉬움을 토했다. 문흥식은 정시해의 얼굴에서 시선을 뗄 수가 없었다.

"들리는 소문으로는 배정자의 집으로 들어가……."

"안 돼요, 그건……!"

문흥식이 소리쳤다. 그게 어디 말이 되는가. 이창준을 잃은 슬픔도 채 가시지 않았는데……, 그가 남길 수 있었던 일점혈육까지 사산했다면 김은영은 이성을 잃을 것이 분명하다. 김은영이 배정자의 집으로 들어가려 했다면 그녀를 살해할 궁리를 하고 있을 것이 분명하다. 문흥식은 배정자의 처단을 김은영에게 맡길 일이 아니라고 생각했다. 김은영이 감당하기에는 너무 큰 일이기 때문이다.

면암 최익현은 몸을 일으키며 묵묵히 발걸음을 내딛는다. 정시해도 문흥식도 더는 김은영의 일을 입에 담지 않았다.

면암 최익현 일행이 임병찬이 시묘살이를 하고 있는 정읍의 선산에 당도한 것은 중들이 이른 저녁을 먹는다는 승석僧夕 무렵이었다. 산 위에서 불어오는 바람이 살을 에는 듯했어도 넘어가려는 햇살에서는 아무 온기도 없었다.

임병찬은 굴건제복을 입고 갓 봉분을 올린 묘 앞에 무릎을 꿇은 채 머리를 숙이고 있었다. 묘 옆에는 짚으로 이은 움막이 엉성하게 보인다.

정시해가 앞서 걸어가며 임병찬을 불렀다.

"둔헌 선생님!"

임병찬은 고개를 들고 소리 나는 쪽을 바라본다. 임병찬은 면암 최익현을 발견하자 너무 놀라서 허둥거렸다.

"아, 아니, 대감께서 여기까지……."

면암 최익현이 묘소로 다가서자 임병찬이 상주의 예를 다하기 위해 몸을 숙이고 곡을 했다.

"아이고, 아이고, 아이고……."

면암 최익현은 산소에 재배하고 임병찬과도 맞절을 했다.

"애도의 말을 뭐라고 해야 하는가. 입이 있어도 열리지 않을 따름이네."

임병찬은 말을 하지 못하고 흐느꼈다. 면암 최익현은 임병찬의 두 손을 잡아서 다독거렸다. 차갑고 거칠어진 손이었다.

"내가 임 낙안을 찾은 뜻은……."

임병찬은 마른침을 꿀꺽 삼켰다.

"이미 인편으로 내 의중을 알렸으나 그 사이 임 낙안의 처지가 이리 바뀐 줄은 몰랐네."

면암 최익현의 서찰을 받고 임병찬은 가슴이 뜨거워졌었다. 그래서 함께하겠다는 의사를 밝혔는데, 갑자기 어머니가 쓰러져 숨을 거두게 될 줄은 어찌 짐작이나 했던가. 장례를 치르는 과정에서도 내내 임병찬의 마음은 무거웠다. 거취를 고민하고 고민한 끝에 시묘를 지내는 것이 도리에 합당하다 생각하여 무성서원으로 사람을 보내어 어렵겠다는 뜻을 전했었다.

"그렇다고 임 낙안을 나무랄 생각은 없어. 친상을 당하면 모

든 벼슬자리에서 물러나 시묘살이를 하는 것이 효행의 근본이
요, 사대부가 행해야 할 근본이 아니겠나. 또한 상감도 상중에
있는 신하를 부를 수가 없는 것이 이 나라의 법통임을 내가 모른
대서야 말이 되는가.”

“면목 없사옵니다, 대감……!”

면암 최익현은 해가 지고 있는 먼 산을 바라보며 한숨처럼 토
해 낸다.

“하나, 지금은 달라……!”

사람들은 숨을 죽일 수밖에 없다. 시묘살이를 하는 상주의 효
성을 무슨 말로 설득할 수가 있을 것인가. 그러나 면암 최익현의
목소리는 정감에 담기면서 흘러나왔다.

“임 낙안의 효심은 내가 잘 알고 있고……, 또 임 낙안의 사람
됨됨이도 잘 알고 있는 터……. 하나 지금은 그 일을 앞서야 하
는 대사가 눈앞에 와 있지를 않나.”

“……?”

임병찬은 면암 최익현에게서 3년상을 지키는 것이 사대부 된
자의 도리라는 말을 들을 줄 알았다. 그런데 지금은 그 일을 앞
서는 대사가 눈앞에 와 있다고 하지를 않는가. 어버이를 향한 지
극한 효성보다 앞서는 그 대사라는 것이 무엇을 말하는 것일까.
임병찬은 숨을 죽인다. 둘러선 제자들이라 하여 다를 것이 없다.

면암 최익현은 임병찬에게로 천천히 고개를 돌리며 말했다.

“본시 나라에는 삼통三統이 있으니, 그것을 부통父統, 군통君統, 사통師統이라고 하질 않던가. 부통은 이체理體로 존재하니 체통體統이 되는 것이요, 군통은 이법理法으로 존재하니 법통法統이 되는 것이며, 사통은 도리道理로 존재하니 도통道統이 아닌가⋯⋯.”

그제야 임병찬은 면암 최익현의 높고 깊은 심중을 헤아릴 수 있었다.

“아⋯⋯.”

“지금 나라가 무너졌으니 이미 법통이 사라졌음이요, 부모의 친상을 당했으니 체통이 또한 사라졌네. 자네는 이 두 가지를 다시 살리기 위해서 체통을 지키는 효를 법통을 지키는 충으로 옮겨 가야 하지를 않겠는가?”

부통, 군통, 사통은 하나여야 한다는 이른바 ‘삼통위일三統爲一’은 최익현 사상의 집약이자 핵심이다. 오랜 세월 동안 면암 최익현의 문하에서 학문을 닦고 인품을 도야한 임병찬이 스승의 당부를 거역할 수가 있을까. 실상 임병찬은 어머님의 3년상을 지켜 자식 된 도리를 다하는 것이 옳은지, 아니면 효를 버리고 나라를 구하는 충을 구해야 하는지 갈등하고 있었다. 그런 임병찬에게 스승 최익현의 출현은 머릿속을 환하게 비추는 빛이 아닐 수가 없었다.

임병찬은 눈물을 흘리며 자세를 바로 했다.

“부모와 임금과 스승, 그 셋이 다름이 아니라 삼위일체임을 이제야 다시 깨닫게 되었사옵니다. 시생, 대감의 도통道統을 따르겠습니다!"

임병찬은 다시 일어나 옷깃을 가다듬고 면암 최익현에게 큰절을 올렸다. 최익현은 임병찬의 손을 잡고 다독거렸다.

"가세. 겨울 해는 짧으이."

좀 떨어져서 기다리고 있던 정시해와 문흥식이 눈치를 채고 다가왔다.

면암 최익현은 문흥식에게 일렀다.

"임 낙안이 하산한다. 가서 짐 챙기는 걸 도와드려라."

문흥식은 임병찬의 하산을 도왔다. 서산에 든 노을도 이제는 빛을 잃고 있다. 면암 최익현은 새로 만들어진 묘역을 한 바퀴 돌았다. 자식 된 도리로서의 효성을 꺾어 버리면서까지 자신을 따라 주는 임병찬의 마음을 고인에게 전하고 싶은 마음 때문이었다.

너희가 나라를 아느냐

1905년의 겨울은 스산하였다. 나라의 외교권을 박탈당하였다면 대한제국은 국제적으로도 미아가 된 것이나 다름이 없다. 게다가 을사늑약이 체결된 이후의 도성 거리는 살벌하기 그지없다. 친일 대신들을 해치려는 조선 젊은이들의 은밀한 활동이 계속되면서 조선 주재 일본군들의 행태도 광적으로 변해 가는 나날이었다. 마침내 일본국 정부는 조선통감부 설치령을 포고하였다.

'이런 때려죽일 놈들!'

소리친들 무슨 소용이 있으랴. 친일 각료들로 채워진 대한제국 정부의 관료들은 아무 하는 일이 없어도 국록을 챙기는 한심한 나날이 아니던가. 눈보라가 휘몰아치는 절기에 맞추어 대한제국도 통감정치 시대로 접어들고 있다. 임시 통감서리로 임명된 일본군 사령관 하세가와 요시미치 대장은 대한제국 정부의 외부^(지금의 외무부)를 폐지하고, 대신 의정부에 외사국을 두어 허울 뿐인 외교문서를 보관 출납하게 함으로써 실질적인 외교권을 박탈했고, 해외 조선인에 대한 보호권까지도 일본 외무성에 이관하는 등 대한제국의 기구가 축소되면서 통감의 영향력을 높여나갔다.

또한 전국 12개 지방에 지방관청을 감독하는 이사청^{理事廳}이 설치되었고, 11개 지방에는 그 지청이 설치되었으며, 따라서 일본의 경찰도 전국적으로 배치되기에 이르렀다.

"어찌 이런 변괴가……!"

고종황제는 통탄하지 않을 수가 없다. 그러나 이제 와서 무엇을 어찌하는가.

"폐하, 미국에 있는 헐버트에게 이 딱하고 통분한 사정을 알리신다면……."

"헐버트에게……!"

순간 고종황제는 막혔던 숨통이 열리는 듯한 환희에 젖는다. 헐버트라면 조선의 딱하고 참담한 사정을 미국 조야에 알릴 수가 있으리라고 믿었기 때문이다.

헐버트^{Hulbert, Homer Bezaleel}는 미국인으로, 고종황제가 설립한 이 나라 최초의 관립양학교^{官立洋學校}인 '육영공원^{育英公院}'의 영어교사로 초빙되었다. 그의 본업은 선교사였으나 언어와 역사에도 조예가 깊은 그야말로 박학다식한 사람이어서 『한국사』를 집

필할 정도로 조선에 관한 이해가 높았다. 당시 미국이나 유럽에서 조선의 역사를 알기 위해서는 그의 『한국사』를 읽어야 했을 정도로 조선에 대한 해박한 지식을 갖추고 있었다. 게다가 조선 땅에서 활동하게 되면서 「코리언 리뷰」라는 정보지를 간행하기도 하였다. 그의 조선 이름은 할보轄甫였다. 그로 인해 헐버트는 고종황제와의 배알이 자유로운 편이었고, 또 성품이 활달하였던 탓으로 고종황제의 신임도 두터웠던 사람이었다.

고종황제는 미국에 있는 헐버트에게 조선의 참담한 사정을 알려서 미국의 루스벨트 대통령에게 전하게 한다면 뭔가 새로운 활로가 열릴지도 모른다는 생각을 하게 된다.

고종황제는 하얀 화선지를 펼쳐 놓고 '을사5조약' 체결은 무력을 앞세운 불법적인 폭거이며 따라서 무효일 수밖에 없다는 사실을 힘차게 써 내려간다.

짐은 총검의 위협과 강요에 의해, 최근 한일 양국 간에 체결된 이른바 '을사조약'이 무효임을 선언한다. 짐은 이를 승인한 바도 없으며, 차후에도 목숨을 걸고 이에 동의하지 않을 것이다.

고종황제는 붓을 놓으면서 임석한 내관에게 하문하였다.
"이 서찰이 과연 헐버트에게 전해질 수가 있겠는가."
내관의 대답은 확고하고도 분명하였다.

"우선 상해까지만 전달된다면, 그 다음은 전문電文으로 보낼
수가 있을 것으로 사료되옵니다."

"서둘라. 한시도 지체할 수가 없음일 것이야!"

고종황제의 서찰은 그야말로 화급하게 상해의 요로에 전달되
었고, 거기서 영문으로 번역되어 워싱턴에 있는 헐버트에게 전
해진다.

"오, 이런……!"

분노한 헐버트는 서둘러 이 문건을 미국의 국무장관 루트를
통해 루스벨트 대통령에게로 보냈다. 그러나 어찌 된 일인지 아
무리 기다려도 루스벨트 대통령의 반응은 없었다. 루스벨트 대
통령이 고종황제의 서찰을 읽지 않았다는 설, 읽기는 했어도 앞
에서 거론한 가쓰라 - 태프트 협정에 위배되는 언동을 삼갔을 것
이라는 등 설만 요란할 뿐, 애초에 기대하였던 성과는 없었다.
오히려 이에 놀란 일본국 정부에서 문제의 '을사조약'이 정당하
게 체결되었음을 세계의 여러 나라에 통고하고 나서는 지경에
이르게 되었다.

미국 정부는 서둘러 조선 주재 미국 공사 몰간에게 공사관의
폐쇄와 철수를 명했다. 이를 뒤따르듯 독일, 영국, 프랑스, 덴마
크 등의 공사관도 철수를 서두르고 나섰다. 외국 공사관이 하나
도 없는 대한제국은 국제사회에서 고립무원의 외톨이가 될 수밖
에 없었다. 이로써 대한제국과 수호조약을 맺은 모든 외교국과

의 사무는 일본국 외무성을 통해서만 이루어지게 되었으니 대한제국은 나라의 이름만 있을 뿐, 아무것도 할 수 없는 허수아비 꼴과 다름없이 되었다.

황량해진 세밑 도성 거리에 폭설이 내린다.

온 천지가 온통 순백의 하얀 풍경으로 변하는데도 거리에 나와 뛰노는 아이들은 눈 닦고 찾아도 없다. 이미 죽은 도시에 비해 무엇이 다르랴. 광풍이 몰아닥치며 쌓인 눈발을 다시 하늘로 날려 올린다. 하얀 눈가루는 천지를 뒤덮듯 거침없이 휘날린다. 거칠어진 바람은 육조관아六曹官衙(지금의 세종로)의 넓은 거리를 휘몰아쳐 간다.

고종황제는 넓은 응접간을 홀로 거닐며 상념에 잠겨 있다. 창 밖으로 스쳐 지나가는 황량한 바람이 유리 창문을 사정없이 흔들어 대고 있다. 홀로 거니는 고종황제의 뇌리에는 시종무관장 민영환의 모습이 스치듯 지나갈 때가 있었고, 면암 최익현의 카랑카랑한 목소리가 귓전을 어지럽힐 때도 있었다.

"오백년 사직을……."

그렇다. 5백년이라는 장구한 세월 동안이 어찌 한결같이 편할 수만 있었겠는가. 임진·정유년의 왜란으로 온 나라가 쑥밭이 되었을 때도 있었고, 병자년 호란 때는 임금이 적장의 앞으로 나아가 세 번 절하고 아홉 번 머리를 조아리는 삼배구고두의 예를 올린 일도 있었다. 그 같은 치욕의 순간을 넘기면서도 나라의 명맥만은 이어 오지를 않았던가.

'면목 없음이로세.'

고종황제의 용안은 눈물로 젖어든다. 어찌해야 조종의 영혼들에게 용서를 구할 수 있는가. 그렇게 통한의 해, 1905년의 마지막 해가 폭설 속으로 저물고 있었다.

아, 누가 시간을 속절없이 흐른다고 했던가. 1906년의 밝은 햇살이 조선반도를 향해 퍼져 나간다. 설혹 정초의 숙연한 분위기가 이어진다고 하더라도 무슨 즐거움이 있으랴. 조선시위대를 근위대로 개칭하였다 하여 달라지는 것이 있을 까닭이 없다. 「런던 타임스」가 을사조약은 강제로 체결된 조약임을 선언했다는 풍설이 들렸으나, 만리 밖에 있는 영자신문의 기사가 죽지 못해 살아가는 조선 민중들에게 희망이 될 까닭이 없다.

마침내 2월 초하루, 조선통감부가 발족하면서 임시 통감대리로 하세가와 요시미치 육군대장이 임명되었다. 오랜 세월 동안 조선 주차 일본군 사령관의 임무를 수행하였던 강골의 무장이 아니던가.

"조선 안팎의 모든 경비를 물샐 틈 없이 하라. 우리 일본국의 조선 정책에 반기를 드는 자는 가차 없이 처단해도 무방하다!"

도성과 외곽의 경비가 강화되면서 조선 젊은이들의 구국활동이 제약된다. 요소요소에 거치된 기관총과 요란한 굉음을 내며 달리는 일본군 헌병대 사이드카의 폭주가 서울과 서울 근교의 질서유지라는 명목으로 끊임없이 요동치고 있다. 공포의 거리나 다름이 없다.

마침내 3월 2일, 초대 조선통감 이토 히로부미가 입성한다. 남대문역은 큰 축제의 장터로 변하면서 그를 환영하는 일본인과 그들이 흔드는 일장기로 물결을 이룬다. 특별열차에서 내린 이토 히로부미는 전용마차로 옮겨 타고 일본군 공사관으로 향한다. 초대 조선통감의 임시 사무실이 일본국 공사관에 마련되었기 때문이다.

"그간 제군들의 노고를 치하한다. 그러나 그것은 외관에 나타난 것일 뿐, 황제의 주변은 완전히 방치되어 있지를 않았나."

"……."

하세가와 대장은 물론 하야시 공사의 안색이 하얗게 바래진다. 무슨 폭탄선언으로 이어질지 몰라서다. 그런 순간은 오래가지 않았다.

"조선 황제가 쓴 어찰이 워싱턴에 있는 헐버트에게 전달되었다. 그 서찰에는 이번 조약이 강제로 체결된 것임을 선언하는 구절이 있다. 이래도 되는가!"

"……!"

아, 숨이 막힌다. 일본에 앉아 있었던 이토 히로부미다. 그에게로 전해지는 정보의 통로는 과연 어디란 말인가.

"조선 황제의 친필문서가 전국으로 전해지고 있다. 그 문서로 인해 의병이 봉기한다는 정보도 있다. 하세가와 대장은 들은 바가 있는가."

"송구합니다, 각하!"

"대체 뭣들 하고 있었나. 하야시 공사는 알고 있었나?"

"송구합니다, 각하."

죽어 가는 듯한 두 사람의 동태를 지켜보면서도 이토 히로부미는 오히려 너털웃음으로 긴장감을 풀어 간다.

"허허허, 이제 겨우 시작이니까. 하야시 공사."

"예, 각하."

"일본흥업은행에 연락하여 1천만 원의 차관을 얻도록 하라!"

하야시 공사는 난감해한다. 1천만 원이라는 거액을 차관으로 들여와서 무엇에 쓴다는 말인가. 다시 이토 히로부미의 지시가 이어지기 시작한다.

"그 차관으로 조선 안에 있는 모든 일본인들을 위한 편의시설을 제공한다. 통감 시대를 맞이하는 선물쯤이면 어떨까, 허허허."

통이 크다. 1천만 원이라는 거금을 차관으로 빌려서 조선에 와 있는 일본인들의 편의시설을 제공하는 것을 두고 나무랄 수는 없다. 그러나 은행으로부터 빌린 1천만 원은 누가 상환해야 하는가. 일본공사관으로서는 감당할 수 없는 거액이기에 하야시 공사는 난감할 수밖에 없다.

"허허허. 차관의 상환은 조선 정부로 하여금 하도록 조처하면 되질 않겠나."

아, 어찌 비명이 터지지 않을 일이던가. 일본 은행으로부터 1천만 원이라는 거액을 차관으로 빌려서 일본인들을 위한 편의시설 제공에 쓰고 그 차관을 조선 정부로 하여금 상환하게 한다는 이토 히로부미의 부임 제일성은 통감 시대의 의미를 되새기는 일이며, 또한 통감 시대의 방향을 정해 주는 사단이 아닐 수가 없다. 자리를 함께한 하세가와 대장은 물론, 하야시 공사를 비롯한 일본인 관리들은 감동과 감격을 함께하는 최경례로 이토 히로부미의 부임 일성에 보답한다.

조선통감 시대는 이렇게 시작되었다. 따라서 대한제국의 운명은 풍전등화와 같아질 수밖에 없다. 무엇을 어떻게 하는 것이 망해 가는 나라의 백성들이 해야 할 도리인가. 몸을 던져 싸우는 일이 아니고는 아무것도 할 일이 없다.

'나라를 찾아야지!'

모두가 이심전심 구국전선에 나서야 한다. 뜻있는 사람들은 오직 이 일에 매달리는 것을 보람과 긍지로 여기게 되면서 전 참판 민종식은 충청도 홍산에서, 정용기는 경상도에서, 신돌석은 경북 영해에서 의병을 조직해 거병하였다. 이들의 반일항쟁은 마른 들판에 붙은 불길처럼 거세게 타오르기 시작했다.

4월, 최익현은 무성서원에 머물면서 일본에 경고하는 글을 발표해 일본제국의 침략야욕을 호되게 질타했다.

교만한 탐욕은 흥에서 망으로 옮겨 가는 계단이다. 자고로 남의 나라와 민족을 함부로 침략하고 능욕하다가 끝내 화란을 당하지 않은 예를 보지 못하였다. 천리를 말하더라도 복선화음福善禍淫은 불역의 정론이다. 귀국이 앞으로 동양의 패권을 잡으려면 신의를 지켜라. 이 글은 한갓 우리나라만을 위한 것이 아니요, 귀국을 위함도 될 것이며, 동양 전국을 위하는 길이 될 것이다.

면암 최익현의 이 글에는 이토, 다케조에竹添, 오시마大島, 미우라三浦, 하야시, 하세가와 등 조선침략의 선봉에 섰던 원흉들의 죄상을 낱낱이 지적하는 16개 항목을 열거하면서 일본의 간교함을 질책했다. 또 일본이 대한제국에 대해 불신불의한 짓을 계속한다면 마침내 대한제국·청·일본 세 나라의 신뢰는 무너질 것이며, 그리되면 일본은 반드시 열강에 의해 패망할 것이라는 예언까지 포함되어 있다.

당시 대한제국은 정부는 있어도 형식적일 뿐, 아무 권한이 없었다. 황실은 있으되 나라가 없는 꼴이었다. 모든 명령은 조선통감부에서 발령되었고, 대한제국 정부와 대신들은 그것을 실행에 옮기는 꼭두각시로 전락해 있었다. 뜻이 있는 사람들은 치욕으로 몸을 떨다가 마침내 항일투쟁에 몸을 던졌다. 그러한 실행이 나라가 위급지경에 이르렀을 때 선비가 취할 태도라고 믿고 있었기에 가능했던 일이다.

면암 최익현이 주도하는 무성서원의 유림들은 겉보기에는 당장에라도 궐기하여 통감부의 만행에 대항하려는 기개를 보이면서도 좀처럼 행동으로 옮겨질 기미가 보이질 않았다. 어느 날은 기백 명의 유림들이 모여 웅성거리다가도 또 어느 날은 썰물이 빠지듯 나가고 나면 마치 빈집과도 같은 썰렁함에 젖기도 하였다.

4월도 중순에 접어들면서 무성서원은 더욱 힘을 잃어 가는 지경에 이른다. 면암 최익현이 무성서원을 기병지起兵地로 택한 것은 자신을 따르는 문도門徒들이 전라도에 많은 탓도 있었지만, 임병찬의 영향력이 절대적인 지역이기 때문이었다. 그런데도 근방의 유림들은 한 번 들러는 보았어도 움직일 기색을 보이지 않는다. 심한 경우에는 뭔가 기대를 하고 왔던 유림들이 슬며시 떠나는 경우까지 되풀이되고 있다.

'내가 잘못 생각했음인가.'

면암 최익현의 시름은 날로 깊어진다. 나라를 구하려는 구국운동에도 확실하고 탄탄한 구심점이 있어야 한다. 게다가 유림이 먼저 봉기해야 한다는 격문을 이웃 골에 돌렸는데도 아직 아무 반응이 없다.

‘하면 도성으로 가 싸워야 하나.’

면암 최익현은 며칠 동안을 거처에 틀어박힌 채 앞날의 일을 고민하고 있었다. 의병을 모은다면 그 인원에 합당한 무기가 있어야 한다. 또한 그 많은 인원을 동원하여 움직이자면 군자금이 있어야 하질 않겠는가. 그러나 면암 최익현의 수중에는 의병을 경영할 군자금이 없다. 그런 처지라면 무기를 구입할 수도 없다. 이 같은 무성서원의 딱한 사정을 인지하고 한 사람 한 사람 떠나간다면 면암 최익현의 학덕으로도 속수무책이 아니겠는가.

밤이 깊어지자 임병찬이 면암 최익현의 거처로 스며들었다.

“어서 오게, 임 낙안.”

“대감, 신색이 많이 상하셨사옵니다.”

“허허허. 내 얼굴이야 이미 마른 대추 꼴이 된 지 오래인 걸…….”

면암 최익현은 웃고 있었지만, 임병찬은 스승 최익현의 얼굴에 드리운 그늘을 충분히 읽어 낼 수가 있다.

“대감, 너무 심려치 마십시오. 먼 길이라서 오가는 데 시간이 오래 걸릴 것이고……, 각 지역 유림들에게도 중지를 모을 수 있는 시간을 주셔야 하옵니다.”

면암 최익현은 예전 같지 않게 조바심을 드러낸다.

“……그렇다고는 해도, 너무 늦질 않은가? 또 왔다 한들 무슨 수로. 그러니 모였던 사람마저 떠나고 있는 실정이 아닌가?”

면암 최익현의 조바심에 비한다면 임병찬의 생각은 느긋하기까지 하였다.

"대감의 심기를 어지럽힐까 염려되어 아직 말씀을 여쭐질 못했습니다만, 이곳을 떠난 사람 대부분이 충청도로 올라가 의병에 참가하고 있다고 들었습니다. 전 참판 민종식이 이끄는 의병이라 들었사옵니다."

그제야 면암 최익현은 안도하는 기색을 보인다. 나라를 구하려는 충절이라면 누구의 휘하인들 무슨 상관이겠는가.

"아, 그러한가?"

"참판 민종식의 의병은 이미 총포를 갖춘데다……, 엄격한 훈련까지도 실시하고 있어 사기가 높다고 들었사옵니다."

"그래, 무기가 있어야지. 하나 내게는……."

마침내 면암 최익현은 탄식하였다. 학덕만으로는 한계가 있다는 사실을 이미 뼈아프게 느껴 온 터가 아니던가. 임병찬은 기다렸다는 듯이 조용히 말을 이어간다.

"그러하옵니다. 대감께서 심기가 편치 않으신 것 같아 미리 말씀드리지 못했습니다만……, 식량과 무기와 탄약을 구하는 데 필요한 자금을 대겠다는 사람들을 여럿 만나고 있습니다. 대감께서 결심만 하시면 시간을 앞당기는 일에도 큰 어려움이 없을 것으로 압니다."

"……!"

면암 최익현은 숙였던 상체를 곧추세운다. 위정척사와 평생을 수행해 온 실천궁행의 의지가 살아나고 있음을 완연하게 느낄 수가 있어서다.

"임 낙안, 난 그것도 모르고……. 아무튼 서둘러 주시게나. 그리고 유림의 동의를 구하는 까닭은 보다 많은 사람을 모으자는 데 있지를 않았었나."

"명심하겠사옵니다, 대감……!"

임병찬의 목소리에 물기가 서린다. 심약해졌던 스승의 얼굴에 결기가 돌아와 있었기 때문이다. 그때 밖에서 정시해의 목소리가 들렸다.

"선생님."

"무슨 일이냐?"

"간재 전우라는 분이 찾아오셨사옵니다."

임병찬은 앞으로 몸을 숙이며 말소리를 낮추었다.

"간재? 간재라면 호남에서 이름난 유학자가 아닙니까? 중추원 참의도 사양하고 계화도에서 후학을 가르치는 데 전념하신다는……."

면암 최익현은 수염을 쓰다듬으며 말했다.

"나도 알고 있네. 고산鼓山 임헌회任憲晦 문하에서 이십 년간 학문을 닦았지. 주기·주리 양설을 모두 배척하고 절충적인 이론 체계를 세운 사람이야. 어서 들라 하지."

임병찬이 일어나 문을 열었다. 이때 간재艮齋 전우田愚의 연치 66세. 당당하고 기품이 흐르는 선비가 방으로 들어서면서 정중한 목소리로 말한다.

"미욱한 전우, 면암 선생께 문안 여쭈옵니다."

전우가 장중한 예를 올리자 면암 최익현도 맞절로 임한다.

"원로에 고생이 많으셨겠소."

"아닙니다. 면암 선생께서 큰 뜻을 펼치시려 한다는 풍문을 접하고 한걸음에 달려왔습니다."

"허허, 이런…… 고마울 데가……."

면암 최익현은 기쁨을 감추지 못하였으나, 전우는 우렁우렁한 목소리로 아픈 곳을 찌르고 나선다.

"오면서 들은 것도 그렇고, 막상 와서 보아도 아직 체계가 정비되지 못한 듯합니다만……."

면암 최익현은 숨기려 하지를 않는다. 잠시 전까지 자신의 생각도 그러하지 않았던가.

"이 늙은이가 아직은 미욱해서 그런 것으로 압니다만……."

"무슨 말씀을 그리하십니까? 너무 걱정하지 마십시오. 면암 선생께서 일어나신 마당에 전국의 어느 유생인들 몸을 사리겠습니까? 곧 몰려들 것이라 사료됩니다."

면암 최익현은 그제야 얼굴을 펴고 웃었다.

"힘을 주시는구려. 허허허."

임병찬이 자리를 고쳐 앉으며 전우에게 말한다.

"시생은 임병찬이라 하옵니다. 약조가 있어 먼저 일어나는 결례를 범하게 되었음을 용서하시기 바랍니다."

전우는 임병찬에게 살며시 고개를 숙여 보이면서 상찬의 말을 입에 담는다.

"무슨 말씀을요. 고명은 익히 들어 알고 있었습니다."

"당치 않으십니다. 그럼……."

임병찬은 조용히 일어나 방을 나간다. 전우가 무릎걸음으로 면암 최익현에게 다가앉으면서 뜻밖의 말을 입에 담았다.

"호남에는 면암 선생을 따르는 유생이 많습니다. 오는 길에 살펴보니 곳곳에서 이곳으로 오기 위한 준비를 하고 있었습니다. 저 역시 이 일에 목숨을 바칠 각오로 제자 몇을 데리고 왔습니다."

면암 최익현은 잠시 눈을 감고 골똘한 생각에 잠긴다. 전우와 자신은 소임이 다르다는 확신이 들어서다.

"고맙기 한량없는 일이오만……, 간재와 나는 서로 처지가 다르지 않습니까."

"다르다니요. 나라를 잃은 백성들인데 뭐가 다르옵니까!"

간재 전우의 목소리에는 엄중한 항의가 담겨 있었다. 면암 최익현이 자신을 보잘것없는 시골 샌님으로 보고 있다는 자책 때문이었다. 그러나 면암 최익현의 대답은 자상하였다.

"달라요. 나는 이미 관직에 출사했던 몸이라 죽음으로써 보국하여야 하나……, 간재는 출사한 몸이 아니니 궐기하기보다는 후진들에게 학문을 전해야 하는 것이 소임 아니겠습니까. 그것이 바로 간재가 망해 가는 이 나라를 구하는 길이라고 나는 여기고 있어요."

"……!"

간재 전우는 입을 다문 채 면암 최익현을 바라보고 있다. 나라가 어지러울 때마다 칼날 같은 직간으로 고종황제의 어의를 일깨웠고, 수많은 유림들에게는 학문을 배워서 익힌 자들의 행실이 오직 실천궁행임을 온몸을 던져서 일깨워 왔던 면암 최익현이 아니던가.

간재 전우는 며칠 동안 무성서원에 머물면서 면암 최익현과 이야기를 나누었다. 태산교악과도 같은 학덕으로 평생을 살아온 면암 최익현이다. 간재 전우는 도저히 면암 최익현의 뜻을 꺾기 어렵다고 판단한다.

"저는 이렇게 물러가오나, 제 제자들이나 후학들은 쉽게 물러가지 않을 것으로 아옵니다. 혹 제 제자나 후학이 오면 다른 말씀 마시고 받아 주십시오. 이미 그들은 제 만류를 들은 연후에도 뜻을 굽히지 않고 오는 사람들일 테니까요."

간재 전우가 무성서원을 떠난 후, 얼마 지나지 않아 80여 명의 유생들이 무성서원에 모였다. 면암 최익현은 그들과 함께 강회講會를 열어 거병의 불가피함에 뜻을 모았다. 그리고 고종황제에게 「기병소」를 올렸다.

신이 사사로이 옛사람을 살펴보니, 나라가 망하는 날을 당함에 몸을 감춘 사람도 있으니 중국 고대 은나라의 미자가 그러하였으며, 죽은 사람도 있으니 범경문 등이 그러한 사람이며, 적을 토벌하다 완수하지 못하고 죽은 사람도 있으니 한나라의 적의와 문천상이 그러하옵니다.

신은 불행히 오늘의 변을 보고 이미 숨어 있을 곳이 없으니 옳다면 오직 대궐에 들어가서 진언하고 폐하의 앞에서 스스로 목숨을 끊는 것뿐이옵니다. 그러나 폐하께서 능히 하실 수 없음을 잘 알고 있어 빈말로 번거롭게 소란을 피우는 것보다 한갓 글을 갖추어 올리는 것이 좋을 것 같사옵니다. 또한 인심이 아직도 국가를 잊지 않은 것을 보면 스스로 전답을 경작하여 경정을 가까이하여 이로써 숨어서 살다가 동지 약간과 함께 적의와 문천상과 같은 일을 도모한 지 또한 여러 달이 되었사옵니다.

단지 신은 본디 계략과 지모가 없으며 노환이 겹친데다가 10명이면 그만두는 자가 8, 9명이나 되어 이로써 일을 더디게 하여 시일을 늦추게 되었으며 앉아서 세월만 보냈습니다. 이제 간신히 계획이 조금 정해지고 인사들도 모여서 이에 전 낙안군수 임병찬을 파견하여 전주를 거점으로 동지들을 장려하여 차제에 북상하여 이등박문과 장곡천호도 등 여러 왜놈들을 불러 모아서 함께 담판을 지어 억지로 조약을 체결한 것을 소멸시키고 다시 나라의 자주권을 행사할 수 있도록 하며, 백성들의 씨를 바꾸는 화란을 면케 하는 것이 신의 바라는 것이며, 대저 우리나라 사람으로 그들의 노예가 되는 것이 좋다고 날뛰면서 대의를 원수같이 보는 자에게는 비도의 호칭을 붙이고, 시끄럽게 구는 자는 진실로 구휼할 틈을 주지 않겠습니다. 그러나 만일 하늘이 우리나라를 돕지 않고 이 뜻을 이루지 못한다면, 놈들에게 유린당하기 전에 신이 먼저 놈들과 싸워 죽는다면, 악귀가 되어서라도 기어코 원수놈들에게 이 땅을 용납하지 못하게 하겠습니다.

「기병소」를 올렸으면 이젠 행동으로 옮겨야 한다. 출정식이 있을 6월 4일에 이르기까지 유생들이 속속 무성서원으로 모여들었다. 총을 든 사람, 창칼을 든 사람, 활을 든 사람, 죽창을 든 사람, 심지어 낫을 든 사람도 있었다. 노소를 막론하고 8백여 명의 유생과 백성들이 운집했다. 그들이 들고 온 무기는 열악했으나 타오르는 결기만은 하늘을 찌르고도 남았다. 또 임병찬은 인근 지방을 돌며 모은 무기와 탄약을 사람들의 눈을 피하기 위해 상여로 위장하여 무성서원에 옮겨 놓았다.

의병들은 전장에서의 군율에 복종할 것이며, 목숨을 바쳐 왜적을 무찌를 것을 맹세하고 「향약서고조약鄕約誓告條約」에 서

명했다.

임병찬이 앞으로 나서며 격정에 찬 목소리를 토해 냈다.

"대감마님, 모두가 대감마님의 가르침을 따르고, 인품을 따르려는 젊은이들이옵니다. 감축드리옵니다."

"아니야. 임 낙안의 공임을 나는 잊지 않을 것이야."

대외적으로 의병장은 최익현이었으나 실제로는 임병찬이 군사를 훈련시키고 다스려 나갔다. 그런 까닭으로 그들 사이에서는 최익현을 선생님, 임병찬을 대장님이라 불렀다.

임병찬은 갑옷을 차려입고 면암 최익현의 거처로 들었다. 최익현은 흐뭇하게 「향약서고조약」 서명자 명단을 훑어보고 있었다.

"대감, 모두가 대감을 기다리고 있습니다."

"의병을 이끄는 장수는 임 낙안이 아닌가? 나는 그저 옆에서 도움을 주는 사람일 뿐이야. 임 낙안이 나서게."

임병찬은 무릎을 꿇으며 자세를 고쳐 앉는다.

"당치 않으신 말씀이십니다. 대감의 학덕이 아니라면 어디서 이렇게 많은 사람들이 모일 것이며, 또 누가 무기와 탄약 그리고 식량을 내주었겠습니까. 저들의 웅성거림이 들리지 않으십니까. 모두가 대감을 애타게 기다리고 있습니다. 일어나시지요."

면암 최익현은 사양에 사양을 거듭하였으나, 임병찬의 끈질긴 간청에 더는 버틸 수가 없었다.

"그러세. 하지만 의병장은 임 낙안일세. 이 늙은이가 군사에 관한 일을 어찌 알겠는가? 군사에 관한 일은 임 낙안의 결정에 따를 것이야. 알겠는가?"

"황송합니다."

면암 최익현은 의관을 바로잡은 후에야 임병찬의 뒤를 따라 명륜당 마루로 나섰다.

"와, 와!"

무성서원 마당에는 8백여 명의 의병들이 빼곡히 차 있었다. 좁아서 들어오지 못한 의병들은 서원 담 너머에서 함성을 질렀다. 함성이 수그러들자 다시 함성이 일어났다. 모두 사기가 충천해 있었다.

면암 최익현이 두 손을 번쩍 들었다. 순식간에 정적이 찾아들었다. 면암 최익현은 불끈 쥔 주먹으로 하늘을 찌르며 포효하듯 외쳤다.

"너희가 나라를 알거든 나를 따르라!"

와, 와! 하는 함성이 무성서원 안팎을 진동하였다.

"너희가 진정 나라를 안다면 나를 따르라!"

의병들은 손에 든 무기를 하늘로 쳐들며 함성을 질렀다. 그들의 함성은 금방이라도 천지를 뒤덮을 기세였다. 면암 최익현이 이끄는 의병군의 위세는 마른 들녘에 놓은 불길처럼 태인 일대로 번져 나갔다.

임병찬이 성큼 댓돌 위에 오른다. 의병들의 함성이 다시 울린다. 임병찬의 사자후가 의병들의 가슴에 자신감을 불어넣는다.

"들어라 유생들아, 오백년 종묘사직이 풍전등화와 같은 지경에 이르렀느니라! 우리는 면암 대감을 모시고 먼저 정읍으로 갈 것이니라. 정읍을 우리 의병들의 거점으로 삼은 다음에는 순창과 곡성으로 진격할 것이니라. 따르라, 나를 따르라!"

마침내 의병군은 무성서원을 떠난다. 문흥식·정시해 등이 면암 최익현을 옹위하였고, 윤민호가 임병찬을 도와 선봉에 배치되었다. 빠른 발을 가진 박상인은 척후정탐부대를 이끌고 선발로 떠났다.

작전 지역을 넓혀 가기 위해서는 근거지가 있어야 한다. 지역민들의 전폭적인 지지를 받아야만 전비와 군량미를 마련하기가 쉬워지기 때문이다. 정읍으로 이어지는 길목마다 연도에 나와 선 백성들이 열화 같은 환호를 보냈다. 의병군의 행색은 백양백색이었다. 도포를 입고 큰 갓을 쓴 차림의 유생들도 끼어 있었고, 방금 책을 읽다가 나온 듯한 창의 차림에 유건을 쓴 중년도 있었다.

면암 최익현은 열 지어 걷는 의병들의 모습을 보면서 입가에 웃음을 담았다. 왜적들을 물리치기 위한 전장으로 가는 것인지, 글을 읽기 위해 서원으로 가는 것인지 구분이 서지를 않아서였다.

"함께 갑시다. 우리도 가겠소!"

의병들의 늠름한 기개를 보자 논밭에서 일하던 농민들이 호미와 괭이를 내던지고 의병군에 가세하기도 했다.

"마다할 일이 아니지. 함께 갑시다!"

정읍성을 지키던 관군들은 8백여 명의 의병군을 보고 기겁을 했다. 관군이래 봤자 기십 명에 불과했고 무기도 열악했다. 미리 임병찬과 밀통하고 있었던 정읍 백성들이 성문을 열어 의병을 맞아들였다.

"대감마님, 잘 오셨사옵니다."

면암 최익현의 의병군은 총 한 번 쏘지 않고 정읍을 장악했다. 면암 최익현의 명성에 눌린 관군들은 싸워 보지도 않고 뿔뿔이 흩어졌기 때문이다. 더러는 도망을 갔어도 대부분은 다시 돌아와 면암 최익현의 의병군에 투항을 했다.

말을 탄 면암 최익현이 정읍으로 들어서자 백성들이 나와 환성을 지르며 의병군을 환영했다. 의병들도 손을 흔들고 함성을 질러 화답하였다. 내심 의병군의 전세에 대해 초조해하고 있던 면암 최익현도 뜻밖의 성과에 고무되었다.

"임 낙안, 우리 백성들이 살아 있질 않은가. 스스로 성문을 열어 우리의 뜻과 함께하고 있음이야. 저들이 바로 우리의 힘일 것이며, 이 나라의 힘이 아니겠나."

말고삐를 잡고 걷던 윤흥식 역시 흥분해 있었다.

“그렇사옵니다. 저 백성들의 환성을 들어 보소서. 멀리 떠나 있던 어버이를 맞아도 이렇지는 않을 것이옵니다.”

임병찬은 고삐를 늦추면서 면암 최익현의 곁으로 다가왔다. 그리고 경계의 말을 입에 담았다.

“대감마님, 이번의 승리는 예견된 것이었습니다. 성을 지키는 관군도 수십 명에 불과했고, 정읍 읍민들이 내응하여 성문을 열어 주었기 때문에 저희가 무혈입성을 할 수 있었습니다. 게다가 이곳은 제 고향이 아닙니까. 이미 제가 손을 써 놓은 때문도 있을 것이옵니다.”

임병찬은 냉정했다. 그는 면암 최익현을 비롯한 주위의 젊은 이들에게 경각심을 불러일으키고 있었다.

“오늘 승전에 지나친 기대를 걸면, 다음번 전투에서 낭패를 당할 수도 있사옵니다. 정읍성이 무너진 원인을 관군이 알고 있다면……, 다음부터는 절대로 쉽지 않을 것입니다. 지방 수령들이 정읍의 실패를 귀감으로 삼아서 경비를 더욱 강화할 것이며, 일본군 사령부에서도 공격군을 증원할 것으로 압니다.”

면암 최익현은 흔쾌히 임병찬의 말을 수긍했다.

“암, 그렇고말고. 우리는 이 정읍성을 거점으로 삼아서 전열을 가다듬어야 할 것이며, 더 많은 의병을 모아야 할 것이야.”

“바로 그 점이옵니다. 저희가 전열을 정비하고 의병을 모은다면……, 모은 만큼 일본군의 표적이 될 것이옵니다. 조선 관군은

오합지졸일 수가 있으나 일본군은 결단코 얕볼 수가 없다는 사
실에도 유념해야 할 것이옵니다.”

임병찬은 길가에 엎드려 통곡하거나 덩실덩실 춤을 추며 면
암 최익현과 임병찬의 이름을 연호하는 백성들을 바라보며 새로
운 결기를 다졌다.

“상인이 안 보이질 않나.”

“상인을 선봉으로 몇몇을 뽑아 순창으로 보냈습니다. 순창의
방비를 살펴보고, 순창의 유림들과 연계하여 성문을 열 계획을
의논하도록 하였습니다. 내일은 바로 순창으로 향해야 할 것입
니다.”

“오, 임 낙안의 용병술이 참으로 놀랍질 않나, 언제 거기까
지…….”

“과찬의 말씀이옵니다.”

면암 최익현과 임병찬이 느긋해진 마음으로 말고삐를 늦추었
을 때 백성들의 사이를 누비면서 달려오는 여인이 보였다.

“선생님!”

달려오던 여인이 걸음을 멈추며 울음을 터뜨렸다. 김은영이
었다. 최익현은 너무도 놀라서 말에서 뛰어내렸다.

“아니, 네가…….”

면암 최익현은 김은영에게로 다가가 그녀의 파리한 손을 잡
았다. 김은영의 손은 심하게 떨리고 있었다.

“네가 어찌하다 이런 몰골이 되었느냐?”

그때가 언제던가. 일본군 헌병대의 정문 앞에서 김은영을 만났을 때, 이창준이 잡혀 왔음을 알리면서 그의 생사를 알려 줄 것을 눈물로 호소했었다. 그리고 하세가와 대장과 마주 섰을 때 자지러지는 듯한 이창준의 비명 소리를 들었고, 그때 이토 히로부미를 살해하려 했던 국사범이라는 사실도 알았지만, 달리 손을 쓸 방법이 없었질 않았던가.

면암 최익현은 무너지려는 김은영을 가슴으로 안아 들였다. 그 후 이창준의 주검을 스스로 치웠고, 그 혈손을 사산한 김은영의 고통을 애처로이 여기고 있었기 때문이다. 흔들리는 김은영의 설움은 면암 최익현의 품에서도 멎질 않았다.

“흥식이는 어서 은영일 돌보지 않고.”

“예. 은영 씨!”

문흥식이 다가와서 은영을 부축하며 대열에서 물러섰다. 쥐어짜는 듯한 김은영의 울음은 좀처럼 그치지 않았다. 문흥식은 읍내 주막으로 김은영을 데리고 갔다. 두 사람이 앉은 평상에 음식이 나왔다. 뜨거운 김이 피어오르는 국밥과 시어 빠진 묵은 김치가 놓여 있었다.

“드세요. 얼굴이 몰라보게 상했습니다.”

“고맙습니다.”

김은영은 잠깐 망설이더니 걸신 들린 사람처럼 정신없이 국

밥을 먹기 시작했다. 그녀는 벌써 며칠을 굶었는지 모른다. 도성을 떠나 정산에 들렀을 때는 이미 면암 최익현이 행방을 감춘 다음이었다. 그러나 김은영은 면암 최익현이 전라도 지방으로 갔을 것이라는 사실을 직감으로 알아냈다.

김은영은 산후 조리도 제대로 못한 몸으로 차가운 겨울바람을 무릅쓴 채 면암 최익현의 행방을 찾아 전라도 땅을 헤맸다. 악전고투를 거듭하며 정읍까지 와서야 면암 최익현의 의병군과 만날 수가 있었다.

"누님!"

어디서 소식을 들었는지 총을 든 윤민호가 주막으로 달려 들어선다. 윤민호는 참혹하게 변한 김은영의 몰골을 보는 순간 딱 움직임을 멈추고 만다. 사람의 몰골이랄 수가 없어서가 아니겠는가. 김은영도 다를 것이 없다. 그녀는 윤민호를 보는 순간 이창준을 떠올렸음인지 하염없이 눈물만 흘릴 뿐 입을 열지를 못했다.

"소식은 들었어요, 누님……."

김은영은 한참 만에야 의식을 가다듬었다.

"민호 씨, 나 여기에 같이 있으면 안 돼요? 갈 곳이 없어요."

윤민호는 먼 산을 바라보며 숨결을 가다듬는다. 이창준이 살아 있을 때 자신들보다 늘 당당하고 강했던 김은영이 아니던가. 폭탄을 잡을 때도 그랬고, 총을 들 때도 그랬다. 이창준은 그런 김은영을 대견스럽게 생각했었다.

"누님! 왜 이렇게 약해졌어요. 예전의 모습은 다 어디로 갔어요. 도대체 왜, 왜 이런 꼴이 되어서 제 마음을 이렇게 난도질을 해 놓아요!"

윤민호의 목소리에는 격정이 담겨 있었다. 그것은 항변이 아니라 그대로 눈물이었다. 문흥식의 얼굴에도 눈물이 흘렀다.

"민호 씨, 나는 약해지지 않아요. 하지만 그동안의 일이……, 그동안의 일이 너무도 한스럽고 힘들어서……."

이창준과의 헤어짐, 아이를 사산한 일……, 김은영에게는 좌절이자 원한이었다. 그러나 김은영의 아픔은 그걸로 끝이 아니었다.

"일본 헌병 놈에게……, 어머니마저……!"

"뭐요, 어머니가!"

윤민호는 온몸의 힘을 놓으며 평상에 털썩 주저앉는다. 문흥식도 기가 막혔다. 하늘은 어찌하여 한 인간의 가슴에 이토록 처절한 통한을 심을 수가 있는가. 김은영은 윤민호의 손을 잡으면서 말을 이었다.

"사산한 애를 치우긴 했지만……, 그 충격인지 어머니의 심신도 말이 아니었어요. 난 생각다 못해 배정자의 집을 찾아갔지요. 도움을 청하러 갔는지, 죽이려고 갔는지는 저도 몰라요."

"아무리 그래도 무슨 연줄이 있어야……?"

윤민호의 목소리가 조금 다급해진다. 배정자를 죽이겠다고 자청했던 강기태의 모습이 아직도 생생한데 김은영이 배정자의 집으로 갔다는 것은 흥미로운 일이고도 남아서가 아니겠는가.

"……배정자의 조카 정순이와는 어려서부터 가까이 지냈어요. 또 처음도 아니고요."

그때 김은영의 모습은 수척하고 창백하였다. 수수한 옷차림이었어도 어디 하나 나무랄 데 없이 정돈된 김은영의 행동거지가 배정자의 마음에 든 모양이었다.

"호호호. 너를 내가 보살펴 주면 뭐든지 하겠다고……?"

"예. 그 은혜 하늘같이 받들겠어요."

김은영은 상기된 얼굴로 대답했다. 그리고 정순이 잠시 자리를 비켜 주기를 기다렸다. 배정자와 단둘만 있게 된다면 주머니에 있는 은장도로 반역자의 심장을 도려낼 생각이었다. 그러나 정순은 도무지 움직일 궁리를 하지 않는다. 그때 배정자의 대답이 돌아왔다.

"그럼…… 일본 사람과 결혼할 수도 있겠니? 물론 네가 처녀라는 조건에서 말야."

"……!"

"오바 도시오라고 돈 많은 사람인데……."

아, 생각나는 이름이다. 아버지의 가게에 나타나 가짜 백동화로 쌀가마를 실어 갔던 오사카 장사치. 그 일이 있은 다음부터 아버지의 가게가 기울기 시작했고 마침내 파산의 지경에 이르렀었다. 그 오바 도시오에게 몸을 판다……. 그게 어디 맨 정신으로 들을 수가 있는 일이던가.

'저, 못된 년을……!'

김은영은 당장에라도 배정자에게 달려들고 싶었다. 그래 지금 죽여야지, 그러면서도 김은영은 몸을 움직이지 못했다.

"호호호. 꼭 지금 대답하지 않아도 된다. 생각이 있거든 다시 오너라."

말을 마친 배정자가 몸을 일으킨다. 김은영은 은장도가 든 주머니에 손을 찌르면서도 움직이지를 못했다.

'그래, 다시 올 거야. 그때는 권총을 가지고 올 거야. 그때 너를 죽여 줄 거야!'

배정자의 집을 나서는 김은영은 비틀거렸다. 다시 오라고 당부하는 정순의 목소리도 들리지 않았다. 김은영은 자꾸만 허황해지는 심신을 달래면서 비틀비틀 걸었다.

"그렇게 집 앞까지 왔을 때였어요. 동네 사람 몇이 모여서 쑤군거리고 있었어요. 마당으로 들어서기가 무섭게 방에서 고함 소리, 비명 소리가 들리더라고요. 정신없이 달려갔지요. 방 안에 웬 사내가 앉아 있었어요. 어머니가 저를 보자마자 소리를 질렀어요. 도망쳐! 어서!……. 그러면서 어머니는 그 사내에게 달려들어서 발을 잡고 늘어졌어요. 사내는 어머니를 짓밟고 때렸어요."

그때 김은영은 그 사내가 자신을 잡으러 온 일본군 헌병대의 앞잡이일 것이라고 직감했다. 김은영은 그 사내에게 어육이 되도록 얻어맞는 어머니를 더는 보고 있을 수가 없었다. 김은영은 부엌으로 달려가 장작 더미 밑에 숨겨 두었던 이창준의 권총을 꺼내 들고 다시 방으로 달려들었다. 그때까지도 사내는 어머니를 때리고 짓밟고 있었다.

"야, 이 새끼야!"

김은영은 미친 듯이 소리치며 방아쇠를 당겼다. 너무 흥분한 탓이었던지 총알은 빗나갔고, 반사적으로 권총을 뽑아 든 사내가 김은영을 향했다. 김은영은 다시 쏘았다. 사내는 가슴에서 핏줄기를 뿜으며 비틀거리다가 털썩 쓰러졌다.

"엄마, 어서 일어나!"

김은영은 고함치며 피투성이가 된 어머니 강씨를 부여안았다. 강씨는 숨 가쁜 소리를 토했다.

"……난 못 간다. 아버지가 돌아올 때까지 여길 떠날 수가 없어!"

그때 꿈틀거리던 사내의 권총이 불을 뿜었다. 어머니 강씨의 가슴께가 피투성이로 변했다. 김은영은 이성을 잃었다. 그녀는 피투성이가 된 사내를 향해 방아쇠를 다시 당겼다. 사내의 머리통이 무참하게 깨지는 것을 보면서 쏘고 또 쏘았다.

"그때 저는 방 밖에서 들려오는 어렴풋한 소리를 들었어요. '색시 어서 피해, 헌병들이 와!' 하는 소리를요. 순간 망설여지데요. 어머니……, 아버지를 기다려야 한다면서 움직이질 않겠다던 어머니는 어찌해야 하는지. 밖은 점점 소란해졌어요. 전 반사적으로 몸을 날렸어요. 뒷마당 담장을 뛰어넘었어요. 처참한 도망이었지만, 저는…… 저는…… 뒤돌아보지 못했어요. 어머니가 있는 곳을 향해 뒤돌아보지도 못했어요. 아아……!"

김은영의 통곡은 윤민호의 가슴을 갈기갈기 찢어 놓는 것만 같았다. 문홍식이라 하여 다를 것이 없다. 김은영이 울음을 그친 지 한참이 지나서였다.

"누님, 누님의 원수 제가 갚아 드릴게요."

윤민호가 두 주먹을 불끈 쥐면서 위로의 말을 했어도 김은영의 얼굴을 적시며 흐르는 눈물은 멈추지를 않았다. 문홍식은 김은영의 처연한 모습에 강인했던 이창준의 상념이 겹쳤다. 지고한 나라 사랑이 그들의 모습에 있었다.

정오 무렵, 이미 박상인은 정탐을 위해 장정 몇 명을 거느리고 순창읍에 잠입해 있었다. 순창은 정읍과 달리 성문에서부터 경계가 삼엄했고, 곳곳에 배치된 관군의 수나 병사들의 눈빛이 정읍과는 사뭇 달랐다. 정면 공격을 했다가는 많은 희생이 뒤따를 수밖에 없을 것만 같았다.

박상인은 사람들의 눈을 피해 임병찬이 낙안군수 시절에 데리고 있던 무관 김덕율을 찾아갔다. 김덕율은 성 밖의 허름한 기와집에 살고 있었다. 한눈에 보아도 무인임을 알아볼 수 있을 정도로 키가 헌칠하고, 체격이 단단하고, 수염이 빳빳하게 서 있는 장골이었다.

박상인이 김덕율을 찾아가 임병찬의 이름을 대자 그는 반색을 했다.

"비록 내가 세상을 등지고 살고 있으나, 임 군수님을 뫼시던 시절만 생각하면 절로 흥이 나오. 그땐 아무리 말단이라도 벼슬자리에 있는 게 그렇게 자랑스러울 수 없었지……."

김덕율은 박상인을 오랜 친구나 동생처럼 허물없이 대해 준다. 그러나 막상 박상인이 임병찬이 순창을 공격하려 한다는 얘기를 꺼내자 안색이 바뀌었다.

"나도 정읍이 면암 선생의 의병군에게 장악되었다는 얘기는 들었소. 하나 정읍과 순창은 여러모로 비교가 되지 않아요! 게다가 이곳 수령은 을사오적 이지용의 처조카 양학봉이오. 아침부터 여기저기로 파발을 보내면서 군사들을 닦달한다고 들었소. 또 곧 증원군이 도착할 것이라는 소문도 들려오고 있어요."

박상인은 숨이 탁 막힌다. 숫자는 의병이 더 많다지만, 상대는 잘 훈련된 관군이다. 게다가 증원병까지 온다면 어찌 되는가.

"전쟁은 결기만으로 되는 것이 아니질 않소. 솔직히 의병군은

오합지졸이 분명한데……, 관군과의 정면 승부로는 백전백패일
게요. 당할 수가 없어요.”

“그래서 찾아뵙지를 않았습니까. 내일이면 의병군이 이곳에
당도하기로 되어 있습니다.”

“임 군수께서도 여기 사정은 잘 알고 있을 터이니 대책이 있
을 것으로 믿소이다만……, 성안에서의 내응을 얻지 못한다면
의병군의 희생이 너무 클 것으로 봅니다.”

박상인은 김덕율의 말을 반박할 수가 없다. 그러나 김덕율이
무언가 망설이고 있음을 감지한다.

“순창성을 공략할 방도를 알려 주십시오. 호남의 민심을 모으
지 아니하고서는 왜군들을 물리칠 수가 없습니다.”

“글쎄, 그게 말이외다…….”

김덕율의 망설이는 기색이 계속된다. 박상인은 김덕율의 입
을 열게 하는 것이 곧 순창성 공략의 쟁점이 될 것이라는 사실을
재차 확인했다.

“결단을 내려 주시지요. 8백여 의병군의 생사가 달린 일입니
다. 게다가 면암 대감은 임 낙안 대장님에게 모든 작전권을 일임
하고 계십니다.”

김덕율은 잠시 더 망설이고 나서 결단의 입을 열었다.

“말하리다. 군수 양학봉을 죽이지 않고서는 성문을 열 수가
없어요. 의병군의 승기를 잡기 위해서는 먼저 양학봉의 목을 베

는 것이 급선무외다.”

“……!”

박상인은 숨을 멈추고 자세를 고쳐 앉는다. 양학봉의 목을 베어야 한다면, 그 사실을 발설한 김덕율이 아니고는 불가능하다. 그렇다고 김덕율에게 그 일을 맡아 줄 것을 입에 담기는 너무도 송구스러운 노릇이었다.

박상인의 고심에 동정을 하였음인가, 김덕율이 잠시 뜸을 들였다가 다시 부연한다.

“그자는 동헌 밖으로 한 걸음도 나오지 않을 것이오. 따라서 그자를 죽이기 위해서는 누군가가 동헌 안으로 들어가야 하지를 않겠소.”

박상인의 얼굴에는 암담한 그림자가 스쳐 지나간다. 양학봉이 동헌 밖으로 나오지 않는다면 순창성의 점거를 후일로 미룰 수밖에 없지를 않겠는가. 박상인의 고뇌를 지켜보고 있던 김덕율의 얼굴에 장난기가 넘치는 함박웃음이 돌았다.

“허허허. 예로부터 천우신조라는 말이 있질 않소. 정읍성이 면암 선생의 의병군에 유린되던 날……, 그 양학봉이 내게 인편을 보냈어요.”

“아니, 뭐라고요!”

박상인의 눈빛이 살아나고 있다. 그야말로 천우신조가 아니고 무엇인가.

"허허허. 양학봉이 나더러 성안으로 들어와 수비군을 지휘하라고 했다, 이 말씀이외다."

"아, 아니……!"

박상인의 가슴이 터질 듯 요동친다. 김덕율이 성안으로 먼저 들어가 수비군을 거느리고 군수 양학봉을 처리해 준다면, 면암 최익현의 의병군은 피 한 방울 흘리지 아니하고 순창성을 수중에 넣게 된다. 호남 민심을 장악할 수 있다면, 그 열기를 전국으로 번져 가게 하는 것은 어렵지 않을 것이리라.

김덕율은 자신이 해야 할 책무가 무엇인지를 확실하게 입에 담아 주었다.

"내 한 목숨 바쳐서 수많은 의로운 목숨을 구할 수 있다면 당연히 해야지요. 돌아가시거든 임 낙안 대장에게 내 뜻을 전해 주시오. 다만……."

"다만?"

김덕율은 박상인에게로 다가와 앉으면서 귀엣말을 했다. 박상인은 김덕율이 우려하는 바를 경청했다. 그리고 약조를 지킬 것을 확약했다.

"절 믿어 주세요. 반드시 실행될 것입니다."

박상인과 김덕율은 서로 두 손을 마주 잡고 굳게 약속했다.

정읍으로 향하는 상인의 발걸음은 빨랐다. 마치 승전을 알리러 가는 전령과도 같은 날렵한 발걸음이었다.

정읍성으로 들어선 박상인은 임병찬의 군막으로 달렸다.

"오, 노고가 컸으이."

"대장님, 드디어 승기가 잡혔습니다."

"오, 승기라!"

임병찬은 기쁨을 감추지 못했다. 박상인은 김덕율과 했던 약조의 내용을 소상히 전했다. 임병찬은 박상인의 노고를 상찬하는 마음으로 흔쾌히 응했다.

"그 사람도 살리고……, 우리의 손실도 줄이는 길이 아닌가. 흔쾌히 따를 것일세."

"고맙습니다, 대장님."

"출동 준비를 서둘게!"

면암 최익현의 의병군은 주력부대를 앞세우고 정읍성을 출발했다. 주력군에 앞서 박상인은 날래고 무술에 능한 의병 수십 명을 이끌고 먼저 순창성으로 향했다.

박상인이 다시 김덕율의 집에 다다랐을 때, 김덕율은 갑옷을 차려입고 늙은 노모에게 하직 인사를 고하고 있었다.

"소자, 나라의 부름을 받고 전장으로 나갑니다. 부디 옥체를 보전하소서."

김덕율이 문밖으로 나오자 아내와 자식들이 그 뒤를 따랐다. 김덕율은 아내를 가까이로 불러 조용히 당부했다.

"나는 관군이 아닌 의병군에 몸을 의탁할 생각이오."

"……!"

아내는 놀라는 기색이었으나 곧 평상으로 돌아왔다. 이어지는 김덕율의 말은 비장하기까지 했다.

"혹시라도 불미한 소식이 들리거든……, 아이들에게는 애비가 택한 길이 옳았다고 일러 주고, 부디 어머님을 잘 모셔 주오."

김덕율은 집을 나섰다. 성문이 바라보이는 숲길에서 박상인 일행이 기다리고 있었다.

"따르시오."

김덕율은 박상인과 선발된 의병들을 거느리고 성문을 들어선다. 군수 양학봉의 명령이 하달되어 있었던 탓으로 성문을 지키는 병사들은 김덕율 일행에게 극진한 예를 올리기까지 하는 지경이었다.

해 질 무렵, 임병찬이 이끄는 면암 최익현의 의병군이 순창성 가까이에 다다랐다는 보고가 양학봉에게 전해졌다. 양학봉은 가소롭다는 듯이 웃음을 터뜨렸다.

"허허허, 전쟁이 어디 명성만으로 된다더냐. 말이 의병이지 놈들은 책이나 읽던 오합지졸이라니까! 허허허. 걱정할 것 없어. 지원군이 당도할 때까지 우리는 성문을 굳게 닫아걸고 구경만 하면 될 일이 아닌가. 응, 허허허."

김덕율이 수하를 이끌고 뵙기를 청한다는 전갈이 당도했다. 양학봉은 반색을 하며 그들을 맞아들였다. 갑옷을 입은 김덕율과 변장한 의병군 여남은 명이 당당하게 동헌 안으로 들어섰다.

양학봉은 그들을 내려다보며 호탕하게 웃었다.

"하하하. 그대가 올 줄 알았어. 어찌 저런 역도들에게 순창을 내줄 수 있단 말인가. 아니 그런가?"

순간, 동헌 마당에 서 있던 김덕율이 허리에 차고 있던 장검을 뽑으며 호통을 쳤다.

"네 이놈!"

양학봉은 눈이 휘둥그레지면서 몸을 벌떡 일으켰다.

"너, 너, 너…… 지금 무엇이라 했느냐?"

"들은 대로가 아니냐. 모두들 듣거라!"

김덕율이 둘러선 병사들에게 소리치며 말했다.

"저놈이 바로 나라를 왜적에게 팔아먹은 이지용의 처조카가 아니더냐! 저 못된 놈이 제 놈의 죗값을 생각지 아니하고, 나라를 찾겠다고 분연히 일어선 의병을 역도라 하다니, 적반하장도 분수가 있어야 할 터."

"닥치거라, 닥치지 못하겠느냐! 저 못된 놈에게 당장 철퇴를 안겨라. 당장!"

양학봉이 미친 듯이 소리치는데도 그를 에워싼 관군들은 움직이려 하지 않았다. 김덕율은 회심의 미소를 지으면서 고함쳤다.

"들어라. 내가 여기에 온 것은 네놈의 목을 취하기 위함이니라. 당장 무릎을 꿇고 목을 내밀지 못하겠느냐!"

김덕율이 한 발 한 발 양학봉에게로 다가서자 그제야 관병들이 그의 주위를 에워쌌다. 김덕율은 장검으로 그들의 얼굴을 가리키며 소리쳤다.

"의병군은 면암 최익현 선생의 인품을 믿고 있으며, 전 낙안 군수 임병찬 나으리의 군령을 받고 있느니라. 이래도 너희가 왜적의 앞잡이를 에워싸겠느냐. 너희가 나라를 알거든 물러서렷다. 나는 너희를 해칠 생각이 추호도 없느니라. 물러서는 자는 다 목숨을 구할 것이니라. 물러서렷다!"

양학봉을 에워싸고 있던 관병들이 주춤주춤 물러서기 시작한다. 양학봉도 거침없이 장검을 뽑아 들면서 수하를 독려했다. 마침내 김덕율의 걸음이 양학봉의 가까이에 이르렀다. 변장한 의병들이 약속이나 한 듯 장검을 뽑아 들었다. 누구 한 사람이라도 장검을 휘두르면 양학봉의 목이 떨어져 나갈 듯한 일촉즉발의 위험이 감돌고 있었다.

양학봉의 손에서 장검이 떨어졌다. 그리고 털썩 무릎을 꿇었다.

"이 사람 덕율이, 자네가 잘못 생각하고 있음이야. 이미 대세는 기울지 않았나. 오늘 있었던 일은 없었던 일로 할 것이니 제발, 제발 그 칼을 거두게."

김덕율은 칼끝을 양학봉의 턱에 들이밀었다. 양학봉은 고개를 뒤로 젖히며 눈을 하얗게 떴다.

"어리석은 놈, 그렇게 생각하고 싶겠지. 나라는 빼앗겼어도 백성은 이렇게 시퍼렇게 살아 있음을 알아야지!"

김덕율이 장검을 높이 치켜드는 순간, 총성이 울렸다. 한두 방이 아닌 콩 볶는 듯한 총성이었다. 변장한 의병들은 총이 아니라 칼을 들고 있었다. 동헌의 중문이 열리면서 관군들이 달려들었다.

"움직이는 놈은 쏜다!"

관병의 우두머리로 보이는 자가 소리쳤다. 양학봉이 몸을 일으키려는 순간 김덕율의 모진 발길이 그를 향해 날았다. 양학봉은 동헌 마당을 나무토막처럼 굴렀다. 김덕율은 장검을 든 채 양학봉의 목을 밟고 섰다.

"나라를 구하고자 일어난 의병의 가슴에 총구를 겨누는 너희들은 대체 어느 나라 군사들이냐!"

관군들은 흠칫거릴 뿐 감히 대항할 기색을 보이지 않았다.

"잘 보아 두렷다!"

김덕율은 장검을 높이 들었다가 양학봉의 목을 향해 내리쳤다. 피바람이 솟구쳐 올랐다. 김덕율은 나뒹구는 양학봉의 목을 집어 들면서 다시 소리쳤다.

"이놈이 누구더냐? 을사오적 이지용의 척분戚分이니라. 내 오늘 이놈의 목을 베고 의병을 맞이하여 죽어 가는 이 나라의 숨통을 열고자 한다! 너희가 진정 이 나라의 백성이거든 총을 내리고 나를 따르라!"

철철 피가 흘러내리는 양학봉의 머리를 바라보며 관군들은 어쩔 줄을 몰랐다. 그때 성 밖에서 천지를 진동할 듯한 함성이 들려왔다. 그리고 곧이어 귀가 따가울 정도로 빗발치는 총소리가 들렸다.

김덕율은 다시 관군들에게 소리쳤다.

"너희들에게는 저 소리가 들리지 않느냐? 면암 선생께서 8백여 명의 의병들을 거느리고 성문에 당도하셨느니라. 이미 잠입한 의병들이 성문을 열었을 것이니라. 너희가 나라를 안다면 속히 달려가 면암 선생님을 맞아야 할 것이 아니더냐. 나를 따르라. 나를 따르는 것이 이 나라 조선의 백성 된 도리일 것이니라!"

김덕율의 말대로 박상인은 나머지 의병들을 이끌고 성문을 지키고 있던 관군을 습격해 성문을 활짝 열었다. 동헌에서 관군을 제압한 김덕율은 양학봉의 머리를 장대에 꽂아 들고 성루로 달려갔다. 그 뒤를 의병들이 따랐다. 성 밖의 의병들은 함성을 지르며 성문으로 달려오고 있었다.

김덕율은 양학봉의 머리를 흔들면서 성루에서 총을 쏘는 관군들을 향해 울부짖듯 소리쳤다.

"사격을 중지하라. 여기 역적 양학봉의 머리가 있다. 이것이 보이거든 총을 버려라! 아까운 목숨을 헛되이 하지 마라!"

관군들은 순식간에 혼란에 빠졌다. 총검을 버리고 도망을 치는가 하면, 그 자리에 우두커니 서 있는 관군도 있었다. 압도적인 의병의 숫자에 전의를 상실해 가고 있었다.

임병찬이 이끄는 의병들의 사기는 하늘을 찔렀다. 그들은 싸우지 않고 이기는 전쟁을 경험하고 있었다. 정읍성의 접수도 그랬고, 순창성의 장악도 그랬다.

"진격하라!"

의병들은 밀물처럼 성안으로 밀려들었다. 김덕율은 양학봉의 머리를 흔들며 목청껏 외쳤다.

"항복하면 살려 준다! 헛되이 목숨을 버리지 말고 항복하라!"

임병찬이 거느린 의병군은 순식간에 순창성을 장악했다.

"이 사람아, 자네가 일등공신이로세!"

임병찬은 김덕율의 피 묻은 손을 잡아 흔들었다. 의병들의 함성이 하늘을 찌르면서 순창성은 안정을 찾아가기 시작한다.

다음 날, 면암 최익현은 후발대를 이끌고 순창성에 입성한다. 성문 밖 멀리까지 백성들과 의병들이 도열해 면암 최익현을 열렬히 맞았다.

"대감마님, 대감마님……."

말 위에 앉은 면암 최익현의 하얀 수염이 바람에 날렸다. 화기가 도는 노안에는 백성들의 환성에 보답하리라는 결기가 담겨 있었다.

임병찬과 김덕율이 씩씩하게 걸어오며 면암 최익현에게 승전을 보고하는 예을 올렸다. 면암 최익현은 말에서 내렸다.

“임 낙안, 큰일을 해냈어.”

임병찬은 김덕율을 앞으로 나서게 했다.

“이번 일은 이 사람 김 공의 대공입니다.”

면암 최익현의 형형한 시선이 김덕율의 얼굴에 머물면서 인자한 웃음으로 변했다. 그리고 손을 잡아 다독이면서 치하의 말을 했다.

“오, 자네가 김덕율인가. 장하구먼…….”

김덕율은 감동하지 않을 수 없었다. 면암 최익현이라는 이름 석 자. 그 석 자의 이름을 떠올리면서 위정척사를 배웠고, 나라 사랑이 무엇인지를 익히지 않았던가. 그 거벽과 같은 면암 최익현이 눈앞에 서서 지금 자신의 손을 잡고 있었다.

“대감, 지척에서 우러러뵙는 광영……, 평생 잊지 않을 것이옵니다.”

“그게 무슨 소리야. 목숨을 다하는 날까지 우리는 같이 있어야 하질 않겠나. 허허허.”

“황망하옵니다. 신명을 다 바쳐 나라를 구하는 데 힘을 더하겠사옵니다.”

“암, 그래야지. 정말 장하이…….”

면암 최익현은 김덕율의 손을 놓으면서 흐뭇한 얼굴로 주위를 둘러보았다. 박상인이 보이질 않았다.

“한데, 임 낙안, 상인이가 보이질 않는군.”

“아, 예. 곡성으로 보냈습니다.

“벌써, 곡성에까지……?”

“예. 일을 무사히 마쳤다면 돌아올 시각이옵니다.”

“허허허. 하긴 옛말에 ‘번갯불에 콩 구워 먹는다’고들 하질 않았나.”

면암 최익현이 소리 내어 웃자 임병찬을 비롯한 주위에 몰려들었던 의병군들이 한바탕 웃었다.

“대감마님, 마침 옵니다. 상인이가요!”

윤민호가 소리쳤다. 모두들 소리 나는 쪽으로 고개를 돌렸다. 박상인이 탄 말이 줄기차게 달려오고 있었다.

박상인은 날 듯 말에서 뛰어내리며 면암 최익현과 임병찬에게로 다가섰다. 박상인은 숨을 헐떡이며 말했다.

“급한 일이옵니다. 어서 드시지요.”

임병찬은 박상인의 얼굴에서 불길한 예감을 읽었다. 예기치 않은 일이 생겼는지도 모른다.

“대감, 드시지요.”

임병찬은 면암 최익현을 동헌으로 인도한다. 아직은 집기 등이 나동그라진 어수선한 방이었다. 곡성에 일본군이 나타났다는 박상인의 설명에 방 안은 순식간에 침통한 분위기가 되었다.

“정확한 수는 알 수 없었으나, 제 눈에 띈 수만도 수십 명을 헤아릴 수가 있었고, 게다가 그들은 기관총까지 가지고 있었습니다.”

“기관총을······?”

임병찬이 중얼거렸다. 당시만 해도 기관총은 새로 발명된 신무기로 그 위력은 상상을 넘어설 정도였다.

“저들이 기관총으로 무장을 했다면, 일본군에서도 최정예부대일 것이고, 또 곡성에서 일전을 시도하겠다는 것이 분명하질 않습니까.”

임병찬은 면암 최익현의 안색을 살폈다. 면암 최익현은 맹목적인 싸움을 피하면서 명분을 쌓아 가야만 최후의 승리를 쟁취할 것이라고 다짐해 왔었기 때문이다.

“좀 더 하회를 지켜보는 것이 옳을 것이야. 저들이 아무리 악독하기로 기관총을 쏘아 대면서까지 우리를 토벌하겠다고 달려들겠느냐.”

박상인이 다시 부연했다.

“일본군이 조선의 의병들을 토벌하지 않을 수 없다는 것이······, 정읍성이나 순창성과 같이 여러 읍성들이 저희들 의병군에게 장악된다면 저들의 조선 정책은 아무 효력도 거두지 못할 것이기 때문에······.”

윤민호가 박상인의 말을 가로채고 나섰다. 그의 얼굴은 상기되어 있었고 목소리는 그야말로 불타는 듯했다.

“그야 당연하질 않습니까. 일본군이 기관총을 들고 나온다 해서 나라를 찾겠다는 조선 사람들의 결기가 죽어들 수는 없는 일이지요. 대장님, 제가 앞장서겠습니다. 제 가슴팍이 벌집이 되는 한이 있어도 제가 앞장서서 길을 열어 나가겠사옵니다."

면암 최익현은 윤민호가 토해 내는 피 끓는 결기에 찬물을 끼얹고 싶지 않았다. 면암 최익현은 임병찬을 바라보았다. 적절한 해답을 내리기를 갈구하는 눈빛이었다.

"중무장을 한 일본군이라면 일단은 피해 갈 수밖에 없어. 저들과의 전투도 중하지만 대감의 학덕을 믿고 따르려는 유림들의 마음을 하나로 묶는 것도 또한 중요하지를 않겠나."

김덕율이 임병찬의 말에 토를 달았다.

"물론 일리는 있습니다만……, 승기를 밖에서 잡을 수도 있지 않겠습니까. 저들의 화력이 아무리 강하다 해도 성 밖으로 끌어내어 싸운다면 우리에게도 승산이 있습니다. 지리의 이점을 우리가 가지고 있다면 해 볼 만한 싸움이 될 수도 있을 것으로 봅니다."

윤민호가 기회를 잡은 듯 몸을 앞으로 숙이며 말했다.

"제가 일본군을 유인해서 성 밖으로 나오게 하겠습니다."

"어떻게……?"

"성 앞에서 싸움을 시작한 연후에 못 이기는 척 후퇴하면 저들의 추격이 있을 것 아니겠습니까. 지형이 유리한 곳까지 얼마든지 유인할 수 있을 줄로 압니다."

임병찬이 웃으면서 대꾸했다.

"딱한 사람이구먼. 저들은 추격하지 않을 수도 있어. 정규 군사교육을 받은 사람들이 아닌가. 저들이 성 밖으로 나오지 않는다면, 오히려 일본군에게 성을 내주어 굳게 지키게 하는 꼴이 될지도 몰라."

"……?"

책을 읽는 선비들이 모여서 의병을 일으켰다. 거기에 무슨 군사적인 작전이 있겠는가. 오직 지도자 한 사람의 판단력에 의지할 수밖에 없는 것이 의병의 특색이자 함정이 아니겠는가. 이윽고 면암 최익현이 입을 열었다.

"어찌하여 한 가지 상황에만 그렇듯 집요하게 매달리는가. 화력이 월등한 일본군이 아닌가. 저들이 진정 우리 조선 의병을 오합지졸로 보고 있다면, 먼저 선제공격을 가할 것이 아닌가. 우리는 그때가 언제인가를 감지해야 하고, 그 선제공격에 대한 대비책을 강구해야 하는 것이 순서일 것이야."

면암 최익현의 말에 좌중은 조용해졌다. 일본군은 조선 의병들을 두려워하지 않는다. 월등한 화력과 잘 훈련된 병사들이 있었기 때문이다. 그러나 일본군에게는 조선 의병군의 토벌에 적극적이지 않은 약점이 있었다.

면암 최익현의 의병군은 순창성에 머물면서 일본군의 동태를 예의 주시하기로 하였으나 일본군의 동정은 좀처럼 잡히지 않았다.

임병찬은 김덕율의 군막을 찾았다. 곡성을 손아귀에 넣기 위해서는 그와 함께 작전을 세우는 것이 최선일 것이기 때문이다.

"곡성에서 이곳으로 오는 길목 중 매복하기에 적당한 곳은 어디쯤이겠는가?"

김덕율의 얼굴에 회심의 미소가 그려졌다.

"용새미골이지요. 거긴 지세가 험한데다가 길이 좁고 길어 매복을 한다면 반드시 대승을 거둘 수 있을 것입니다."

임병찬은 다짐하듯 다시 물었다.

"일본군이 다른 길로 오면 어쩔 것인가?"

"곡성에서 순창으로 오자면 그 길 아니고는 움직일 방도가 없습니다. 멀리 빙 둘러 오는 길이 있기야 하지만, 그럴 작정이었다면 아예 곡성 쪽으로는 오지도 않았을 것입니다."

임병찬은 신음을 토하면서도 자신감에 넘쳤다. 그는 면암 최익현의 거처로 달려가 자신의 의지를 천명했다.

"대감, 용새미골에 매복하여 왜적이 지나갈 때를 기다리고자 하옵니다."

"허허허. 의병대장이 임 낙안인데 나야 군령에 따를밖에……."

"허락이 계신 것으로 알겠사옵니다."

면암 최익현의 의병군은 다시 활기를 찾았다. 태인, 정읍, 순창을 거치는 동안 의병에 참가한 인원은 더욱 불어나 있었다. 관군 중에서도 의병에 투항한 사람이 많아서 제법 무기를 갖춘 자의 수도 늘어났고, 또 그들에 의해 의병들에게는 총기를 다루는 방법이 교습되기도 하였다.

임병찬은 김덕율과 함께 의병군을 이끌고 용새미골로 향했다. 박상인은 먼저 말을 타고 일본군을 살피러 나갔다. 듣던 대로 용새미골은 험한 지형이었다. 우마차 하나가 겨우 통과할 정도로 좁은 길 아래로 계곡물이 흐르고 있었고, 길 위는 가팔랐다.

임병찬은 윤민호에게 2백여 명의 의병을 내어 주어 용새미골 입구에 매복하게 했고, 김덕율에게도 2백여 명을 주어 용새미골 출구에 매복하게 했다. 계곡 아래에도 문흥식이 수십 명을 이끌고 매복했다. 임병찬이 이끄는 6백여 명의 의병군 본대는 길 위에 매복하였다.

수 시간이 흘렀다. 멀리서 말발굽 소리가 들려왔다. 나무 그늘에 몸을 숨기고 있던 임병찬과 면암 최익현은 고개를 들었다. 박상인이 탄 말이었다. 박상인은 말을 달리면서 소리를 질렀다.

"일본군이 온다. 일본군이다!"

임병찬이 박상인에게로 달려 나갔다. 박상인은 말에서 내리며 다급하게 말했다.

"일본군 수백 명이 오고 있습니다. 수십 명이 아니라 수백 명입니다."

"정신 차리고 똑바로 말해 보게. 수백 명이란 도대체 몇 백 명이란 말인가!"

박상인은 그제야 퍼뜩 정신이 드는 모양이었다.

"2백여 명은 족히 되는 것으로 보였습니다."

"어디쯤이야. 그들이 있는 곳이?"

"30분이면 도착할 것으로 예상됩니다."

임병찬의 얼굴에 만족감이 떠올랐다.

"드디어 때가 왔어. 어차피 치를 전투라면 이런 때가 좋질 않겠나. 어서 후미로 달려가서 김덕율에게도 대비하라 이르게."

임병찬은 연락병을 소집해 명령을 하달했다. 연락병들은 순식간에 사방으로 흩어졌다. 임병찬은 매복한 의병들을 둘러보며 외쳤다.

"일본군이 오고 있다. 그들은 곧 독 안의 쥐가 될 것이다. 그동안 너희들이 가슴에 품었던 원한을 풀어라! 마음껏 복수하라!"

일본군은 보무도 당당하게 용새미골로 접어들고 있었다. 말을 탄 일단의 기마병들이 앞장을 서고, 군장을 메고 총을 멘 보병들이 뒤를 따랐다. 6월의 무성한 푸르름도 산곡을 정적에 묻히게 했다.

용새미골 입구에서 뻐꾸기 소리가 울려 퍼졌다. 말 탄 일본 장교가 손을 번쩍 들었다. 일본군들이 일제히 멈추고 경계태세로 돌입한다. 입구에서 매복을 하고 있던 윤민호의 애간장이 타들어갔다. 옆에 있던 청년이 소리 죽여 말했다.

"저들이 우리 신호를 눈치챈 게 아닐까?"

윤민호는 손가락을 입에 댔다. 의병들은 숲 속에 바짝 엎드려 총을 겨눈 채 윤민호의 명령을 기다리고 있었다.

말을 탄 일본군 장교들이 모였다가 다시 흩어졌다.

"앞으로!"

일본군은 다시 움직이기 시작했다. 윤민호는 가슴을 쓸어내렸다. 윤민호가 이끄는 의병들은 임병찬의 주력이 전투를 개시하면 일본군의 후미를 급습하는 동시에 후퇴하는 일본군을 섬멸하는 임무를 맡고 있었다.

일본군의 후미가 시야에서 사라지기 시작했다. 윤민호는 긴 숨을 내쉬며 동지들을 둘러보았다. 그때였다.

탕! 윤민호와 얼마 떨어지지 않은 곳에 있던 한 소년 의병이 벌벌 떨다가 방아쇠를 당기고 말았다. 일본군들은 일제히 행진을 멈추고 몸을 숙인 채 주위를 살폈다. 그러나 임병찬의 주력 쪽에서는 아무 반응이 없었다.

윤민호는 망설였다. 일본군이 만에 하나라도 매복을 눈치채고 갑자기 퇴각을 시작하면 다 잡은 꿩을 놓치는 꼴이 될 상황이었다. 일본군이 전열을 정비해서 다시 진격해 온다면 오히려 역습을 받아 의병군이 궤멸될지도 모를 일이었다.

윤민호는 일어서며 목이 터져라 외쳤다.

"발사!"

윤민호의 부대가 일제히 사격을 시작했다. 일본군이 여기저기서 쓰러졌다. 빗발치는 총탄에 일본군은 당황했다. 그러나 순식간에 흩어지며 응사를 해 왔다. 어떤 희생을 치르더라도 일본군이 용새미골을 빠져나가지 못하도록 해야만 했다. 그러려면 목숨을 걸고라도 입구를 막고 시간을 지연해야 했다.

일본군의 화력은 예상을 뛰어넘었다. 기관총이 불을 뿜었고, 박격포가 숲 속으로 날아들기 시작했다. 독일이 개발하고, 러일전쟁에서 일본이 처음으로 실전에 배치했다는 박격포.

슈우웅, 꽝!

박격포탄이 작렬하면 많은 의병들이 공중으로 날아오르곤 했다. 비명 소리가 계곡을 울렸다. 숲에 몸을 숨기고 있어도 두려움은 더해만 갔다. 박격포의 위력은 가공할 만했다. 포탄을 피하기 위해서는 사정거리를 좁히는 수밖에 없었다.

윤민호는 이를 악물면서 의병들을 향해 소리쳤다.

"착검!"

의병들은 결연하게 총에 단검을 꽂았다.

"전진한다. 나를 따르라!"

의병들은 일제히 숲 속에서 뛰쳐나갔다. 총을 든 의병들은 총을 쏘고, 검을 든 의병들은 검을 휘두르며 달려갔다. 그러나 일본군의 총탄은 빗줄기처럼 날아들었다. 의병들은 몇 걸음 나가지도 못하고 힘없이 쓰러져 갔다.

윤민호의 눈에서 불꽃이 튀었다. 윤민호는 검을 꽂은 총을 들고 야수처럼 소리를 지르며 달려 나갔다. 때를 같이하여 주력군의 공격이 시작되었다. 주력군은 일본군에게 화력을 집중했다. 특히 박격포 사수와 기관총 사수에게 총알이 빗발쳤다. 게다가 비탈진 곳에서 아래를 향해 공격을 하고 있었기 때문에 땅에 엎드려 있던 일본군도 무방비 상태로 노출될 수밖에 없었다. 일본군의 전열이 흐트러지기 시작했다.

계곡 아래 매복하고 있던 문흥식, 계곡 끝에 매복하고 있던 김덕율도 의병을 이끌고 달려와 공격에 가담하였다. 일본군은 사방에서 공격을 받자 진퇴유곡의 지경으로 빠져들었다.

윤민호가 이끄는 의병들이 일본군 진영으로 뛰어들었다. 문흥식이 이끄는 의병이 후방을 덮쳤다. 총소리, 총검이 부딪치는 소리, 비명 소리……, 그야말로 아비규환이었다. 김덕율이 이끄는 의병들이 당도해 가세하면서 전세는 완전히 조선 의병 쪽으로 기울었다.

임병찬의 뇌성 같은 외침이 전장에 메아리쳤다.

"죽여라! 한 놈도 남김없이 모조리 죽여라!"

용새미골의 계곡은 피 냄새, 탄약 냄새, 땀 냄새로 진동했다. 조선 의병군은 도주하는 일본군들을 추적하지는 않았다. 비명과 신음 소리로 가득하던 계곡에 맑은 물소리가 다시 들리기 시작했다.

“구덩이를 파고서라도 저들의 주검을 묻어라.”

면암 최익현은 비감에 젖은 목소리로 말했다. 목숨을 잃은 일본군 병사나 조선의 의병들은 대부분 젊은이들이었다. 일본군 사망자가 1백여 명이면 엄청난 승리가 분명했으나, 조선 의병들의 희생은 더 컸다. 훈련을 받은 정규군과 책을 읽다가 달려 나온 조선 의병군의 격차가 여지없이 드러난 셈이었다.

시체를 옮기고 부상자를 나르는 손길이 분주했다. 면암 최익현은 참혹한 전장의 한가운데 서 있었다. 아, 얼마나 더 많은 희생을 더 치러야 한단 말인가. 면암 최익현은 착잡해지는 심경을 가눌 수가 없었다.

임병찬은 피 묻은 칼을 들고 다가왔다.

“대감, 저 포로들을 어찌할까요?”

면암 최익현은 일본군 부상자들을 둘러보며 말했다.

“돌려보내라.”

임병찬은 자신의 귀를 의심했다.

“모두 말씀입니까?”

면암 최익현은 부상자들의 등을 두드리며 격려했다.

“모두 보내야지. 총을 버리면 왜적도 사람이야. 소중하지 않은 목숨이 어디 있는가?”

임병찬은 눈을 동그랗게 뜨고 항변하듯 말했다.

“하지만 저들을 풀어 주면 다시 총을 들고 달려올 것입니다.”

면암 최익현은 임병찬에게로 몸을 돌리면서 조용히 물었다.

"저들을 데려가서 글을 가르칠 텐가, 아니면 머슴으로 부려서 농사를 지을 것인가?"

"……!"

면암 최익현은 의병들에 둘러싸여 떨고 있는 일본군을 둘러보며 말했다.

"이도 저도 아니면 죽일 수밖에 없지를 않겠나. 저들을 돌려보냈다가 다시 달려오면 그때 또 무찌르면 될 일이 아닌가. 저들이 살아서 돌아가 오늘 본 것을 제 나라 백성들에게 알리게 해야 하지를 않겠나. 우리가 죽지 않았음을 똑바로 알도록 해야 할 것이야."

임병찬은 칼끝을 바닥으로 내렸다.

"예. 시생의 생각이 모자랐사옵니다."

임병찬은 고개를 숙이고 뒤로 물러났다. 그러나 포로들을 모두 살려 보낸다는 게 자꾸 마음에 걸렸다. 임병찬은 면암 최익현에게 다시 물었다.

"저들을 여기서가 아니라 곡성까지 데려간 연후에 풀어 주는 것은 어떨지요. 이들을 지금 풀어 주면 필시 남원진위대가 있는 남원으로 곧장 갈 것입니다. 이들이 서둘러 남원진위대를 끌고 온다면 방비를 할 시간이 부족할지도 모릅니다. 일부러 사서 불리한 싸움을 할 이유는 없지 않겠습니까?"

면암 최익현도 생각에 잠겼다가 한 걸음 양보했다.

"의병대장의 뜻이 그러하다면 나는 흔쾌히 따를 것일세!"

면암 최익현이 이끄는 의병군은 전열을 정비하자마자 곡성으로 진군했다. 선발대 1백여 명을 이끌고 출발한 김덕율과 박상인이 보낸 연락병들이 시시각각 달려와 곡성의 상황을 전해 왔다.

곡성을 수비하는 관군들은 일본군의 승리를 믿고 있었던 탓에 방비가 거의 없었다. 선발대를 보고 놀란 관군은 남원 쪽으로 줄행랑치기에 바빴다. 의병군은 저항 없이 곡성에 입성했다. 그러나 모든 일이 순조롭게 진행되지만은 않았다.

곡성에 있는 무기고는 일본군 분대 병력이 지키고 있었다. 일본군은 병력의 열세에도 불구하고 기관총에 박격포까지 동원해 의병들의 공격에 저항하였다. 의병들은 성 한가운데를 점령하고 있는 일본군을 둘러싼 채 더 이상 안으로 들어갈 수가 없었다. 그렇게 시간만 흘러가고 있었다.

최익현과 의병군

조선 주차 일본군 사령관실의 정면에는 신생 일본국을 상징하는 욱일승천기旭日昇天旗가 황금빛 수술 장식으로 둘러싸여 있고, 깃발 가운데 그려진 붉은 해에서는 수십 가닥의 붉은빛이 뻗어 나가고 있다. 깃봉 끝에는 일본국 황실을 상징하는 국화 문양으로 장식되어 있어 국기가 곧 황실과 천황을 의미하게 되었다. 명치유신明治維新 이후 일본국은 이 깃발을 앞세우고 청나라와 러시아를 물리치며 세계의 열강으로 발돋음하였고, 마침내 대한제국의 외교권을 박탈하면서 통감정치 시대를 열어 가고 있지를 않던가.

초대 통감 이토 히로부미가 부임하였어도 조선팔도는 의병들의 봉기로 조용한 날이 없다. 조선 주차 일본군 사령관 하세가와 요시미치 대장은 그의 성깔대로 휘하의 참모들을 불러 정강이를 걷어찰 정도의 신경질적인 나날을 보내고 있다. 이 같은 판국에 면암 최익현의 의병군이 정읍·순창·곡성을 장악했다는 보고는 하세가와 대장의 격노를 사고도 남을 일대 사건이 아니고 무엇인가.

사령관실의 응접탁자 위에는 정밀하게 인쇄된 최신형 전라도의 지도가 펼쳐져 있다. 일본군은 운양호사건 이후 조선의 모든 지역을 실측하여 지도에 담을 정도로 용의주도하게 조선침략을 준비해 왔었다.

작전참모 시노타 게이스케 대좌는 떨리는 손으로 면암 최익현의 의병군이 활동하는 정읍, 순창, 곡성 등지에 작고 빨간 깃발을 세우고 있다. 아무리 태연을 가장한다 하더라도 잠시 뒤에 있을 하세가와 대장의 격노를 모를 까닭이 있을까.

"야, 이 멍청이 같은 자식들아. 도대체 대일본제국 육군이 핫바지나 다름이 없는 조선 의병들에게 패퇴하다니. 창피해서라도 배를 째고 죽어야 하질 않겠나!"

"……하앗!"

시노타 게이스케 대좌는 부동자세를 취하면서 뻣뻣하게 선다. 하세가와 대장은 응접탁자로 다가와 빨간 깃발이 표시하는 지역을 살핀다. 아무리 살펴도 조선 땅 남쪽이라는 사실밖에는 알 길이 없다.

"여기가 어디냐? 최익현의 의병군에게 당한 곳이!"

“전라도 정읍·순창·곡성 등지입니다만······, 최익현을 믿고 따르는 문도들이 집중되어 있는 곳이라 일본군의 사상자가 1백여 명이나 있었고, 잡혀 있는 포로도 수십 명이라는 보곱니다!”

순간 하세가와 대장은 들고 있는 지휘봉으로 시노타 대좌의 어깻죽지를 내리치면서 발악하듯 소리친다.

“닥쳐라, 이 바보 같은 자식아! 창피하지도 않느냐. 대일본제국의 정규군이 조선의 핫바지 저고리에 당하다니. 그것도 포로가 되다니. 다들 배를 째고 죽으라고 해!”

작전참모 시노타 게이스케 대좌는 휘청했던 몸을 가누며 간신히 입을 연다.

“각하, 최익현의 의병은 의병들만이 아니라 모든 백성들입니다. 조선인들이 모두 그의 편이라 일본군에게는 아무 정보도 제공되지 않았다는 보고도 있었습니다.”

“듣기 싫다, 이 자식아. 그게 어디 말이 되느냐. 아무리 정보가 모자라기로 조선의 유생 핫바지들이 어떻게 대일본제국의 정규군을 유린해! 포로로 잡힌 놈들은 대일본제국 육군의 명예를 위해서도 배를 째고 죽어야지!”

하세가와 대장은 치밀어 오르는 분통을 참지 못한다. 그리고 언젠가 이토 히로부미가 비아냥거렸던 말을 떠올린다.

‘허허허. 언젠가 면암 최익현으로 인해 조선 주차 일본군 사령관이 큰 곤욕을 치를 날이 있을걸······!’

참으로 예리한 판단력이 아니고 무엇인가. 더구나 이토 히로 부미는 '조선군 10만은 두렵지 않으나, 최익현 한 사람이 진실로 두렵다'고 하지를 않았던가. 그 모든 것이 현실의 문제가 되어 조선군 사령관을 괴롭히고 있다.

하세가와 대장은 이를 악문 채 작전지도를 한참 동안 주시했다. 그리고 몸을 돌리며 결단을 내렸다.

"최익현의 의병과 대치한 모든 일본군은 철수한다."

시노타 게이스케 대좌는 화들짝 놀라면서 반문한다.

"아니, 각하, 철수라니요? 각하……!"

"시키는 대로 해! 최익현의 의병을 공격하는 모든 병력을 조선군으로 대치하겠다 이 말이야! 알아듣겠나!"

"각하, 조선 관군으로서는 최익현의 의병군을 무찌를 수가 없습니다. 조선 관군 역시 최익현의 명성에 주눅이 들어서 이미 싸우기 전에 패퇴나 투항을 결정하는 지경입니다. 유념하여 주십시오."

"딱하군. 작전참모는 나를 설득하면 군령을 바꿀 수가 있다고 믿는가!"

"아, 아닙니다, 각하."

"이 바보 멍청이 같은 자식아. 조선군끼리 맞붙어 싸우게 하란 말이닷. 조선군 진위대를 앞장세워서 싸우게 하면 조선 놈끼리 총질을 하게 되는데……, 천하의 최익현도 동족의 가슴에 총을 쏘지는 못할 것이 아니냐.”

순간 시노타 게이스케 대좌는 온몸을 곧추세우는 부동자세가
된다. 그리고 하세가와 대장을 향해 90도로 상체를 굽히며 비굴
할 정도의 아첨을 늘어놓는다.

“각하, 실로 하늘이 내리신 장군이십니다. 최익현을 사로잡을
수 있는 귀신같으신 작전이십니다.”

“그리고 반드시 조선군에게는 고종황제의 출전 명령을 내리
도록 하라! 황제의 깃발을 앞세우고 의병들을 궤멸하게 해야 돼.
지체 없이 시행토록!”

“핫!”

“바보 같은 것들. 바보야 너희들은……!”

하세가와 대장은 만족한 듯 온 방 안을 서성이다가 생각난 듯
이 몸을 돌린다.

“아……, 다야마 사다코와 이정순은 어찌 되었나. 조선 의병
을 정탐하겠노라 자청하였다고 하질 않았었나.”

“예, 아직은…….”

“뭐 하나 제대로 되는 일이 없지를 않나. 서둘러라.”

하세가와 대장이 혀를 차면서 채근하였으나, 시노타 게이스
케 대좌의 대답이 다시 한 번 하세가와 대장을 난감하게 한다.

“다야마 사다코의 일은 통감 각하의 묵인이 계셔야…….”

잠시 당황했던 것일까, 하세가와 대장의 대답은 엉뚱한 방향

으로 흘러나오고야 만다.

'허어, 최익현, 기어이 최익현 그자가……!'

작전참모 시노타 게이스케 대좌가 사령관실을 물러나가자 하세가와 대장은 음흉한 웃음을 입가에 담았다.

"최익현……, 너도 허허허."

하세가와 대장은 자신이 내린 군령에 대해 지극히 만족해했다. 면암 최익현의 인품이라면 동족의 가슴에 총을 쏘지 않을 것이라는 확신 때문이었다.

한편, 곡성을 장악한 면암 최익현의 의병은 성안 언덕에 자리 잡은 탄약고를 수비하는 일본군 1개 분대의 섬멸을 놓고 난관에 빠져 있었다. 탄약고를 수비하는 일본군의 병력이 비록 1개 분대에 불과하다 해도 그들은 기관총으로 무장하고 있다. 또 공격 도중에 화약고가 폭발이라도 하는 날이면 그 피해는 상상조차도 할 수가 없기 때문이다.

탄약고의 위치만 해도 그렇다. 동헌을 둘러싼 성안 중심부의 언덕 위에 자리 잡고 있어 함부로 공격할 수도 없다. 탄약고를 수비하는 일본군은 자신들에게 다가오는 조선 의병들을 한눈에 바라볼 수 있는 유리한 위치를 점하고 있었기 때문이다.

"얼마간의 희생을 치르더라도 서둘러 궤멸해야 하지를 않겠습니까?"

김덕율은 속결을 요청하였지만, 임병찬은 쉽게 허락할 수가 없다.

"보관된 폭약의 양을 가늠할 수가 없어. 만일 우리가 예상하는 것 이상의 탄약이나 폭약이 보관되어 있다면 그 후유증을 어떻게 감당하겠는가."

당연한 심려가 아닐 수 없다. 만일 잘못된 공격으로 탄약고 전체가 폭발한다면 그 피해조차도 가늠할 수가 없게 된다.

"만에 하나라도 일본군의 공격이라도 있다면 울 안에 범을 두고 싸우는 형국이 되지를 않겠습니까."

당연히 그럴 수밖에 없다. 관군이나 일본군의 지원병력이 성문을 공격해 들어온다면 의병군은 등 뒤에 기관총으로 무장한 일본군 1개 분대와 엄청난 양의 폭발물을 등지고 싸우게 된다. 위험천만한 노릇이 아닐 수 없다. 임병찬은 한숨을 놓는다.

"잠시 들겠습니다."

목소리와 함께 윤민호가 들어선다. 임병찬은 반갑게 그를 맞는다.

"오, 어서 오게, 민호군."

윤민호는 마음의 준비를 끝내고 왔다는 듯 임병찬의 앞으로 다가서며 당차게 말했다.

"해가 지기를 기다렸다가 특공대를 투입하시지요."

"특공대?"

"다른 방법이 없지를 않겠습니까."

언덕 위의 탄약고를 지키는 1개 분대의 일본군을 섬멸하기 위한 특공대를 보내자고 발의하는 윤민호의 얼굴에는 비장감이 넘쳐흐르고 있다.

"저와 은영 누님이 가겠습니다."

"자넨 그렇다치고, 은영일 보내는 것은……."

임병찬은 몸도 시원치 않은 김은영을 위험한 일에 투입하는 것이 마음에 내키지 않았다. 그러나 민호의 대답은 단호했다.

"누님의 유창한 일본어가 필요합니다. 그리고 저희만 가는 것이 아니라, 일본군 포로 열 사람과 동행하겠습니다."

"오, 그것 참 좋은 생각이군. 대장님……!"

김동율이 먼저 찬성을 하면서 임병찬의 허락을 채근한다. 일본군 포로 열 사람을 동행하게 한다면 탄약고를 지키는 일본군이 동요할지도 모른다.

"성공할 수 있겠나?"

"누님과는 밀약이 되어 있습니다. 맡겨 주십시오, 대장님."

"그래, 꼭 성공해야 한다!"

윤민호는 김은영과 함께 계책을 점검하면서 떠날 채비를 서둘렀다. 우선 일본군 포로 가운데서 장교만 10여 명을 골랐다. 김은영은 유창한 일본어로 이들을 설득했다.

"너희 동료들이 순순히 귀순한다면 너희들 모두 무사히 돌아갈 수 있을 것이나, 그렇지 않으면 모두 죽는다. 부하를 구해 낸다는 일념으로 일본군 장교의 품위를 끝까지 지키기 바란다."

그리고 김은영은 선발된 일본군 장교의 몸에 폭약을 장전하겠다고 선언했다.

"너무 잔인하다고는 생각지 마라. 그 폭약이 터지면 너희를 인솔하는 나도 죽는다."

윤민호와 김은영은 스스로 온몸에 폭약을 장전해 보였다. 선발된 장교들도 순순히 따라 주었다. 이제 어느 누구의 몸에 총알이 날아들어도 모두가 함께 죽을 수밖에 없게 되었다. 준비하는 시간이 오래 걸리지 않았는데도 해는 이미 서산에 기울고 있다. 이들은 어둠이 깔리기를 기다렸다가 탄약고가 있는 언덕을 향해 출발하였다. 이들의 비장한 모습을 지켜보고 있는 임병찬은 적이 감동한 눈빛이었다.

김은영은 소리 나게 권총을 장전하면서 하얀 이를 드러내 보이며 웃었다. 윤민호가 앞장서서 걸었다. 그들의 뒤를 온몸에 폭약을 장전한 일본군 장교들이 따랐고, 마지막으로 김은영이 따르는 대열이었다.

동헌 건물의 뒤쪽 동산으로 이어지는 언덕이 있었고, 일본군 탄약고는 그 언덕 위에 위치해 있다. 탄약고를 지키고 있던 일본군 1개 분대도 자신들이 고립되어 있음을 알고 있는 상태였다. 다만 투항하면 죽을지 모른다는 생각 때문에 최후의 한순간까지 운명을 같이하기로 다짐하고 있을 뿐 결사적인 항전까지를 생각하고 있는 것은 아니었다.

윤민호를 앞세우고 비탈길을 오르는 일본군 장교들이 탄약고를 수비하는 병사들에게 발각되는 것은 당연하다. 은밀한 침투가 아닌 까닭이다.

"누구냐, 움직이지 마라! 움직이면 쏜다!"

초병이 큰 소리로 외치자 경비병들은 빠르게 전투태세로 배치된다. 김은영이 장교 한 사람의 등을 밀었다. 일본군 장교가 한 발 앞으로 나서며 소리쳤다.

"들어라. 나는 일본군 육군중위 우라마쓰 아키라다. 이번 전투에서 우리 일본군은 1백여 명이 전사하고, 나를 비롯한 20여 명은 포로가 되어 성안에 끌려와 있다. 너희가 아무 저항 없이 투항해 준다면 우리는 무사히 본대로 돌아갈 수가 있다."

탄약고의 수비병이 큰 소리로 장교를 나무란다.

"일본군 장교라니, 사병들 앞에서 부끄럽지 않습니까!"

소총을 장전하는 금속성 속리가 어둠 속이었어도 듣는 사람들을 소름 끼치게 하였다.

"……여기 있는 우리들 몸에는 폭약이 장전되어 있다. 위험을 무릅쓰고라도 그곳으로 가야 한다."

"돌아가라. 움직이면 쏜다!"

탄약고를 수비하던 병사들은 약속이나 한 듯 일제히 소총을 장전하는 모양이다. 어둠 속에서 들리는 그 소리는 공포감을 자

아내는 데 부족함이 없었다. 김은영이 다시 한 번 그들을 설득해 본다.

"마지막으로 경고한다. 나 또한 우라마쓰 중위와 동행한다. 발포하면 모두 같이 죽는다. 용기 있는 자는 쏘아도 무방하다."

윤민호가 다시 걷기 시작했다. 일본군 장교들은 앞을 주시한 채 윤민호의 뒤를 따랐다. 김은영은 두 귀를 세워 적정을 살피면서 걷는다. 긴장의 시간이 흘러간다. 윤민호가 먼저 탄약고 앞으로 다가섰다. 일단의 일본군 장교들도 속속 들어선다. 탄약고를 지키던 병사들은 횃불을 들고 동료들의 가슴팍에 장전된 폭약을 확인하면서 점차 창백한 얼굴로 변해 가고 있다.

김은영이 권총을 뽑아 든 채 그들 앞으로 다가서면서 말했다.

"우리 의병군 대장은 조선통감 이토 히로부미가 존경하는 면암 최익현 선생이시다. 이토 히로부미는 평소 조선군 10만 명은 두렵지 않으나, 최익현 한 사람은 두렵다고 입버릇처럼 말했다. 그 면암 선생께서 너희들을 본대로 돌아가게 하겠다고 약속하셨다. 천하에 한 번 있을 호기를 놓치지 마라. 무기를 버리고 투항하라."

일본군 장교들은 그녀의 거침없는 일본어와 행동에 망연히 서 있다. 우라마쓰 중위가 부연했다.

"일단 믿을 수밖에 없지를 않느냐. 돌아가기 위해서라도……!"

탄약고를 수비하던 일본군 1개 분대는 누구라 할 것 없이 들었던 총기를 내려놓는다. 스스로 무장해제를 하는 형국이나 다름이 없다.

"너희들의 옳은 선택에 감사한다. 이의 없다면 즉각 내려간다."

김은영이 다시 소리쳤고, 윤민호가 일본군 장교들을 둘러보았다. 아무 반응도 없는 참담한 표정들이었다.

"자, 가자."

김은영이 말했다. 우라마쓰 중위가 몸을 돌려서 앞장섰다. 누구라도 반항하면 모두 죽을 수밖에 없다. 이번에는 김은영이 앞장을 섰고, 윤민호가 후미를 지켰다.

면암 최익현과 임병찬 대장은 관솔불이 일렁이는 동헌 마당에서 김은영과 윤민호가 아무 탈 없이 돌아오기를 기다리고 있었다. 언덕 위에서 폭음이 울린다면 모든 것이 수포로 돌아간다. 모두들 숨을 죽일 뿐 누구도 입을 열지 않았다.

"돌아옵니다."

김덕율이 달려오면서 소리쳤다. 모든 시선이 후원 중문께로 쏠렸다. 김은영이 중문으로 들어선다. 뒤이어 온몸에 폭약을 두른 일본군 장교들과 탄약고를 지키던 경비병들이 따라 들어왔다. 마지막으로 윤민호가 들어와 임병찬의 앞으로 다가섰다.

"무사히 소임을 마쳤습니다."

"오, 훌륭하이. 대감께서도 몹시 심려하셨네."

윤민호는 김은영의 손을 잡아끌면서 면암 최익현에게 다가선다.

"선생님!"

"장하다, 민호야. 그리고 은영이 너도……."

면암 최익현은 김은영을 향해 두 팔을 활짝 벌렸다. 김은영은 온몸에 둘렀던 폭약을 조심스럽게 내리고 존경하는 스승 최익현의 가슴으로 거침없이 뛰어들었다. 이창준의 생각, 죽은 아이 생각……, 그리고 장례도 치러 드리지 못한 어머니를 향한 죄책감이 흐느낌이 되어서 쏟아져 나왔다. 면암 최익현은 격렬하게 흔들리는 김은영의 가녀린 어깨를 오래도록 다독이고 있었다.

면암 최익현의 의병군은 전라도 일원을 완전히 장악하기 위해 불굴의 투지를 다시 불태우기 시작한다. 젊은 선비들은 책 대신 총검을 들고 오직 나라를 찾으려는 일념으로 스승 최익현을 옹위해 나갔다. 그들의 사기는 그 무엇으로도 꺾을 수가 없었다.

면암 최익현의 의병군은 잇따른 승전으로 사기가 높았지만 전투에서 드러난 문제들을 보완하고 노획한 중화기重火器를 다루는 법을 익히기 위해 곡성에 당분간 머물기로 했다. 또한 연이어 몰려오는 지원자들에게 군사훈련을 시키고 군율을 익히게 하는 일도 빠뜨릴 수가 없었다.

'전주를 장악하지 않고서야……!'

면암 최익현은 남원에 있는 조선진위대와의 일전보다는 임실을 거쳐 전주로 곧바로 진격하는 쪽에 마음을 두고 있었다. 그러나 호남의 전략적 요충지인 남원을 취하지 않는 것에 대해서 임병찬은 반대를 분명히 하였다.

"남원은 경상도와 전라도를 잇는 요충지입니다. 전세가 불리하면 지리산으로 퇴각해서라도 추격군을 공격하거나 전열을 정비하는 시간도 벌 수 있습니다. 그런 곳을 버려두고 곧바로 전주로 가자 하심은 무리가 있습니다."

면암 최익현은 임병찬의 의견에 일단은 수긍했다.

"내 모르는 바가 아니야. 하나 우리의 목적은 무엇인가? 전투에서 승리하는 것도 중요하지만 하루라도 속히 도성으로 진격하여 폐하의 옥체를 보존하고, 백성들을 왜적의 손아귀에서 벗어나게 하는 것이 아닌가. 충청도에서 활약하고 있는 민종식 의병군과 힘을 합친다면 어려운 일도 아닐 것이야. 그러자면 전주를 거쳐 논산, 공주, 천안으로 가는 길이 제일 빠르지 않겠는가."

"시생도 인정하기는 싫습니다만……, 지금의 군세로는 전주까지 진격하기가 역부족입니다."

면암 최익현은 조용하지만 단호하게 부연한다.

"그런 말이 어디 있는가. 언제는 우리가 일본군에 힘으로 싸워 이겼는가. 오직 마음 하나로 싸워 이겼다는 것은 천하가 다 아는 일이 아닌가. 게다가 남원진위대라면 조선군이 아닌가. 어찌 같은 조선인의 가슴에 총부리를 겨눌 수가 있겠는가!"

그러나 임병찬도 쉽게 물러나지는 않았다.

“태인·정읍·순창·곡성에서도 이미 관군과 싸우지 아니하
였습니까?”

면암 최익현은 답답하다는 듯한 어조로 임병찬을 설득한다.

“어허, 싸운 게 아니라 쫓은 것이지. 싸웠다면 그들이 지금 우
리에게 힘을 보태려고 하겠는가.”

“…….”

임병찬은 결국 입을 다물고 만다. 면암 최익현의 말에는 어디
하나 틀린 곳이 없다. 그러나 마음속에서는 자꾸만 다른 생각이
솟구쳐 오른다. 설혹 지금까지는 마음으로 싸워서 이겼다고 하
더라도 앞으로의 교전은 오직 전투로만 승부가 날 것이라는 사
실을 임병찬은 확신하고 있었기 때문이다.

“첩자를 잡았답니다.”

급보에 접한 두 사람은 다급하게 몸을 일으킨다. 그리고 빠른
걸음으로 김덕율의 막사로 달려갔다. 밧줄에 묶인 첩자는 곱살
하기가 마치 계집아이와도 같았으나 이곳저곳에 상처가 나 있
다. 잡히는 과정에서 혹은 문초를 받는 동안 매질을 당한 게 분
명하다. 면암 최익현은 그가 남장을 한 여인임을 한눈에 알아본
다. 젊은 계집이 남장을 하다니, 대체 무엇을 정탐하자고 조선
의병군 근처에 잠입했다는 말인가. 따지고 보면 면암 최익현의
의병군이야말로 감추어야 할 아무 비밀도 없는 그야말로 순수한
의병 집단이 아니던가.

가만……, 면암 최익현에게는 불현듯 짚이는 것이 있다. 근자 일본군의 대대적인 소탕작전이 있을 것이라는 풍설이 돌면서 의병들의 사기가 동요하고 있다는 보고를 받은 일이 있어서다. 그렇다면 남장한 여인이 바로 그런 유언비어를 퍼뜨리고 다니면서 조선 의병들의 사기를 떨어뜨리고 있었을지도 모를 일이다.

이윽고 김덕율이 노기 섞인 어조로 그간의 경위를 말한다.

"워낙 독종이라……. 도무지 입을 열어야지요."

"허어 독종이라, 계집아이가. 차라리 은영이에게 맡겨 보는 것이 어떠하겠는가?"

임병찬도 김덕율도 일단은 수긍하지 않을 수가 없다. 게다가 독종이어서 입을 열지 않는다면 같은 여성에게 맡겨서 문초하게 하면 뜻밖의 소득이 있을지도 모른다.

곧 김은영이 달려왔다. 그녀는 남장한 여인에게 다가서다가 흠칫 놀란다. 이정순이기 때문이다. 비록 남장을 했어도, 또 얼굴에 상처가 나 있었다 해도 어릴 때의 친구를 못 알아본대서야 말이 되는가. 게다가 만난 지도 아직은 오래되지 않았다.

"너, 정순이 아니니?"

"……사람 잘못 봤어요."

이정순은 세차게 고개를 돌리며 굵은 목소리를 낸다. 김은영은 정순에게로 다가가 키를 낮추며 그녀의 손을 잡았다. 까칠하고 싸늘한 손이었다. 김은영은 정순과 눈높이를 맞추면서 다정하게 물었다.

"어쩌다 이렇게 되었니……?"

"……!"

정순은 옛 친구 김은영의 물음에 아무 대꾸도 하지 않았다. 아니 완강한 저항의 뜻을 보이고 있을 뿐이었다. 김은영은 천천히 몸을 일으켰다. 그리고 임병찬에게로 다가선다. 임병찬의 곁에 서 있던 면암 최익현도 의아해진 눈빛으로 김은영을 주시하고 있다.

"저 아이는 제 친구입니다. 결단코…… 왜적의 첩자가 될 수 없는 아입니다."

그러나 이정순을 문초한 김덕율의 반발은 차갑기 그지없었다.

"그리 잘 아는 사람이라면…… 자네가 다시 알아보아야 할 것이야. 일본군이 몰려올 것이라는 유언비어를 퍼뜨리고 다닌 것이 바로 저것일 테니까!"

김은영은 내심 수긍하지 않을 수가 없다. 만에 하나라도 배정자의 사주가 있었다면 정순으로서는 목숨을 걸고서라도 수행하지 않을 수가 있겠는가.

그때 김덕율의 목소리가 다시 울렸다.

"그런 맹랑한 주둥이를 놀리고 있는 현장에서 잡았어. 저 못된 년의 주둥이질로 우리 의병군의 사기가 떨어진다면……."

김은영은 김덕율의 말을 더 듣지 않고 다시 이정순에게로 다가가서 물었다.

"사실이니, 그게? 정말 그런 말을 하고 다녔어?"

김은영은 차마 그것이 배정자의 뜻이었는지를 물을 수는 없었다. 이정순은 대답 대신 조용히 흐느끼기 시작한다. 김은영도 왈칵 솟아오르려는 흐느낌을 참을 길이 없다.

"어쩌다 네가, 어쩌다가……."

이정순의 흐느낌은 도를 더해 가기 시작한다. 김은영은 고개를 돌리며 몸을 일으켰다. 그리고 면암 최익현, 임병찬에게 말했다.

"저 아이는 어렸을 때부터 함께 놀았던 다정한 친구입니다. 그리고…… 저 아인 배정자의 조카입니다."

순간 이정순의 목소리가 칼날같이 울렸다. 비명 같기도 하였다.

"아니야, 거짓말이야. 거짓말!"

"얘, 정순아!"

면암 최익현의 얼굴에는 놀라는 기색이 담긴다. 임병찬이라 하여 다를 것이 없다. 배정자라면 모든 조선인의 이름으로 처단되어 마땅한 매국녀가 아닌가. 그 배정자의 조카가 첩자로 잡혀왔다면 쳐 죽여도 시원찮을 일이다.

"저 아이가 정녕 배정자의 조카란 말이냐?"

면암 최익현이 심란해진 목소리로 다시 확인해 본다.

"그러하옵니다. 저와는 어려서 함께 뛰놀았고……, 지난번 창준 씨 일 때도 제게 큰 도움을 주었사옵니다. 원컨대 저 아이를 저에게 맡겨 주신다면……, 저 아이의 내심을 살펴서 고해 올리겠사옵니다."

김은영의 목소리에는 애절함과 간절한 소망이 담겨 있다. 면암 최익현은 조용히 이정순에게로 다가서면서 물었다.

"네가 정녕 배정자의 조카란 말이냐?"

이정순이 완강하게 고개를 흔들면서 울부짖듯 대답했다.

"아닙니다. 아니라지 않았습니까!"

"이렇게 원……, 하면 일본군의 대대적인 소탕전이 있을 것이라고 입에 담은 것은 사실이더냐?"

이정순은 고개를 숙인 채 아무 대답이 없다. 그녀의 얼굴 위로 비로소 눈물이 쏟아져 흘렀다.

"어쩌다 그런 일을 하게 되었느냐. 네가 한 일이 얼마나 고얀 일인지 알고는 있느냐?"

이정순의 흐느낌은 보다 처절하고 통렬함으로 이어진다. 김은영은 다시 스승 최익현의 앞으로 나서며 간절히 소망한다.

"선생님, 정순일 풀어 주십시오. 그리고 저에게 맡겨 주소서."

면암 최익현은 묵묵히 끄덕이다가 말했다.

"이 아이를 은영에게 맡기게나."

임병찬이 머뭇거리는 사이 김덕율이 반발하고 나선다.

"불가하옵니다. 일본군의 첩자를……."

"허허허. 자네는 첩자, 첩자 하네만…… 여기 우리한테 알아낼 비밀이 무에 있겠는가. 오직 있다면 나라 사랑하는 열정뿐인데……, 그거야 일본군 사령부에서도 익히 알고 있는 일이 아니겠나. 그러니 아무 걱정 말고 내 말을 따르게나."

그러나 김덕률은 물러서려고 하지 않았다.

"대감! 여긴 적전이옵니다. 의병들의 사기를 생각해서라도 적의 첩자는 직결처분으로 다스리는 것이 정도일 것이옵니다. 통촉하소서."

김은영은 눈물이 담긴 시선으로 스승 최익현의 마지막 결단에 기대를 걸었다. 면암 최익현이 심사숙고하듯 허공으로 시선을 돌리는 사이 탕탕탕, 하는 소총 소리가 울렸다. 사람들은 일제히 총소리가 나는 쪽으로 고개를 돌렸다. 저만치서 정시해가 달려오는 것이 보였다.

"대감마님, 일본군이 몰려오고 있사옵니다."

임병찬은 황급히 최익현에게로 다가섰다.

"대감, 자리를 옮기시지요."

최익현이 막 발걸음을 옮기려 하자, 이정순이 큰 소리로 외쳤다.

"아니옵니다. 저들은 일본군이 아니옵니다!"

면암 최익현은 황급히 몸을 돌리면서 이정순에게 묻는다.

“일본군이 아니면……?”

“대감마님, 저들은 황명을 받고 출동한 남원진위대 소속의 조선군이옵니다.”

“뭐라, 황명? 네 정녕 황명이라 했더냐?”

면암 최익현은 온몸이 굳어지는 것만 같았다. 황명이라면 고종황제가 면암 최익현의 의병군을 궤멸하라는 어명을 내린 것이 된다.

“네가 그걸 어찌 아느냐?”

“아뢰옵기 황송하오나 대감마님을 생포하려는 일본군 사령부의 계책인 줄로 아옵니다.”

“방금, 황명이라고 하질 않았더냐!”

임병찬이 언성을 높이면서 이정순의 확실한 대답을 채근했다.

“조선 관군이 대감마님께서 이끄시는 의병군에 투항하는 것을 방지하기 위해 가짜 황명을 발동한 것으로 아옵니다.”

“이런 방자한 것들이 있나!”

임병찬은 면암 최익현을 바라보면서 중얼거렸다.

“흥식은 어서 임 대장의 군막에 지필묵을 준비하라.”

문흥식이 자리를 뜨자 면암 최익현은 임병찬에게 다시 말했다.

“저 아이를 풀어 주라지 않았는가.”

“대감, 남원진위대가 선봉이라니요. 저 아이가 대감을 혼란에 빠뜨리고 있음이 분명하지를 않사옵니까!”

"허허허. 그 진위를 알아보기 위해 지필묵을 채비하라 이른 것이야. 임 낙안은 어서 저 아이를 풀어 주라니까."

면암 최익현은 몸을 돌려 임병찬의 군막으로 향했다. 군막 안은 이미 묵향으로 가득했다. 문흥식이 종이 두루마리를 탁자 위에 펼쳐 놓고 먹을 갈고 있었다.

면암 최익현이 들어와 자리에 앉았다. 임병찬이 굳어진 표정으로 배석했다.

면암 최익현은 붓을 들었다. 그리고 전라도 감사에게 보내는 편지를 쓰기 시작했다. 서찰의 내용은 나라 사랑의 본질과 이어 아무리 나라를 구하는 일이라도 동족의 가슴에 총을 쏘아서는 안 될 일임을 강조했다. 그리고 마지막으로 전라감사에게 전해진 황명은 일본군 사령관의 교활한 계책임을 밝히고, 서둘러 철군할 것을 간곡히 요구하고 있었다.

"시해를 불러라."

문흥식이 군막을 나가자 면암 최익현은 비로소 임병찬을 바라보았다.

"임 낙안은 동족의 가슴에 총을 쏘면서라도 싸워야 하겠는가?"

"그야 이를 말씀이옵니까. 나라를 위해 봉기한 의병군에게 총질을 한다면 그들이 왜적과 다를 게 무엇이겠습니까!"

"……!"

면암 최익현은 눈을 감았다. 나라를 팔아먹겠다는 매국노와 그들을 응징하겠다는 의병들이 서로를 향해 총질을 하고, 그래서 양쪽이 다 함께 죽어 간다면……, 그것이 바로 일본인들의 기대요, 희망이 아니겠는가.

군막의 휘장이 열리면서 눈부신 햇빛이 먼저 들어왔다. 문흥식의 뒤로 정시해가 따르고 있었다.

"찾으셨습니까?"

"음, 아무래도 네가 남원진위대에 다녀와야겠다. 이 서찰을 전라감사에게 전하고 오면 될 것이야."

"회답은……?"

"회답을 받아 올 겨를이 없을 것이니라. 다만 흰 깃발을 등에 꽂고 간다면 그나마 무사하지를 않겠느냐. 행동거지 각별히 유념하렷다."

"명심하겠사옵니다, 대감……!"

정시해는 최익현이 쓴 서찰을 받아 들고 늠름하게 군막을 나갔다. 뭔가 큰 결단을 내리지 않고서는 격변하는 전장의 양상을 뚫고 나가기가 어려울 거라는 생각이 면암 최익현의 가슴에 아프게 파고들었다.

김은영은 죽음 직전에서 풀려난 이정순을 데리고 일단 거처로 돌아왔다.

정말 운명이라는 게 있는 것일까. 오랜 세월 동안 서로 대립된 생각으로 적대시하면서 살았던 두 사람이다. 언제나 다급한

쪽은 김은영이었다. 이창준의 아버지가 일본군 헌병들에 의해 목숨을 잃었을 때도 그랬고, 이창준이 일본군 헌병대에서 모진 고문에 시달릴 때도 그랬다. 이정순은 그런 김은영을 대할 때마다 조선의 운명은 일본제국에 달려 있다는 말을 너무도 쉽게 입에 담곤 했었다. 김은영은 그런 정순을 미워하고 또 미워하면서도 단교하거나 멀리할 수가 없었다. 배정자의 목숨을 앗아 내자면 정순의 도움이 필요해서였다.

김은영이 정순의 속내를 조금이나마 알게 된 것은 만삭의 몸이 되어 입에 풀칠도 할 수 없는 지경일 때 쌀을 보내오면서였다. 그러나 김은영은 정순에 대한 고마운 마음을 표시하지 못했다. 배정자를 향한 접근로를 확보하기 위해서는 옛날의 감정을 그대로 유지하는 게 편하겠다는 생각에서였다.

이창준의 아이를 사산하고 나서도 김은영은 배정자를 찾아가 도움을 청한 일이 있었다. 그때도 배정자는 오바 도시오와의 동거만 입에 담았을 뿐 아무 도움도 주지 않았다. 물론 배석했던 이정순도 입을 열지 않았었다. 그게 마지막이었다. 집으로 돌아온 김은영이 일본군 앞잡이를 죽인 것도 그날이었다.

"정순아, 어떻게 된 거야. 어쩌다가 여기까지 왔어?"

이정순은 대답을 피하며 눈시울만 적셨다. 김은영은 정순의 입이 열리기를 기다릴 수밖에 없었다. 정순은 한참 만에야 입을 열었다.

“그날……, 너의 집에 갔었어.”

김은영은 퍼뜩 정신이 들었다. 어머니의 시신, 피투성이가 된 어머니의 시신을 버려 두고 도망치던 그날. 이정순이 다녀갔다면 어머니의 시신은 어찌 되었을까.

“어머니의 시신은 피투성이였어. 네가 죽였다면서?”

“뭐……?”

김은영은 무슨 말인지 이해할 수가 없었다.

“나중에 이모한테 들었는데……, 네가 어머니를 쏘았다면서. 믿을 수가 없었지만, 그렇게 들었어.”

김은영의 눈빛에 금세 독기가 서렸다.

“너 정말……, 여기까지 와서 그걸 말이라고 하는 거니!”

“아닌 줄 알아. 믿지 않았다고 했잖아…….”

이정순은 손사래를 치며 몸을 뒤로 물렸다. 그리고 말했다.

“어머니는 내가 화장해 드렸어.”

“……!”

김은영은 정순에게 성큼 다가가면서 다급해진 목소리로 물었다.

“어디다 뿌렸는데……, 우리 어머니 어디다 버렸어, 응?”

“버리긴……, 절에다 곱게 모셔 났어. 조계사.”

김은영은 흐느끼면서 이정순의 손을 잡았다.

“정순아, 정말 고맙다.”

　김은영의 울음은 좀처럼 그쳐지지 않았다. 이정순은 자신이 여기에 오게 된 것은 면암 최익현 의병군의 동태를 살피고 오라는 배정자의 명이었음을 솔직하게 털어놓았고, 막상 현장에 와서 듣고 살피면서는 조선인의 피가 흐르고 있는 자신의 본모습을 알게 되었다는 점도 입에 담았다.

　“하면, 일본군의 대대적인 작전은……?”

　“그건 내가 퍼뜨린 것이고, 남원진위대가 선봉에 서서 공격하는 것은 틀림없는 정보야.”

　김은영은 문득 면암 최익현의 모습을 상기했다. 그의 고매한 인품은 어떤 경우에도 조선인끼리는 싸우지 않을 것이기 때문이다.

　남원 제4진위대는 곡성에서 10여 리쯤 떨어진 곳에 본진을 두고 선봉대를 보내 성문을 포위하게 했다. 막 본진을 출발한 선봉대가 낮은 자세로 풀숲을 헤치며 천천히 전진하고 있었다. 사정거리에 들지 않았음인지 성에서는 아무 반응이 없었다. 선봉을 이끄는 장교 김성관은 긴장할 수밖에 없다.

　“정신들 바짝 차려라. 매복이 있을지 모른다!”

　김성관은 왼쪽으로 보이는 소나무가 우거진 언덕이 신경에 거슬렸다. 그러나 성에서 멀리까지 나와서 적의 선봉을 공격한다는 건 어느 나라 병법에도 없는 얘기다. 김성관은 다시 전진 명령을 내렸다.

언덕 가까이 다다르자 김성관은 다시 멈추었다.

"아무래도 저 언덕이 신경 쓰인다. 척후를 내보내라."

열 명 남짓한 척후병이 나지막한 언덕을 걸어 올라가기 시작했다. 언덕에 거의 다다랐을 무렵, 갑자기 총성이 쏟아졌다. 척후병들은 총을 맞고 맥없이 쓰러졌다. 김성관은 몸을 움츠리며 소리를 질렀다.

"공격! 공격하라!"

군사들은 개미 떼처럼 언덕을 오르기 시작했다.

"사격!"

윤민호가 이끄는 의병 50여 명의 총구에서도 불을 뿜었다. 군사들도 몸을 숨기며 사격을 시작했다. 양쪽으로 총알이 빗발치듯 날아다녔다. 윤민호의 의병들은 하나 둘 총에 맞고 쓰러졌다.

"적들은 얼마 되지 않는다! 착검하라!"

군사들은 총에 단검을 꽂았다.

"진격하라!"

김성관의 일갈이 있자 진위대의 군사들은 일제히 일어나 언덕 위로 돌격해 갔다. 의병들은 활과 총을 쏘아 대며 진위대의 돌격을 저지하려 했다. 그러나 아무리 총과 활을 쏘아 대도 진위대의 병사들은 줄어들지 않았다. 오히려 불어나는 것만 같았다. 중과부적이었다. 여기저기서 총알이 날아왔다. 의병들은 비명을 지르며 쓰러져 나갔다. 윤민호는 마지막 방책을 선택할 수밖에 없었다.

“퇴각이다. 퇴각하라!”

김성관은 칼을 휘두르며 의기양양 호령했다.

“한 놈도 살려 두지 마라!”

의병들은 허둥거렸다. 싸움에 임하기는 했어도 전투 경험이 없는 그들이었다. 더러는 총을 버리고 달아나기도 했다. 패퇴하는 의병들은 모두 성을 향해 내달리고 있었다. 남원진위대 소속의 관군들은 의기양양 함성을 지르며 달아나는 의병을 쫓았다. 김성관은 승기가 관군 쪽에 기울어 가고 있음을 확인한 듯 주력의 진격을 멈추게 했다.

성에서 4리 정도 떨어진 곳까지 살아서 달려온 의병은 고작 10여 명. 1백여 명에 이르는 날랜 군사들이 그들을 정신없이 쫓아왔다.

“공격하라!”

길 옆 숲에서 김덕율이 칼을 휘두르며 일어섰다. 그러자 숲에 몸을 숨기고 있던 3백여 명에 가까운 의병들이 활을 쏘고, 칼과 창을 휘두르며 관군들을 덮쳤다. 매복에 걸려든 관군이다. 백병전白兵戰이 벌어졌다. 그러나 너무 갑작스레, 가까이서 당한 공격이라 남원진위대의 관군들은 총을 들고도 제대로 대항하지 못한다. 마침내 관군들은 추풍낙엽처럼 쓰러져 간다. 전투는 오래가지 않았다.

느긋하게 추격하는 군사들을 지켜보고 있던 김성관은 기절초
풍할 노릇이었다. 그렇다고 성 가까운 곳까지 진격할 수도 없다.
그랬다가 또 다른 매복에 걸리기라도 한다면 승패를 장담할 수
가 없기 때문이다.

김성관은 이를 악물고 그 언덕에 진을 쳤다.

"아직 목숨이 붙어 있는 놈들은 본진 관찰사께로 데려가라.
그리고 죽은 놈들은 모두 목을 쳐서……."

김성관은 갑자기 말을 멈추며 앞을 보았다. 자신을 향해 달려
오는 일필준마가 있어서였다.

"쏘지 마라. 면암 선생의 사자니라. 쏘지 마라!"

정시해는 등판에 꽂은 백기를 펄럭이며 면암 최익현의 서찰
을 품에 안고 적진으로 달려들고 있었다. 김성관은 칼을 든 오른
손을 번쩍 들어서 사격을 중지하도록 했다.

남원진위대의 선발군 가운데로 들어선 정시해는 말에서 뛰어
내렸다. 잠시 전까지 전투를 치른 군사들이라 신경이 날카로울
대로 날카로워져 있었다. 군사들은 정시해를 겹겹이 에워싸면
서 김성관의 앞으로 다가왔다.

"면암 선생의 사자라니?"

김성관이 묻자 정시해는 주위를 둘러보며 말했다.

"전라도 관찰사는 어디 계시오? 관찰사에게 전하는 면암 선
생의 서찰을 가지고 왔소이다."

김성관은 주먹을 휘두르며 소리친다.

"조금 전에는 싸움을 걸더니, 지금은 관찰사에게 서찰을 보내다니. 앞뒤가 맞질 않아도 유만부동이지!"

정시해는 얼굴빛 하나 변하지 않고 또박또박 말했다.

"모든 것은 다음으로 미뤄도 늦지 않을 것이오. 우선 화급한 것은 관찰사에게 면암 선생의 서찰을 읽게 하는 일이오. 면암 선생은 관군과의 전투를 원하지 않소!"

"뭐, 싸움을 원하지 않아?"

"그렇소. 어서 이 서찰을 관찰사에게 전하시고 회답을 받아 주시오!"

김성관은 정시해로부터 면암 최익현의 서찰을 받아 들면서 말했다.

"서찰의 내용에 따라 나는 네놈의 목을 칠 수도 있어!"

"그야 당연하질 않소. 서둘러 주시오."

김성관이 말에 오르는 것을 보면서 정시해는 입가에 웃음을 담았다. 관군들의 거들먹거림은 예나 지금이나 변한 게 없어서다.

전라도 관찰사 한진창과 마쓰모토 대위는 막사에서 작전지도를 보고 있었다. 김성관이 황급히 막사 안으로 들어서자, 마쓰모토 대위가 고함을 질렀다.

"무슨 일이냐? 기척도 없이!"

김성관은 손에 들고 있던 서찰을 한진창에게 건네며 말했다.

“면암 최익현 선생이 보낸 서찰입니다.”

“뭐라, 면암 선생께서 말인가?”

전라도 관찰사 한진창은 낚아채듯 서찰을 받아 읽기 시작했다. 마쓰모토 대위가 한진창에게 바짝 다가서서 서찰을 살폈다. 아무리 애써 살펴도 도무지 무슨 내용인지를 알 수가 없었다. 그는 조급한 마음에 다그쳐 물었다.

“무슨 내용이오? 도대체 그 늙은이가 뭐라고 썼는가?”

한진창은 서찰을 내리며 망연자실했다.

“너희가 나라를 안다면……, 선봉을 일본군에게 맡기고 당장 물러서라고 하셨소.”

“나닛(뭐얏)……!”

마쓰모토 대위는 권총을 뽑아 들면서 막사 밖으로 뛰쳐나갔다. 한진창이 그를 따라 나가면서 소리쳤다.

“이봐! 송본松本(마쓰모토), 송본 대위!”

마쓰모토 대위는 하늘을 향해 권총을 쏘아 대며 선봉대 쪽으로 달려가고 있었다.

“사자를 잡아라. 최익현의 사자를 잡아라!”

정시해는 권총을 쏘아 대며 달려오는 마쓰모토 대위를 바라보면서 뭔가 심상치 않은 일이 일어날 것임을 짐작했다. 그는 지체 없이 관군들의 어깨를 밀치며 재빨리 말에 올라탔다.

“이랴!”

정시해는 있는 힘을 다해 채찍을 휘두르며 말을 달렸다. 선봉에 다다른 마쓰모토 대위는 권총을 팽개치고 옆에 있는 군사의 소총을 빼앗아 들었다. 그리고 거친 숨을 고르며 정시해를 조준했다. 말을 탄 정시해는 점점 멀어지고 있었다. 조준을 마친 마쓰모토 대위가 방아쇠를 당겼다.

탕, 정시해는 귓전을 스쳐 지나가는 총알 소리를 들었다. 그는 말갈기에 얼굴을 묻으며 발길질을 계속했다. 탕, 탕, ……. 다시 총소리가 들렸다. 정시해의 몸은 말 위에서 잠시 휘청거렸다. 그는 안간힘을 다해 말을 몰았다.

임병찬의 군막 밖에는 면암 최익현을 비롯한 많은 의병들이 나와 서서 안간힘을 다해 달려오는 정시해의 말을 바라보고 있었다. 총소리 때문인지, 달리는 말에 매달려 있는 듯한 정시해의 모습 때문인지 면암 최익현의 얼굴에는 불길한 예감으로 가득했다.

이윽고 정시해의 말이 시계로 들어왔다. 면암 최익현과 임병찬이 급한 걸음으로 달려가고 있을 때, 정시해가 말에서 떨어지며 땅바닥을 굴렀다. 몸은 온통 피투성이였다.

"시해야!"

면암 최익현은 피투성이가 된 시해의 몸을 일으켜 안으며 소리쳤다.

"나를 알아보겠느냐!"

"대감마님……."

"그래, 저들이 조선 진위대더냐? 아니면 일본군이더냐?"

정시해는 가쁜 숨을 몰아쉬며 힘겹게 말을 이었다.

"선봉은……, 조선군이었사옵니다. 남원……, 남원진위대……, 그들 뒤에는 일본군이……."

정시해는 숨이 가빠지면서 제대로 말을 이어가지를 못했다.

"시해야! 이놈아, 시해야!"

모두가 말을 잃었다. 면암 최익현은 분신처럼 아끼고 사랑하던 애제자 정시해를 흔들면서 목메어 소리치고 있었기 때문이다.

"……선생님, 이미 늦었습니다. 선생님께선 그간 저에겐 아버님……이셨습니다. 끝까지 지켜 드리지 못해 죄송할 따름이옵……."

정시해는 가빠진 숨을 몰아치면서 마지막 말을 입에 담는다.

"선생님, 절대로 투항치 마오소서……. 투항치……."

급기야 정시해의 고개가 떨어진다. 면암 최익현은 애제자 정시해의 시신을 흔들면서 통한의 설움을 쏟아 낸다.

"시해야, 이놈아, 시해야! 시해야, 정신을 차려야지……, 이놈아! 아, 내가 너를 죽였구나, 내가 너를 죽였느니라. 으흐흐흐."

면암 최익현은 뜨거운 눈물을 흘리고 있다. 주위에 모여 있던 모든 사람들도 함께 울었다. 그리고 잠시 뒤 면암 최익현은 정시해의 시신을 바르게 눕히고 일어섰다. 면암 최익현은 눈물을 감추며 주위를 둘러보았다. 눈물을 흘리며 분통을 터뜨리는 사람들을 향해 최익현은 차가운 목소리로 말했다.

"이젠 모두 총칼을 버리고 집으로 돌아들 가야겠다!"

임병찬의 항변 같은 목소리가 터져 오른다.

"대감, 아니 되옵니다, 대감……!"

면암 최익현의 하얀 수염발이 바람에 날린다. 그의 목소리는 바윗돌보다도 더 무겁게 가라앉아 있었다.

"명심들 해야 한다. 아무리 나라를 찾는 일이기로 조선 백성의 가슴에 총알을 박을 수는 없질 않겠느냐. 저들의 가슴에도 우리와 똑같은 조선의 피가 흐르고 있거늘……. 어제까지만 해도 같은 밭에서 씨를 뿌리던 형제의 가슴에 총부리를 들이댈 수는 없느니라. 너희 모두가 고향으로 돌아가면, 나는 내 발로 걸어서 저들에게 갈 것이니라."

"대감, 아니 되옵니다. 천만부당한 말씀 거두어 주소서, 대감……!"

임병찬의 목소리는 비명과도 같았다. 그러나 면암 최익현의 목소리는 천근의 무게로 주위에 스며들고 있다.

"저들이 원하는 것이 나 최익현이라기에 하는 소리야. 나 한 사람의 안위가 어찌 수많은 조선 젊은이들의 목숨을 해할 수가 있겠느냐."

문흥식이 울부짖는다. 스승 최익현을 잃는 것은 모든 것을 잃는 것이나 다름이 없어서다.

"선생님, 아니 되옵니다. 절대로 아니 되옵니다. 거두어 주소서!"

"흥식이는 어서 가서 내 의관을 내오너라!"

"아니 되옵니다. 나라를 찾을 때까지는 선생님의 말씀을 따를 수가 없사옵니다! 시해의 죽음을 헛되이 할 수는 없사옵니다. 통촉하소서!"

면암 최익현의 모습은 아무도 넘볼 수 없는 태산교악과도 같았다. 누가 감히 면암 최익현의 결단을 바꾸어 놓을 수가 있던가. 주위는 온통 흐느낌 소리로 가득해진다. 누군가가 마지막 통분을 토하면서 땅을 쳤다.

"선생님, 저희들은 선생님의 분부를 따를 수 없사옵니다. 죽더라도 아니 따를 것이옵니다. 용서해 주소서!"

면암 최익현의 대답은 끝까지 변하지 않았다. 평생을 한결같이 그렇게 살아오지를 않았던가. 마침내 최익현은 몸을 돌린다.

"시신을 수습하게."

임병찬도 마지막 말을 입에 담는 듯 보였다. 그리고 최익현의 뒤를 따랐다. 윤민호도, 박상인도, 김은영도…… 모두 말없이 스승 최익현의 뒤를 따랐다.

곡성 관아로 돌아온 면암 최익현은 스스로 의관을 정제했다. 여기저기서 곡성이 진동했다. 이젠 누구도 면암 최익현에게 만류의 말을 입에 담는 사람은 없었다.

면암 최익현이 관아에서 나오자, 그에게 목숨을 위탁했던 수 많은 의병들이 관아의 내정에 웅크리고 앉아 있었다. 면암 최익 현은 차마 발걸음이 떨어지지 않았다.

"그간 날 따라 준 너희들의 결기는……, 내 목숨이 다하는 날 까지 잊지 않을 것이니라. 그동안 애 많이 썼다. 조종의 영령들 도 너희들의 분전에는 감읍할 것이니라. 몸성히 고향으로 돌아 가 자식 노릇, 아비 노릇……, 백성 된 도리까지 어느 한 가지도 소홀함이 없도록 각별히 유념하면서 편히 살거라."

"대감마님……!"

울부짖는 소리가 여기저기서 터져 올랐다. 면암 최익현의 무 거운 발걸음이 옮겨지기 시작했다. 임병찬을 비롯한 최익현의 문도들이 뒤를 따랐다. 모두 열세 사람이었다.

이날이 1906년 윤4월 23일. 애제자 정시해가 관군의 총에 맞 아 목숨을 잃자, 면암 최익현은 그동안 함께하였던 의병들을 해 산하고 임병찬 등 13명의 애제자와 함께 남원진위대에 투항을 결행하였다.

남원진위대의 선봉은 성문 가까이까지 전진해 있었다. 김성 관은 손을 들어 행렬을 멈추게 했다. 뜻밖의 광경이 목격되었기 때문이다.

"아니, 저건……?"

그랬다. 단정하게 의관을 정제한 최익현이 앞장을 섰고, 그의 뒤로 건장한 사내들이 따르고 있었는데 모두 사복 차림이었다. 김성관은 재빨리 그들의 수를 세었다. 모두 열세 사람이었다.

면암 최익현이 김성관이 서 있는 남원진위대의 선봉에 이르자, 관군들이 몰려나와 최익현 일행을 에워쌌다. 김성관 역시 면암 최익현의 명성은 익히 들어 알고 있었다.

김성관이 앞으로 다가서자, 면암 최익현이 물었다. 문도를 아끼듯 인자한 목소리였다.

"전라도 관찰사는 어디 있느냐?"

"본진에 계시옵니다"

"오, 그래. 간교한 왜적들의 계책으로 너희들이 고생 많다. 저들이 나를 필요로 한다기에 나 스스로 저들에게 가려 함이니라. 이제 너희 책무는 끝났으니 동족의 가슴에 총을 쏘는 따위의 천박한 소행은 스스로 삼가는 것이 도리일 것이야. 알았거든 나를 관찰사에게로 인도하라."

"알겠사옵니다. 제가 모시겠습니다."

"고맙구나……."

면암 최익현은 천천히 앞으로 걸어 나갔다. 남원진위대의 본진은 그리 멀지 않았다. 본진 쪽에서는 전라감사 한진창과 마쓰모토 대위가 기다리고 있었다.

"대감, 보십시오. 일본군이 아닙니까. 속았습니다, 대감."

김덕율이 불을 뿜듯 소리쳤다.

"속은 게 아니야. 동족 간에 피가 피를 부르는 일을 하지 않겠다는 것이 왜 속은 것이 되는가. 주위를 둘러보게. 이 사람들이 어디 모두 일본군인가?"

"대감, 지금이라도 늦지 않았습니다. 말씀만 하십시오. 이놈들을 때려잡고 성으로 돌아가시면 됩니다."

"가고 싶은 사람이 있으면 가면 되는 것이야. 내 어찌 자네들을 다시 고난의 길로 인도하겠는가."

면암 최익현의 결기는 흔들릴 기미를 보이지 않았다. 임병찬은 한숨을 푹 내쉬었다.

"성문을 나설 때, 대감의 뒤를 따른 건 저희들의 뜻이었습니다. 저희들은 대감의 뒤를 끝까지 따르기로 이미 맹약을 하였으니 조금도 심려하실 일이 아니옵니다."

전라감사 한진창이 정중하게 면암 최익현에게로 다가와 섰다. 그의 뒤를 마쓰모토 대위가 따랐다. 한진창은 최익현에게 공손하게 예를 갖추었다.

"시생은 전라도 관찰사 한진창이옵니다. 폐하의 어의를 전하기도 전에 이같이 대감을 뵈시게 되어 천만다행이옵니다."

임병찬이 그 순간을 참지 못했다.

"관찰사는 황명을 사칭하지 마시오. 조선통감의 명임을 천하가 다 알지 않소!"

"오, 임 장군 아니신가. 허허허, 우리는 좋지 않은 곳에서 만나게 된 것일 뿐……, 서로를 미워할 일은 없질 않은가."

"서둘러. 시간이 없지를 않은가!"

마쓰모토 대위가 소리치며 앞으로 나섰다. 면암 최익현은 어이가 없었다. 그게 언제던가. 대안문 광장에서 사이토 중좌에게 매질을 당한 일이 엊그제 같은데……. 최익현은 마쓰모토 대위를 한참 동안 쏘아보고 나서 관찰사 한진창에게 마지막 당부를 했다.

"곡성에 있는 사람들은 내버려 두게. 자네들이 원하는 건 내가 아닌가. 저들은 의로운 사람들이야. 자네가 공격하지 않는다면 그냥 흩어지기로 되어 있어. 자네의 확답을 들을 수 있다면 내 발걸음이 한결 가볍질 않겠나."

"명심하겠사옵니다."

"고마우이."

면암 최익현과 그의 제자 열세 사람은 곡성에서 남원으로 압송되어 조사를 받았다. 그리고 일본군에게 인계되었다. 일본군은 최익현 일행을 도성으로 압송하였다.

대마도 유배령

　　일본군 헌병대는 면암 최익현과 그의 애제자들의 수감을 극
비에 부쳤다. 만에 하나라도 최익현의 수감 소식이 알려진다면
조선의 유림들이 동요하는 것은 불문가지의 일이다. 조선의 유
림들이 일본국 헌병대를 에워싸면서 면암 최익현의 방면을 요구
한다면 감당하기 어려워진다. 그렇다고 즉결 처분으로 그를 제
거할 수도 없다.

　　조선통감 이토 히로부미와 주둔군 사령관 하세가와 대장은
연일 머리를 맞대고 숙의에 숙의를 거듭했다.

　　"아주 절묘한 방도를 찾아야 해."

　　"일본 영토의 외딴섬에 유배하는 것은 어떨지?"

　　하세가와 대장의 제안에 이토 히로부미는 눈빛을 빛냈다.

　　"무슨 죄목으로?"

"그야 군사재판에 회부하여, 그 판결에 준할 수도 있지 않겠습니까."

"군사재판, 그거 아주 절묘해……."

조선통감 이토 히로부미는 하세가와 대장을 독려하며 면암 최익현과 그의 애제자들을 군사재판에 회부하게 하고, 그들을 유배시킬 일본영토에 소속된 외딴섬을 물색할 것을 명했다.

1906년 7월 7일, 면암 최익현은 남옥南獄(중죄인을 수감하는 감옥)에 수감되었다. 아무리 흐트러지지 않는 단정한 모습이어도 더위까지 물리칠 수는 없다. 한여름으로 접어든 무더위는 면암 최익현의 얼굴을 온통 땀으로 적시고 있다. 면암 최익현이 갇힌 건너편 옥사에서는 임병찬을 비롯한 제자들이 앞으로 벌어질 일에 대해 의견을 주고받고 있었다. 그러면서도 늘 스승 최익현의 모습에서 눈을 떼지 못했다. 일흔세 살의 고령으로는 견디기 어려운 고초임을 그들이 모른대서야 말이 되는가.

옥문 열리는 소리가 들렸다. 오늘은 또 무슨 일이 일어날 것인가. 임병찬은 긴장했다.

헌병대장 사이토 중좌가 마쓰모토 대위를 거느리고 옥사로 들어서는 것이 보인다. 제자들은 일제히 옥문 쪽으로 모여들었다. 마쓰모토 대위가 면암 최익현의 옥문을 열자 사이토 중좌가 정중하게 말했다.

"대감, 잠시 나가시지요. 통감 각하께서 기다리고 계십니다."

면암 최익현은 눈을 감은 채 태연히 대답했다.

"통감이 왜?"

"시생은 군령을 시행하고 있을 뿐입니다. 가시지요."

면암 최익현은 주저함이 없이 일어나 옥문을 나선다. 임병찬이 벌떡 일어서며 소리쳤다.

"대감, 시생도 함께 가겠습니다."

면암 최익현은 임병찬에게 고개를 돌리며 웃었다.

"괜찮아. 별일이야 있겠느냐."

"대감, 혼자 가시면 아니 된다니까요!"

면암 최익현은 임병찬의 절규도 아랑곳하지 않고 태연히 사이토 중좌의 뒤를 따라 옥사를 나간다. 임병찬은 옥문에 얼굴을 밀어 넣으며 목이 터져라 외쳤다.

"대감! 대감마님!"

그 시각, 많은 유생들이 헌병대 사령부로 몰려들고 있었다. 문흥식, 윤민호, 박상인이 유생 차림으로 그들을 지휘하고 있었다. 곡성을 빠져나와 순천으로 향하던 의병군은 남원진위대의 기습을 받자 싸워 볼 생각도 못하고 뿔뿔이 흩어지고 말았다. 그들은 그 길로 면암 최익현이 구금되어 있을 도성으로 향했다.

헌병대에서 총을 든 헌병들이 우르르 달려 나와 유생들 앞을 가로막았다.

"비켜라, 이놈들아!"

"면암 선생을 내놓아라, 왜놈들아!"

젊은 유생들은 헌병의 가슴을 밀치며 앞으로 나가려 했다.

"착검!"

어디선가 들려온 날카로운 소리에 헌병들은 총검을 뽑아 각자의 총 끝에 꽂는다. 마쓰모토 대위가 기고만장하게 거들먹거린다.

"모두 앞으로!"

헌병들은 단검을 꽂은 총을 앞으로 향했다. 누군가 움직이기라도 한다면 일제히 불을 뿜을 기세였다. 유생들은 멈칫하며 한 걸음 뒤로 물러섰다. 유생들이 당황하자 문흥식이 앞으로 나가 맨바닥에 앉으며 소리친다.

"면암 선생을 방면하라. 면암 선생을 방면할 때까지 꼼짝도 않을 것이닷!"

윤민호와 박상인도 문흥식의 곁으로 다가가 앉으면서 소리친다.

"면암 선생을 내놓아라!"

"면암 선생을 방면하라!"

서 있던 유생들도 하나하나 맨바닥에 앉기 시작한다. 대단한 기개의 농성이 아닐 수 없다.

그 무렵, 면암 최익현은 헌병대장실로 안내되었다. 하세가와 대장은 굳건히 앉은 채 아무 말도 입에 담질 않는다. 점령군 사령관 나름의 위세일지도 모른다.

"앉으시지요."

사이토 중좌가 면암 최익현에게 의자를 권한다. 면암 최익현은 비웃음이 담긴 시선을 하세가와 대장에게 보내면서 의자에 앉는다. 종전과 같다면 한두 마디쯤 주고받아야 할 하세가와 대장이었지만 이날의 모습은 깎아 놓은 돌덩이와 같았다. 면암 최익현에게는 하세가와 대장의 동태가 도무지 심상치 않다. 불현듯 불길한 생각이 드는 것도 그 때문이다.

"통감 각하 드십니다."

문이 열리면서 초대 조선통감 이토 히로부미가 들어선다. 하세가와 대장은 자리에서 일어서며 상전의 임석에 예를 표했다. 면암 최익현은 꾸짖는 듯한 눈빛으로 이토 히로부미를 쏘아보고 있다. 이토 히로부미는 천천히 원탁에 앉으면서 지극히 사무적으로 입을 연다.

"어서 오십시오, 대감. 원로에 고초가 많았을 것으로 압니다. 저 조선통감⋯⋯."

"⋯⋯통감이라니, 내 언젠가 자네에게 말했느니. 힘없는 어린아이의 팔을 비틀어서 맺은 조약에 효력이 있다고 생각하는가!"

하세가와 대장이 마치 기다리고 있었다는 듯 참견하고 나선다.

"영감, 이토 각하께서는 지금 조선인 포로의 신분인 영감을 인도적인 차원에서 인견하고 계시질 않소!"

면암 최익현의 입가에 비웃음이 담긴다.

"나는 비록 투항을 했어도 조선의 고관이니라. 내 마음속에는 이 나라 조선의 국권을 회복하는 일……, 그 일을 위해서 목숨을 내놓고 있음을 알아야 할 것이야. 이등 자네도 명심하여 듣게."

"대감께서 그리 나오신다면 할 수가 없지요. 약식 재판의 판결문을 통고합니다."

순간 면암 최익현은 몸을 일으킬 듯 반발한다.

"재판이라니! 나는 침략국의 재판을 받을 일도 없거니와……."

"허허허, 그래서 약식 재판이 아니겠습니까."

"……!"

이토 히로부미는 더욱더 사무적인 태세로 재판 결과를 입에 담는다.

"통고합니다. 대감과 함께 투항한 애제자 십삼 명 모두를 대마도에 유배하라는 판결이 있었습니다."

면암 최익현의 입술이 파르르 떨린다. 이 무슨 가당치 않은 수작이란 말인가. 대체 무엇을 근거로 일본군이 주관하는 재판으로 조선인에 대한 판결을 내릴 수가 있다는 말인가.

"이런 못된 것들이 있나! 내가 너희 침략국의 재판을 따라야 할 까닭이 있더냐!"

탕, 면암 최익현은 책상을 내리치며 고함쳤다. 이토 히로부미는 약간 고개를 숙여 보이며 부연한다.

“대감, 이 나라 조선의 치안을 저 이토가 맡고 있지 않습니까.”

“당치 않은 소리. 너희 일본국이 아무리 미개하였기로 인접국의 고관인 나를 아무 의논이나 상의도 없이 재판에 회부한대서야 말이 되는가. 더구나 약식 재판이라니, 대체 그런 무법을 어디에서 배웠다는 것이야!”

이토 히로부미는 쩝, 입맛을 다셨다. 최익현의 말을 반박할 수 있는 논거를 찾을 수가 없어서다.

“나, 조선 고관 최익현은 너희들의 재판을 인정할 수가 없으며, 따라서 내가 태어난 조선 땅에서 단 한 발짝도 떠나지 않을 것이야!”

면암 최익현의 목소리에는 위엄과 단호함이 실려 있었다. 이토 히로부미는 옳지 않은 일이라면 황제에게도 직언하는 면암 최익현을 더 설득하기가 어렵다고 판단했다. 그리고 정중한 어조로 부연하였다.

“대감, 지금 저에게는 대감의 도움이 절실합니다.”

“도움이라니? 나와 그대의 나라가 다르고, 생각이 또한 다른데……, 내가 그대 침략국의 두령에게 도울 일이라니!”

“……몸소 투항하신 대감의 결단으로 수많은 조선 젊은이들의 목숨을 구하지 않았습니까?”

“……!”

“지금 헌병대 사령부 밖에 대감을 석방하라는 수많은 조선의

유생들이 몰려들고 있습니다. 그들에게 발포해야 하는 최악의
사태만은 막아 주셔야 하질 않겠습니까.”

노회한 이토 히로부미는 면암 최익현의 인품에 호소하는 방
식을 취하면서도 실상은 자신의 위엄을 강조하고 나선 셈이다.
면암 최익현에게는 가소로운 노릇이 아닐 수 없다.

“자네들은 이 나라의 국모를 시해하고……, 황제폐하를 유린
하였으며, 그것도 모자라서 이 나라의 외교권까지 박탈하였는
데……, 내가 어찌 자네의 편의를 도모할 수가 있겠는가.”

“대감의 뜻이 그러시다면 도리 없겠지요.”

“무슨 소리야 그게!”

“대감께서 조선 땅에 계시는 한……, 조선 백성들의 소요 또
한 끊이지 않을 것이고, 그렇게 되면 조선의 치안을 담당한 나로
서는 무력을 동원, 강제 진압할 수밖에 없지를 않겠습니까!”

면암 최익현은 마지막 총기를 모아서 자신의 결기를 다짐한다.

“나는 지난해의 치욕을 막아 내지 못했을 때, 이미 죽은 목숨
이 되었느니라!”

이토 히로부미는 익히 짐작하고 있었다는 투로 마지막 말을
입에 담는다.

“저 조선통감은 대감 한 사람의 목숨도 소중히 하고 있습니다
만……, 더 많은 조선 민중의 목숨도 꼭 같이 소중히 하고 있다
는 사실을 유념해 주시기 바랍니다.”

면암 최익현은 참담해지는 마음을 가늠할 길이 없다. 이대로 대마도로 떠나야 하나. '네가 떠나지 않는다면 나는 조선 유림들에게 발포하게 될지도 모른다'는 이토 히로부미의 말이 단순한 협박으로 들리지 않는다. 고종황제의 면전에서 난동을 부렸던 이토 히로부미의 무례가 아니던가. 그에게 인간적인 구원을 청하는 것도 이젠 무리겠다는 생각이 들 때, 이토 히로부미의 마지막 말이 전달되었다.

"대감, 대마도로 떠나시는 것이 수천 명 조선 유림의 목숨을 구하는 일임을 각별히 유념해 주셨으면 합니다."

말을 마친 이토 히로부미는 천천히 몸을 일으키며 면암 최익현에게 깊게 허리를 굽혀 존경의 예를 표한다. 면암 최익현은 허탈해지는 심회를 가늠할 길이 없다.

그리고 곧 하세가와 대장의 칼날 같은 소리가 들렸다.

"면암 대감을 대마도로 압송하라!"

"핫!"

일본군 헌병들이 우르르 달려 들어와 면암 최익현의 양팔을 끼면서 강제로 끌고 나간다. 73세의 깡마른 노인 면암 최익현은 젊은 헌병들의 거친 혈기를 뿌리칠 아무 힘도 없다. 난동과도 같았던 헌병들의 완력이 물러나면서 방 안은 잠시 정적에 잠겨든다. 하세가와 대장이 치하의 말을 입에 담는다.

"각하, 이제야 면암이 없는 조선이 되었습니다. 각하의 높으신 경륜에 온 일본 국민도 감동할 것으로 사료됩니다."

"아니야, 아직은 끝나지 않았어. 자네도 보지를 않았나. 조선 선비의 꺾이지 않는 기개를……."

사람들은 면암 최익현을 말할 때 그와 함께 살아서 천하동생 天下同生이요, 그가 세상을 떠난다면 모두 함께 죽었다는 뜻으로 천하동사天下同死라고 하였다. 헌병대의 정문 광장을 막아선 조선 유림들의 격정도 팽팽한 긴장감을 유지하고 있다.

"은영 씨, 정순이가 왔어요."

김은영은 놀랍기 그지없다. 곡성에서 만나 마음을 풀면서 도성까지 동행을 했었다. 정순이 배정자의 거처인 돈암동에서 왔다면 새로운 소식이 있을지도 모른다. 아니나 다를까, 이정순은 급하게 입을 열었다.

"선생님께서 대마도로 유배되신대……!"

김은영은 물론 문흥식, 윤민호도 놀라지 않을 수가 없다.

"뭐야! 어떻게 선생님을 남의 땅인 왜국에 유배를 해!"

"군사재판으로, 그것도 약식으로 했답니다."

"이런 개 같은 새끼들이 있나!"

윤민호의 입에서 험한 소리가 튕겨져 나왔다. 그는 두 주먹을 불끈 쥐면서 말을 이었다.

"막아야 합니다. 여기 모인 유림들에게 저들의 만행을 알려서 막아야 해요!"

“암, 알려야지. 알려야 하고말고!”

문흥식은 유림들을 헤치며 헌병사령부 앞으로 달려가기 시작했다. 그는 유림들의 사이를 거칠게 헤치면서 가쁜 목소리로 토해 냈다.

“비켜요, 비키세요. 면암 선생께서 대마도로 유배되신답니다. 대마도로요!”

유림들이 술렁거리기 시작했다. 그 술렁거림이 일파만파로 번져 가고 있을 때 문흥식이 유림들의 앞자리에 나와 선다.

“여러분! 면암 선생께서 대마도로 유배되신답니다!”

“대마도……, 대마도라니……!”

문흥식은 유림들의 술렁거림에 불을 질러야 한다는 결기로 목소리를 높였다.

“면암 선생님이 왜적들의 군사재판에 회부되셨답니다. 이게 어디 말이나 된답니까. 면암 선생님은 조선의 고관인데 무슨 까닭으로 왜적들의 군사재판을 받아요!”

유림들의 동요는 즉각 헌병대 사령부로 전달되었다. 사이토 중좌를 필두로 마쓰모토 대위 등이 달려 나오는 것이 보였다.

“거총, 발포 준비!”

척척척……, 소총의 안전장치 풀어지는 소리가 음산하게 들렸다. 그러나 문흥식의 목소리는 더욱 높아지고 있었다.

“힘을 모아야 합니다, 여러분. 우리 모두 힘을 모아 면암 선생님의 유배를 막아야 합니다. 우리가 힘을 모으면 얼마든지 막을 수가 있습니다. 힘을 모읍시다, 여러분!"

문흥식의 사자후는 유림들의 마음으로 절절하게 전달된다. 장년의 유림 한 사람이 달려 나오면서 소리쳤다.

"면암 선생을 대마도로 보내서는 아니 됩니다. 우리가 길을 막아서라도 선생님의 유배를 막아야 합니다."

와아……, 함성이 일었다. 문흥식은 이 호기를 놓치고 싶지 않았다.

"여러분, 여러분께서 힘을 모아 주시면 제가 앞장을 서겠습니다. 제가 앞장서서 사령부로 들어가겠소이다!"

유림들은 다시 함성을 울리면서 문흥식의 절규에 동조했다. 곧 행동으로 옮길 태세였다.

"거총!"

마쓰모토 대위가 권총을 뽑아 들면서 소리쳤다. 헌병들은 일사불란하게 유생들을 향해 소총을 겨누었다.

"동요가 있으면 즉시 발포한다!"

유림들은 문흥식의 구령에 맞추어 함성을 토했다.

"면암 선생을 방면하라!"

문흥식은 다시 유림들 앞으로 나아가 팔을 벌리고 소리쳤다.

"막아야 합니다. 선생님의 대마도 유배는 육탄으로라도 막아야 합니다."

“옳소, 막읍시다!”

유생들 모두가 환호하면서 목이 터져라 외쳤다. 금방이라도 폭발할 것만 같은 긴장감이 팽팽하게 부풀어 올랐다. 문흥식은 천천히 헌병대를 향해 다가가기 시작했다. 유림들이 그의 뒤를 따랐다.

탕! 마쓰모토 대위가 허공을 향해 발사했다. 그 총성을 신호로 헌병들은 거총 자세를 가다듬었다. 다가서던 유생들은 멈칫했다. 그러나 다시 앞으로 나갈 기세로 웅성거렸다. 마쓰모토 대위는 단호한 태세로 두 번째 공포를 쏘았다. 탕……, 헌병들도 일제히 유생들의 머리 위로 위협사격을 했다. 귀청을 찢는 듯한 총소리와 화약 냄새가 진동했다. 유생들은 순식간에 사방으로 흩어지며 도망치기 시작했다.

문흥식이 두 손을 벌리며 그들을 막으면서 소리쳤다.

“흩어지지 마시오. 흩어지면 집니다. 여러분! 흩어지면 안 됩니다.”

문흥식의 목소리는 헌병들이 쏘는 총성에 묻히고 만다. 유림들은 뒤도 돌아보지 않은 채 달아나기에 바빴다. 윤민호와 박상인은 달아나는 유림들을 향해 피를 토하듯 소리쳤으나 유생들은 돌아오지 않았다.

마쓰모토 대위의 입가에 싸늘한 웃음이 담겼다. 그는 권총을 든 채 문흥식에게 다가서고 있었다.

“오이, 문홍식……!”

마쓰모토 대위는 이빨을 갈면서 문홍식의 이름을 불렀다. 문홍식은 물론 그를 에워싸고 있던 윤민호도, 박상인도 그리고 조금 떨어져서 지켜보고 있던 김은영도 몸이 굳어질 만큼 놀랐다.

“흑산도에서 올라온 최익현의 그림자……, 최익현이 있는 곳엔 언제나 네놈이 있었지. 넌 오래전에 지명수배되어 있었어. 잡아넣으라고 내 앞에 나타났냐, 엉!”

마쓰모토 대위는 순간의 여유도 두지 않은 채 권총의 손잡이로 문홍식의 턱을 후렸다. 문홍식의 입에서 선혈이 흘러내렸다.

“야, 임마!”

박상인이 피 토하듯 소리치며 마쓰모토 대위에게 다가서는 것을 윤민호가 세차게 낚아챘다. 마쓰모토 대위는 박상인의 동태를 지켜보면서 문홍식의 복부를 군화로 가격했다. 문홍식은 배를 움켜잡고 비틀거렸다. 마쓰모토 대위의 군화가 다시 상체를 굽힌 문홍식의 안면을 강타했다. 문홍식은 땅바닥에 나뒹굴었다.

김은영은 혀를 물면서도 달려 나가지 못했다. 자신 또한 지명수배되어 있는 처지가 아니던가. 마쓰모토 대위는 윤민호와 박상인에게 다가서며 말했다.

“맛이 어떠냐, 너희들도 한번 당해 보고 싶으냐!”

“……!”

마쓰모토 대위는 몸을 돌리면서 문흥식의 가슴팍에 다시 발길질을 하면서 소리쳤다.

"오이, 이놈을 끌고 가서 천장에 매달아라!"

일본군 헌병들이 문흥식에게 달려들었다. 문흥식은 나무토막처럼 끌려가고 있었다. 그때 윤민호의 뇌리에 불길한 예감이 스쳤다.

"야, 후문이야!"

윤민호는 재빨리 몸을 돌리며 헌병대 사령부 후문으로 쏜살같이 달려가기 시작했다. 박상인은 영문도 모른 채 그의 뒤를 따랐다. 김은영도 주위를 살피면서 그들의 뒤를 따랐다.

헌병대 사령부 후문은 이미 열려 있었다. 헌병 사이드카가 나오면서 최익현을 태운 인력거가 따라 나왔다. 인력거는 검은 휘장이 내리져 있었다. 그 뒤로 임병찬을 비롯한 열세 명의 제자들을 태운 함거가 나왔다. 함거의 주위는 집총한 헌병들이 따르고 있었다.

기다리고 있던 최영조와 최원식이 검은 휘장이 내려진 인력거로 빠르게 다가서면서 소리쳤다.

"아버님, 소자이옵니다."

"할아버님, 소손도 왔사옵니다."

조선통감 이토 히로부미는 최익현의 압송에 마지막 혜택을 주겠다는 심정으로 충청도 정산으로 사람을 보냈었다. 그나마 작별의 시간을 배려하고자 함이었다.

인력거의 휘장이 들렸다. 눈빛이 형형한 면암 최익현의 모습이 드러났다. 고초 때문인가. 수염은 더 하얗게 보였다.

"아버님, 함께 가겠습니다. 저희도 함께 가도록 해 주소서."

최원식도 애통함을 감추지 못하고 훌쩍거렸다. 면암 최익현은 손자 원식을 바라보며 인자한 얼굴로 말했다.

"원식아, 눈물을 아껴라. 슬퍼할 일은 아직도 많이 있을 것이니라."

"할아버님……, 흐윽."

"걱정 마라……, 저들이 나를 어찌야 하겠느냐?"

면암 최익현은 아들 영조를 향해 부연했다.

"돌아가거라. 돌아가거든 가족들을 잘 보살피어라. 선현께서 이르기를 충과 효는 같은 것이라고 했느니라."

아들 최영조와 손자 원식이 애통함을 가누지 못하고 있을 때, 윤민호와 박상인 그리고 김은영이 달려왔다. 그들의 뒤로는 수십 명의 유림들도 따르고 있었다.

"선생님!"

윤민호가 소리치며 인력거 앞으로 달려들었다. 박상인과 김은영도 인력거의 손잡이를 잡으며 흐느꼈다. 면암 최익현의 입가에 웃음이 돌았다. 그들은 모두 면암 최익현의 명을 따를 수 없다면서 곡성에 남았던 젊은이들이 아니던가.

“선생님, 저희도 함께 가게 해 주소서!”

면암 최익현은 그들의 눈물겨운 호소를 들으면서 조용히 말했다.

“너희가 나라를 안다면……, 이 어려운 때를 소홀히 넘길 수가 없을 것이니라. 어디에 있더라도 너희의 소임을 다하는 것이 나라를 섬기는 일일 것이니라!”

윤민호는 언제나 한결같은 스승의 가르침에 감동하지 않을 수 없다. 그리고 함께 갈 수 없는 자신의 모습이 너무도 서글펐다.

“홍식이 보이질 않는구나.”

면암 최익현의 시선은 문홍식을 찾고 있었다. 면암 최익현이 투항을 결심했을 때 ‘죽어도 따르지 않겠노라’면서 거칠게 항변했던 장한 모습이 뇌리를 떠나지 않아서다.

“몸이 아픕니다. 곧 쾌차할 것이니 너무 심려치 마오소서.”

윤민호는 차마 문홍식이 헌병들에게 연행되었음을 말할 수 없었다. 면암 최익현은 허허한 얼굴로 고개를 끄덕였다.

일본군 헌병들이 다가와서 호루라기를 불었다. 진로를 방해하지 말라는 경고일 것이었다. 윤민호는 흐느끼며 작별 인사를 했다.

“선생님……, 옥체를, 옥체를 보전하소서……!”

면암 최익현은 고개를 끄덕였다. 그리고 검은 휘장이 다시 내려졌다. 손자 원식은 땅바닥에 털썩 주저앉으며 통렬한 울음을 토했다.

면암 최익현을 태운 인력거는 일본군 헌병들의 삼엄한 호위 속에서 남대문역으로 향했다. 유림들은 임병찬 등 애제자를 태운 함거와 일정한 거리를 유지한 채 뒤를 따랐다. 그들은 통곡을 하며 걸었다. 길가의 백성들도 걸음을 멈추고 눈물을 훔쳤다.

"대감, 어서 내리시오."

사이토 중좌가 면암 최익현이 탄 인력거로 다가와서 정중하게 말했다. 최익현은 아무 말 없이 인력거에서 내렸다. 그리고 사방을 둘러보았다. 함거에서 내린 임병찬 등 열세 사람의 애제자들은 이미 기차에 오르고 있었다. 그리고 멀리 일본군 헌병들에게 제지를 받는 유림들의 모습도 보였다.

"대감!"

사이토 중좌의 채근을 받으면서 면암 최익현은 부산으로 향하는 열차에 올랐다.

녹이 슨 듯한 기적 소리가 길게 울렸다. 열차는 서서히 움직이기 시작했다. 면암 최익현은 창밖으로 흘러가는 도성의 모습을 눈여겨 살핀다.

"다시 볼 수 없는 것을……."

면암 최익현은 중얼거렸다. 열차는 점차 속력을 높이고 있었다.

남행열차는 줄기차게 달렸다. 면암 최익현은 벼가 푸르게 자라고 있는 농촌의 한가로운 풍경을 바라보고 있었다. 그러나 최익현의 마음속은 이미 겨울의 빈 들판이었다. 싸늘한 북풍이 눈앞을 맴돌고 있었다.

열차가 부산역에 도착했다. 면암 최익현은 다시 인력거에 올랐다. 이번에는 면암 최익현의 의사와는 상관없이 검은 휘장이 내려지면서 인력거가 들렸다. 면암 최익현은 눈을 감았다.

1906년 7월 8일, 초량의 일본군 전용 부두에서 인력거가 멈췄다.

"대감, 내리시지요."

면암 최익현은 인력거에서 내렸다. 싱그러운 바다 냄새가 코끝을 스쳤다. 검푸르고 음산한 물결이 눈앞 가득히 펼쳐져 있었다. 파도 소리는 면암 최익현의 마음을 더욱 심란하게 했다.

임병찬을 비롯한 운명을 같이할 애제자들이 다가오는 것이 보였다. 최익현은 잔잔한 미소로 그들의 노고를 치하했다. 그들 누구도 입을 열고자 하지 않았다. 일행은 천천히 걸어서 배가 매어진 선창으로 향했다.

면암 최익현은 철썩이는 검은 파도를 바라보고 있다가 임병찬에게 몸을 돌렸다.

"임 낙안……."

얼마 만에 들어보는 스승의 목소리인가. 임병찬의 얼굴에는 감동이 물결치고 있었다.

"예, 대감."

"어디 가서 물 한 동이 받아 오게나."

임병찬은 무슨 말인지 얼른 이해하지 못했다. 곧 나라를 떠나야 할 절박한 상황인데, 물 한 동이를 떠오라니……

"물 한 동이라니요……, 어디에 쓰시게요?"

면암 최익현의 얼굴에 함박웃음이 담겼다. 그의 대답도 웃음처럼 들렸다.

"물이야 마시자고 떠오는 것이지, 허허허, 지금 목욕을 할 처지는 아니질 않는가."

면암 최익현의 성품을 누구보다도 잘 알고 있는 임병찬으로서는 스승의 당부에 더는 말꼬리를 달지 않았다.

"알겠습니다."

임병찬이 멀어지자 면암 최익현은 몸을 숙이며 그 자리에 앉았다. 문도들은 또 무슨 일인가 싶었다. 면암 최익현은 대님을 풀고 버선을 벗었다. 그리고 바닥에 깔린 모래를 한 움큼 집어서 버선에 넣었다. 버선 바닥에 모래를 깔고 다시 그 버선을 신은 면암 최익현의 모습은 더없이 비장해 보였다. 면암 최익현의 그런 모습을 지켜보는 제자들은 한결같이 어리둥절해했다.

사이토 중좌가 몸을 일으키는 최익현에게 다가섰다.

"대감, 출항 준비되었습니다."

"음, 가야지."

면암 최익현은 성큼성큼 발걸음을 옮겼다. 문도들은 말없이 스승의 뒤를 따랐다.

"대감, 가시지 마오소서. 가시면 아니 되옵니다."

"대감마님……!"

어디서 소문을 들었는지 부산 지역의 유생들이 달려오면서 소리치고 있었다. 면암 최익현은 뒤돌아보지 않고 걸었다. 문도들은 스승의 비감이 가슴으로 전해지는 것을 느꼈다.

"대감, 가지 마소서!"

"가시면 아니 됩니다."

탕, 탕, 탕……. 총소리가 들렸다. 면암 최익현과 열세 사람의 애제자들이 일제히 몸을 돌렸다. 사이토 중좌가 다급하게 다가서면서 말했다.

"대감, 심려 마십시오. 공포탄입니다."

면암 최익현의 얼굴에 눈물 줄기가 흘러내렸다. 그는 통한의 한숨을 쏟으며 호송선에 올랐다. 그리고 뱃전을 잡고 부두 쪽을 바라보았다. 아우성치는 유림들 사이로 물동이를 든 임병찬이 뒤뚱뒤뚱 달려오는 것이 보였다.

임병찬이 호송선에 오르자 사이토 중좌가 최익현을 향해 거수경례를 보냈다.

"출발하겠습니다."

뱃고동 소리가 울리면서 호송선이 움직이기 시작했다. 초량의 선창이 멀어지기 시작했다. 호송선은 속력을 높이면서 부산항의 내항을 빠져나가기 시작했다. 태종대의 언덕이 까마득히 멀어지고 있었다. 최익현은 뱃전을 잡은 채 움직이지 않았다. 거기, 멀어지는 산천이 최익현에게는 다시 보지 못할 고국산천이 아니겠는가.

"임 낙안……."

"예, 대감."

"아무리 아름다워도 내게는 마지막 바라보는 고국산천이 될 것이네."

"당치 않으십니다. 대감의 귀국길도 시생이 모실 것이옵니다."

"아니야……, 그렇지가 않아."

면암 최익현의 눈언저리가 젖어들었다.

"……하나, 내 살아서 돌아올 수만 있다면……, 다시는 이 땅을 떠나지 않을 것일세."

면암 최익현의 얼굴에 회한의 눈물이 흘렀다. 만에 하나라도 다시 돌아올 수 있다면, 다시는 떠나지 않을 것이라는 면암 최익현의 회한은 제자들의 가슴속으로 절절하게 전해지고 있었다.

아득한 수평선 위로 면암 최익현과 13명의 제자들을 태운 대마도행 호송선이 위태롭게 떠가고 있다. 날이 저물기 시작하면서 시뻘건 노을이 바다와 하늘을 같은 색으로 물들였다. 역광을 받아 검게 보이는 호송선은 점점 작아지더니 바다 너머로 사라져 갔다.

면암 최익현 일행이 대마도 이즈하라嚴原의 아소만에 도착한 것은 양력으로 8월 18일 7시경이었다. 이 뱃길은 예로부터 풍랑이 심했는데, 일본 측 기록에 의하면 이날만은 지극히 평온했다고 적혀 있다.

면암 최익현 일행은 대마도 경비병들의 호위를 받으면서 이즈하라의 시내로 옮겨졌다. 이즈하라는 대마도에서 가장 큰 도시, 물론 일본군 경비대의 본부가 있는 곳이었다. 면암 최익현과 그의 제자들은 이즈하라 일본군 수비대가 사용하고 있는 잠업교사蠶業教師의 사택에 도착했다. 사택은 전형적인 일본식 가옥이었다.

면암 최익현의 도착을 기다리던 대마도의 일본군 수비대장 구리하라栗原 소좌가 댓돌에 올라서면서 거만한 어조로 입을 열었다.

"선생의 명성은 익히 알고 있으나……, 여긴 조선 땅이 아닌 일본 땅이오. 선생의 지명도가 아무리 높아도 여기서는 알아줄 사람이 단 한 사람도 없을 것이오!"

구리하라 소좌의 언동은 오만방자했다. 임병찬의 얼굴에 분노의 물결이 일었다.

"선생은 오늘부터 일본의 물을 마시고……, 일본 쌀로 지은 밥을 먹게 될 것이 분명하다면, 선생은 내 명을 하늘처럼 받들어야 할 것이 아니오?"

임병찬이 거칠게 손을 들었다. 그의 손가락이 구리하라 소좌의 얼굴을 후릴 듯이 뻗어 있었다.

"말을 삼가라. 감히 어느 안전이라고!"

구리하라 소좌는 임병찬은 안중에도 없다는 듯 면암 최익현을 보면서 다시 비아냥거렸다.

"선생……. 왜, 내 말이 틀렸소이까!"

면암 최익현은 너털웃음을 웃었다. 그리고 온화한 얼굴로 입을 열었다.

"허허허, 틀릴 까닭이 있나. 하나 내 이럴 줄 알고 조선을 떠날 때 이미 물 한 동이를 받아 왔느니……."

"……아!"

임병찬은 그제야 스승의 고매한 인품에 다시 감동했다. 물 한 동이에 그런 엄청난 뜻이 담겨 있었던가. 그리고 초량 길바닥에 앉아서 버선 바닥에 모래를 깔던 스승의 모습을 떠올렸다.

지금, 일본군 경비대 잠업 교사의 집 마당에 서 있는 최익현은 일본 땅을 딛고 있었어도 조선의 흙을 밟고 있다. 감히 누가 그의 당당함을 당해 낼 수가 있을까.

"하여, 오늘 이후 나는 일본 쌀 한 톨은 물론, 일본 물 한 방울도 입에 대지 않을 것이니, 내게 이래라 저래라 하지 마라. 알아들었느냐!”

“……!”

구리하라 소좌는 몸 둘 바를 몰랐다. 혹 떼려다 혹 붙인 꼴이 되고 말았기 때문이다. 면암 최익현은 구리하라 소좌를 지나쳐 방으로 들어갔다. 구리하라 소좌는 당황스러워하는 표정이 얼굴에 역력했다.

임병찬은 걱정이 되었다. 면암 최익현의 올곧은 기품이야 세상이 다 아는 일이지만, 칠십 노구를 이끌고 적지에 잡혀 온 처지다. 적지의 땅을 밟지 아니하고, 단 한 모금의 물도 입에 대지 않겠다면 단식을 결심한 게 분명하다.

그날 밤, 촛불이 타고 있는 다다미방에서 면암 최익현은 저녁상을 받았다. 밥상 주위로 임병찬 등 제자들이 둘러앉아 걱정스러운 눈빛으로 스승 최익현을 지켜보고 있었다. 면암 최익현은 눈을 감고 석상처럼 앉아 있을 뿐이었다.

임병찬이 수저를 들어 스승 최익현에게 건네며 말했다.

“대감, 단식이라니요, 당치 않으십니다.”

면암 최익현은 조용하면서도 단호한 목소리로 말했다.

“나는 먹지 않을 것이니라.”

임병찬과 제자들은 자세를 고쳐 앉았다. 임병찬이 그들의 뜻을 모아 간곡히 아뢰었다.

“대감, 연로하신 대감께서 단식을 하오시면······.”

면암 최익현은 임병찬의 말을 자르며 더욱 단호해진 목소리로 말했다.

“내 어찌 일본 물과 일본 쌀을 먹으면서 구차하게 연명할 것이더냐. 이미 떠나올 때 다짐했던 일이니 내게 맡겨 두면 될 일일 것이야.”

임병찬은 들고 있던 수저를 밥상에 내려놓았다.

“대감의 뜻이 정히 그러하시다면 저희들도 함께 단식하겠습니다.”

면암 최익현은 소리 내어 웃었다. 허탈한 웃음이었다.

“허허허, 이렇게 딱한 사람들을 보았나. 너희가 나와 함께 단식하다 죽으면······, 내 시신은 누가 조선 땅으로 실어 가고!”

“대감!”

임병찬이 고개를 떨구면서 흐느꼈다. 그것을 신호로 꿇어앉은 문도들의 울음이 터져 올랐다. 면암 최익현은 아무 움직임도 없이 그대로 앉아 있었다.

국권이 허물어진 도성 거리에는 음산한 바람이 불었다.

운종 거리를 빠르게 달리는 인력거 안에 양장 차림의 이옥경이 권련을 피워 물고 있다. 열 살 정도 된 아이들이 골목에 숨어 있다가 이옥경이 탄 인력거를 향해 달려 나오면서 돌멩이를 던졌다. 턱, 돌멩이는 인력거의 휘장에 정통으로 날아든다.

"당장 멈춰서 저놈들을 잡지 않고 뭘 꾸물거리는가!"

"예, 마님."

인력거꾼은 빠른 걸음으로 아이들을 향해 달린다. 아이들은 인력거꾼이 달려오는 것을 보면서 순식간에 뿔뿔이 흩어졌으나, 걸음이 느린 아이 하나가 인력거꾼에게 목덜미를 잡혔다.

인력거에서 내려 있던 이옥경은 인력거꾼이 잡아 온 아이에게 사정없이 따귀를 때리며 소리쳤다.

"이 못된 놈! 네 아비가 누구냐?"

아이는 눈을 똑바로 뜨고 대답했다.

"비록 아비 없는 후레자식이지만……, 나라가 무엇인지를 알아요!"

"이런 요망한 주둥이를 보았나!"

이옥경은 다시 손을 번쩍 들었으나, 아이의 목소리는 분노에 떨고 있었다.

"아무렴 매국한 돈으로 노름하러 다니는 고관 댁 마나님만 못하겠습니까?"

"아니……, 이런 후레자식을. 여보게, 이놈을 주재소로 끌고 가게!"

이옥경은 호통치듯 말했으나 인력거꾼은 사정하듯 대꾸한다.

"마님……, 손탁 호텔까지는 길이 멉니다요."

이옥경은 분했지만 어쩔 수가 없었다. 그녀는 배정자가 주최하는 연회에 참석하기 위해 손탁 호텔로 가고 있는 길이었다.

"못된 놈, 오늘 운 좋은 줄 알아라. 서둘게."

이옥경은 투덜거리면서 인력거에 올랐다. 인력거는 빠른 속도로 달리기 시작했다. 달아났던 아이들 모습이 다시 보였다. 인력거꾼은 그들에게 기회라도 주려는 듯 속도를 늦추었다. 아니나 다를까, 이번에는 돌이 아닌 다른 물체가 날아오면서 이옥경의 얼굴을 정확하게 때렸다. 똥덩이었다.

"아, 아……, 이 냄새는?"

인력거꾼은 인력거를 세우고 아이들을 향해 달리는 시늉을 했다. 이옥경이 벼락치듯 소리를 질렀다.

"아, 어딜 가. 어서 집에 가서 옷 갈아입어야지!"

다시 돌아온 인력거꾼은 굽실굽실 허리를 굽히면서 인력거를 몰았다. 인력거는 고약한 냄새를 풍기면서 오던 길을 다시 달리고 있었다.

도성 거리는 이들 친일 각료 부인들의 사치와 방종으로 조용할 날이 없었다. 「한일의정서」 체결에 앞장섰던 정부 고관들의 부인들은 일본제국으로부터 받은 엄청난 하사금을 도박으로 탕진하는 등 호화롭고 부패한 상류사회를 형성해 가고 있었다. 외부대신·궁내부대신·내부대신·학부대신의 부인 등을 밖으로 불러낸 여인들 또한 일본 여성들이었다.

통감부 고위간부 하기와라 슈이치의 처와 일본 관원 구니와
케 쇼타로의 처 등은 배정자의 수하가 되어 조선 대관들의 내당
부인들을 손탁 호텔로 불러냈다. 달콤한 포도주에 곁들인 서양
요리는 이들을 황홀하게 했다.

매국하는 지아비의 뒤를 따르려는가. 이들 조선의 고관부인
들은 조선통감부의 관원 부인들과 어울려 ‘한일부인회’를 조직
하여 나라를 파는 일에 앞장서자, 뜻있는 사람들은 이를 ‘매국
부인회’로 불렀다.

김은영은 정순의 뒤를 따라 배정자의 응접간으로 들었다.

“이모, 은영이가 이모의 말을 따르겠대요.”

“오, 그래. 진작 그랬으면 고생을 덜했을 게 아니냐.”

“죄송합니다.”

김은영의 눈물방울이 탁자에 떨어지면서 번져 나갔다. 배정
자는 입가에 비수와도 같은 웃음을 담으며 물었다.

“네 소망이 헌병대에 갇혀 있는 문흥식을 풀어 주는 것이라고
했더냐?”

“예……!”

김은영의 대답은 그대로 흐느낌이었다.

“너도 나와의 약조를 지켜야 할 것이니라. 오바 도시오의 곁
으로 가더라도 네가 처녀라는 사실…….”

듣기가 민망했는지 정순이가 은영의 대답을 대신했다.

"예, 그렇게 하겠대요."

"호호호. 정순인 어서 데리고 나가서 새 옷으로 갈아입혀라."

김은영은 몸을 일으켜 깊게 허리를 숙여 보였다. 눈물을 보이기가 싫어서다. 강물처럼 쏟아져 흐르는 눈물, 김은영은 눈물이 멈추질 않았다.

그리고 며칠 후, 헌병대 사령부 후문으로 나오는 문흥식의 모습은 그대로 목불인견이었다. 윤민호와 박상인이 그를 기다리고 있었다. 그들은 이정순으로부터 오늘 문흥식이 석방될 것이라는 소식만 들었을 뿐……, 그 뒤에 김은영의 희생이 있다는 사실은 까맣게 모르고 있었다.

면암 최익현이 대마도의 이즈하라에 머문 지도 어언 보름이 넘었으나, 초량에서 가져온 물로만 연명을 할 뿐, 일본 쌀로 지은 세 끼의 밥은 고사하고 단 한 방울의 일본 물도 마시지 않았다.

"어떻게 된 거야. 아직도 단식인가?"

경비대장 구리하라 소좌가 황급하게 마당을 들어서면서 소리쳤다. 그 뒤를 군의관이 쫓아오고 있었다. 마당을 서성이던 열세 사람의 애제자들은 구리하라 소좌에게 눈길 한 번 주지 않았다. 면암 최익현의 단식이 그의 오만에서 비롯되었다고 생각한 탓이다.

　면암 최익현의 얼굴은 무척 초췌해 보였고, 임병찬이 곁을 지키고 있었다.

　"대감, 기력을 회복하셔야지요. 모두들 걱정하고 있사옵니다."

　"내게 맡겨 두라 하지 않았는가……."

　면암 최익현은 잔기침을 내뱉었다. 문이 벌컥 열리며 구리하라 소좌가 들어섰다. 군의관이 조심스럽게 그의 뒤를 따랐다.

　"비켜라!"

　구리하라 소좌는 임병찬을 옆으로 밀쳐 내고 고함을 질렀다.

　"대체 왜 이 고집이시오? 밥도 안 먹는다, 물도 안 마신다, 게다가 내가 보낸 군의관의 진료까지 거부하다니!"

　군의관은 난감한 표정으로 구리하라 소좌의 뒤에 서 있었다. 면암 최익현은 조용히 눈을 감는다. 상종을 하지 않겠다는 뜻일 것이다. 구리하라 소좌는 군의관을 돌아보며 소리쳤다.

　"군의관, 어서 진찰을 시작하라."

　군의관은 청진기를 꺼내 들고 무릎을 꿇었다. 면암 최익현은 버럭 마른 고함을 질렀다.

　"썩 물러가지 못하겠느냐!"

　군의관은 청진기를 말아 쥐며 면암 최익현의 안색을 살폈다.

　"대감."

　"물러가라 일렀거늘, 너희의 식음을 전폐하였는데 너의 진료를 받는대서야 말이 되느냐. 내가 기다리는 것은 오직 죽음뿐이니라. 알았으면 물러가렸다."

군의관은 난감해서 어쩔 줄 모르며 구리하라 소좌를 바라보
았다.

"지독해. 노인의 고집이 너무 지독하다니까!"

구리하라 소좌는 바닥을 내려치며 몸을 일으켰다. 그리고 혀
를 내두르며 튕겨지듯 방을 나갔다. 군의관은 면암 최익현에게
가까이 다가앉으며 안타까운 듯 말했다.

"대감, 기력이 쇠진하셨다니까요."

면암 최익현은 숨을 고르며 천천히 대답했다.

"자네의 성의만은 고맙게 받겠네."

군의관은 물끄러미 면암 최익현을 내려다보다가 조용히 물러
간다. 군의관이 나가자 면암 최익현이 천천히 앙상한 손을 들었
다. 임병찬은 스승 최익현의 야위고 마른 손을 모아 쥐며 눈물을
글썽거렸다.

"대감, 부디 힘을 내십시오."

면암 최익현은 마른 입술을 침으로 적시며 말했다.

"지필묵을 준비해 주었으면 좋겠으이……."

임병찬은 소리를 죽여 흐느끼며 스승 최익현의 손을 놓았다.
그리고 먹을 갈기 시작했다. 아주 천천히 그리고 정성스럽게 갈
았다.

"대감, 지필묵 대령했습니다."

면암 최익현은 칼칼한 목소리로 말했다.

"나를 좀 일으켜 주게나."

임병찬은 말라서 가벼운 면암 최익현의 몸을 일으켜 앉혔다. 최익현은 옷매무새를 가다듬고 머리를 쓰다듬었다. 임병찬이 종이를 펼친 상을 앞으로 가져다 놓자 최익현은 잔기침을 쉴 새 없이 뱉었다. 기침이 어느 정도 진정되자 최익현은 종이를 한참 동안 들여다보았다. 그리고 마침내 붓을 들었다.

죽음에 임한 신 최익현은 일본 대마도 경비대 안에서 삼가 서쪽으로 향하여 머리를 조아려 절을 올리옵고 상소를 올리옵니다. 의병을 일으킨다는 말씀은 대략 갖추어서 이미 금년 4월, 일을 시작할 때 상소로 갖추어 올렸사옵니다. 그 상소를 받아 보셨는지 여부는 신이 아직 알지 못하고 있사옵니다. 다만 신은 나라를 기어코 일으켜보려 하였으나 부정적인 대신놈들과 일본놈들의 강탈로 마침내 사로잡히는 욕을 당하였고, 그리하여 금년 8월 18일 일본 대마도의 이른바 저들의 경비대 안에 잡혀 와 갇혀 있는 중이옵니다. 이곳에 도착하자 저들은 강제로 신의 머리털을 깎으려 했고, 간교한 말로써 신을 회유하려 하고 있습니다. 순순히 머리를 깎는다는 것은 신 최익현의 자존심을 떠나서 우리 조선의 얼을 빼앗기는 것이고, 적정은 실로 헤아릴 수 없으나 저들은 반드시 신을 죽이고야 말 것이옵니다. 다시 엎드려 생각하옵건대신이 이곳에 들어온 이래 한 숟갈의 밥이나 한 모금의 물도 모두 저들의 손으로부터 나온 것인즉, 설사 저들이 신을 죽이려 하지 않는다 하여도 신은 차마 그것을 먹고 입과 배로써 더럽힘을 받을 수가 없사옵니다. 그러므로 먹기를 거부함으로써 고인古人들이 스스로 죽음을 택했듯이 선왕께 헌신하던 의를 신도 택하기로 하였사옵니다.

신의 나이 이제 74세, 죽은들 그 무엇이 애석하겠사옵니까. 다만 역적을 토벌하지 못하고 왜적을 섬멸하지 못하였으며, 국권을 회복하지 못하고, 강토를 찾지 못해서 이 나라의 4천년 문명 정도가 시궁창에 빠졌는데도 붙잡지 못하고, 삼천리 적자들이 어육이 되었는데도 구하지 못하였으니 이것이 바로 신이 비록 죽는다 해도 눈감을 수 없는 점인 것이옵니다. 그러나 신이 생각하옵건대 왜적에게는 반드시 망하고 말 징조가 있으니 그것은 이제 멀어야 수년밖에 남지 않았사옵니다. 다만 우리가 대응하는 방법이 그 도리를 다하지 못할 것을 우려하옵니다.

바라건대 폐하께서는 국사가 어찌할 수 없게 되었다 하지 마시고, 건강乾剛의 덕을 분발하시고 성지를 확립하여 퇴미한 것을 떨치시고, 인순에서 깨어나 참아서 안 될 일을 참지 마시고, 믿어서 안 될 일을 믿지 마시고, 일본놈들의 헛된 위세를 지나치게 겁내지 마시고, 간신들의 아첨하는 말을 달게 듣지 마시고, 외세에 대하여는 더욱 자주의 정신을 굳건히 하시와 의뢰하는 마음을 영원

히 끊으시고, 더욱 와신상담의 뜻을 돈독히 하시와 스스로 닦아
내는 방법을 강구하시고, 뛰어난 인물들을 골라 군민으로 잘 길
으시고, 그렇게 하시면 본래부터 모두 임금을 높이고, 나라를 사
랑하는 우리 백성들의 마음은 어찌 폐하를 위해 죽을 힘을 내어
싸우지 않을 것이며, 왜놈들에 대한 큰 원수를 갚고 심한 치욕을
씻으려 하지 않겠사옵니까.

오직 폐하의 마음 하나에 매어사옵니다.

엎드려 바라옵건대, 폐하께옵서 신의 죽음에 임박한 이 말을 조
금도 소홀히 여기지 말아 주시옵소서. 신은 죽어 땅속에 들어서
도 역시 두손을 모으고 기다리겠습니다. 신은 지금 죽어도 한이
없습니다. 다만 신의 뜻이 폐하께 전달만 된다면 여한이 없습니
다. 함께 구금된 전 군수 신 임병찬에게 기억했다가 신이 죽거들
랑 폐하께 올리라 하였습니다. 세상의 형평을 살펴 그 가운데서
할 일을 선택하오소서.

면암 최익현은 붓을 놓더니 어지러운 듯 머리를 짚었다. 임병
찬은 휘청거리는 스승 최익현을 안으며 소리쳤다.

"대감!"

면암 최익현은 희미하게 웃으며 임병찬을 바라보았다.

"아니야. 난 아직 괜찮네. 나를 눕혀 주게."

임병찬은 놀란 가슴을 쓸어내리며 한숨을 내쉬었다. 그리고

아주 조심스럽게 면암 최익현을 자리에 눕혔다.

경비대로 돌아온 구리하라 소좌는 통신실로 달려갔다. 잡담을 하고 있던 통신병들은 화들짝 놀라 자리에서 벌떡 일어났다.

"뭐하고 자빠졌나!"

구리하라 소좌는 통신병의 머리를 쥐어박으면서 종이쪽지를 책상 위에 올려놓았다.

"당장 무전을 치란 말이다!"

통신병은 얼른 의자에 앉아 종이에 적힌 내용을 모스 부호로 타전하기 시작했다.

조선통감 이토 히로부미는 손탁 호텔 별실에서 배정자와 마주 앉아 있었다.

"허허허. 조선 대관들의 내당이 떠들썩하다고. 그 한일부인회라는 것을 보다 활성화할 필요가 있겠어."

"아버지, 걱정 마세요. 바깥출입이 무엇인지를 모르고 있던 고관 댁 마나님들이라 요즘은 사교춤까지 배우겠다고 아우성입니다."

"오, 그렇지. 사교춤을 가르친다면 더 많은 마나님들이 밖으로 뛰쳐나올 것이 아닌가. 응, 허허허."

노크 소리가 났다. 배정자가 일어서서 문을 열었다. 하세가와 대장이 들어왔다. 이토 히로부미의 얼굴에 긴장감이 돌았다. 하세가와 대장이 직접 나타날 만큼 급박한 사정이 있는 것인가.

“대마도로 보낸 최익현이 단식을 하고 있답니다, 각하.”

“단식……, 면암은 칠십 고령이야.”

“그렇습니다, 각하.”

이토 히로부미는 면암 최익현의 단식 소식에 곤혹스러움을 감추질 못했다. 뜻하지 않았던 돌발사태가 아니고 무엇인가. 하세가와 대장은 이토 히로부미의 안색을 살피면서 조용히 부연했다.

“초량을 떠날 때 물 한 동이를 가지고 갔다 합니다.”

이토 히로부미는 탁자를 내리쳤다.

“그렇다면 계획된 단식이 아닌가?”

“그렇습니다. 특단의 조처가 있지 않고서는 대책이 없을 것으로 보입니다, 각하.”

이토 히로부미는 자리에서 벌떡 일어났다.

“굶어서 죽겠다는데 특단은 무슨 특단이야!”

하세가와 대장은 깜짝 놀랐다.

이토 히로부미가 진실로 면암 최익현을 존경하고 있다는 사실을 알고 있었기 때문이다. 아니나 다를까, 창가를 한 바퀴 서성이던 이토 히로부미가 다시 탁자로 다가왔다.

“면암이 굶어서 죽는 것은 조선 천지 모두가 굶어서 죽는 것이나 다름이 없어. 그런 악수를 둘 수야 없지……. 정산에 인편을 보내서 면암의 자제를 대마도에 보내는 것이 최선이야.”

하세가와 대장은 즉시 반발했다.

"각하, 그건 굴욕입니다."

이토 히로부미는 정색한 얼굴로 하세가와 대장을 쏘아보며 말했다.

"만에 하나라도 면암이 굶어서 죽는다면……, 그 다음에 올 부담은 누구도 감당하기가 어려워. 이래도 내 말을 알아듣질 못하겠는가."

"……끔!"

하세가와 대장은 심기가 불편하다는 표정을 감추려 하지 않았다. 이토 히로부미는 더욱 여유 있게 웃으며 말했다.

"어려운 때일수록 먼 길을 돌아가라는 말처럼 명언은 없어. 면암의 자제로 하여금 대마도로 건너가 부친의 간병에 임하도록 조처하는 것이 최선이야. 그리고 면암의 자제에게 모든 편의를 제공하고 지원을 아끼지 말아야 할 것이야. 서둘러!"

하세가와 대장은 이를 악물며 대답했다.

"예, 각하."

하세가와 대장이 방을 나가자 이토는 큰 한숨을 놓았다. 그의 얼굴에 담겨지는 어두운 그림자를 배정자는 똑똑히 보았다.

정산 최익현의 집으로 사이드카 한 대가 달려왔다. 핸들을 잡고 있던 마쓰모토 대위가 뛰어내리며 사이토 중좌에게 말했다.

"여깁니다."

사이토 중좌는 불문곡직하고 대문을 향해 걸었다. 마쓰모토 대위가 주먹으로 대문을 쾅쾅 치면서 소리쳤다.

"최 선생, 최 선생 계시오?"

잠시 후, 대문이 열리면서 문흥식이 나왔다. 사람의 형상이 아니라 악귀의 형상이었다. 움푹 파인 두 눈에서는 귀기까지 흘러나온다. 원수는 외나무다리에서 만난다더니, 문흥식이 죽기로 작정하고 두 사람에게 달려든다면 누구도 그 승패를 장담하지 못한다. 마쓰모토 대위가 주춤거리자 사이토 중좌가 입을 열었다.

"대마도 소식이다. 최 선생에게 인도하라!"

참아야 한다. 대마도 소식이라면 더욱 참을 수밖에 없다.

"따르시오!"

사이토 중좌와 마쓰모토 대위는 최영조의 거처인 중사랑으로 인도되었다. 최영조는 문흥식의 창백해진 얼굴을 보면서 참아 주기를 바라며 눈짓을 보냈다.

"불길한 소식이오만, 대마도에 계신 최익현 선생께서 단식을 한다는 소식이 있었소."

최영조는 다짜고짜 따져 물었다.

"단식이라니, 대체 그 기간이 얼마나 되었다는 말인가!"

사이토 중좌는 배석한 문흥식이 마음에 걸렸으나, 사태의 심각함을 모르지는 않았다.

“조선에서 떠 간 물만 마셨다는 풍문이오.”

“이런 못된 것들이 있나. 아버님께서 단식을 하신다면, 당장 돌아오시게 할 일이지. 내겐 뭣하러 와!”

최영조의 목소리가 쩌렁하게 울리자 마쓰모토 대위의 손이 본능적으로 권총으로 옮겨 가는 등 긴장된 분위기가 고조되었다.

사이토 중좌는 화두를 앞당길 필요가 있다고 생각했다. 그것이 서로의 감정을 자극하지 않고 얘기를 풀어 가는 유일한 방법이 될 것이기 때문이다.

“해서, 최 선생께서 대마도로 건너가 주신다면 그 모든 편의는 통감부에서 제공할 것이라는 이토 각하의 하명을 전하러 왔소.”

최영조는 잠깐 생각에 잠겼다. 문흥식은 흥분을 가라앉힐 수 없었다.

“그따위 눈 가리고 아옹 하는 식으로 일이 해결될 것 같소이까. 당장 방면하면 되질 않소. 우리가 선생님을 모시러 가면 모를까. 간다 한들 무슨 재주로 선생님의 단식을 막아요!”

최영조가 문흥식의 손을 잡으면서 말했다.

“그만 되었으이.”

“되다니요, 뭐가요!”

최영조는 사이토 중좌를 쏘아보며 물었다.

“내가 대마도로 가겠소. 그러나 조건이 있소.”

“말하시오.”

최영조는 마치 준비하고 있었던 사람처럼 말했다.

"아버님이 드실 보약을 지어 가겠소."

"좋소. 허락하겠소."

"나 혼자서는 아니 갈 것이오. 적어도 세 사람은 나와 함께 갈 수 있어야 할 것이오!"

"허가하겠소."

"마지막 조건이오. 쌀과 반찬도 가지고 가야겠소."

"좋도록 하시오. 그리고 가급적이면 빠른 시간 안에 출발하도록 하시오."

그 말이 최영조와 문흥식의 가슴에 대못을 박는 것처럼 들렸다. 최익현이 위중하다는 뜻이 담겨 있을지도 모른다는 생각 때문이다.

다음 날 아침, 최영조는 어머님 한씨의 거처에서 하직 인사를 올렸다. 한씨는 아들 영조에게 눈물을 보이지 않으려고 애쓰는 모습이었다. 며느리 임씨는 곁에 앉아서 옷고름으로 눈물을 찍어 내고 있었다.

"어머님, 소자가 다녀오게 되었는데 무슨 걱정이 있겠사옵니까? 게다가 흥식이도 함께 가기로 한걸요."

한씨는 담담하게 말했다.

"아비의 효성도, 그 어른의 심기도 내가 알기에 하는 소리야."

"쌀도 보약도 넉넉하게 가지고 가니 걱정 마십시오."

한씨는 한숨을 길게 내쉬었다.

"나는 안다. 그 어른의 단식이 무엇을 뜻하는지……."

그때 문밖에서 손부 김씨의 소리가 들렸다.

"아버님, 접니다."

"그래, 들어오너라."

김씨가 단정하게 들어와 앉으며 편지 봉투를 영조의 앞으로 밀어 놓았다.

"소녀, 할아버님께 올리는 서찰을 적었사옵니다. 번거로우시더라도……."

"허허허, 번거로울 게 뭐가 있어. 할아버님께서 얼마나 기뻐하시겠느냐?"

김씨는 고개를 들지 못했다.

"감읍하옵니다, 아버님."

그런 모습을 지켜보면서 한씨는 쓸쓸하게 웃었다. 대마도에서 단식하고 있는 최익현이 보약보다도, 더 기뻐할 것은 손부의 편지일 것임을 알고 있어서다.

아름다운 순국

최영조와 문홍식 그리고 윤민호 세 사람이 대마도로 향하는 바닷길은 몹시도 험하고 힘든 항로였다. 현해탄의 검은 파도는 너울과도 같이 넘실거렸고, 휘몰아치는 겨울 비바람은 모질고 차가웠다. 기선급이라는 우편선도 한낱 나뭇잎과 같이 출렁거렸다. 뱃멀미에 시달린 세 사람은 파김치가 된 몸으로 겨우 이즈하라 항에 도착했다. 이미 다음 날 한밤중이었다.

"어서 오시오. 고생하셨을 것으로 압니다."

대마도 경비대장 구리하라 소좌가 선창에 마중을 나와 있었다. 구리하라 소좌는 병사들에게 짐을 옮기라고 지시했다. 그러나 문홍식이 으르렁거리며 짐에 손도 못 대게 했다.

"너희들이 손을 댄다면 선생께서 입을 대실 것 같으냐!"

일본군 사병들이 그 서슬에 한 발 물러나자 세 사람은 짐을 나눠 지고 구리하라 소좌의 뒤를 따라 잠업 교사의 집으로 향했다. 잠업 교사의 집은 나직한 언덕 위에 자리하고 있었다. 사람들의 기척은 없었어도 한 줄기 희미한 불빛이 방 안에서 흘러나오고 있었다.

“저기요. 이젠 당신들끼리 가시오.”

구리하라 소좌는 못마땅한 표정으로 집 입구에서 발길을 돌렸다. 세 사람은 조심조심 잠업 교사의 집 마당으로 들어섰다.

“계시오?”

방 안에 있던 임병찬은 붓을 멈추었다. 그러나 잘못 들은 것이라 생각하고 다시 손을 놀리려는 순간, 방 밖에서 두런두런 조선말이 들리면서 인기척이 울린다. 임병찬은 붓을 놓고 방문을 열었다. 최영조와 문흥식이 어둠 속에 서 있었다. 그리고 그 뒤로 윤민호가 서 있었다.

“아, 아니, 이 사람들아……!”

이게 꿈인가 생시인가. 임병찬은 맨발로 뛰어 내려가 세 사람의 손을 돌아가면서 잡고 감격에 겨워한다.

“대장님, 그동안 고초가 크셨습니다.”

최영조의 말에 임병찬은 오히려 미안한 표정을 지었다.

“고초는 무슨……, 아무리 생각해도 잘못 모시는 것 같아서……. 어서 들게나. 조금 전 잠이 드셨네.”

임병찬은 세 사람을 이끌 듯이 방으로 들었다. 면암 최익현은 죽은 듯 잠이 들어 있었다. 숨소리조차 들리지 않는 것 같아 최영조는 덜컥 겁이 났다. 최영조는 임병찬을 바라보면서 눈으로 묻는다. 평소에도 이렇게 잠드시는지가 궁금해서다.

"걱정 마시게. 그래도 정신은 맑으시다네."

최영조는 천천히 아버지 최익현 곁으로 다가갔다. 몹시 수척해서 피골이 상접한 아버지의 모습을 최영조는 차마 바로 볼 수가 없었다.

"아버님……."

최영조는 아버지 최익현의 손을 잡아서 볼에 대었다. 뼈만 남은 듯 까칠한 아버지의 손이 최영조의 가슴을 갈기갈기 찢어 놓는다. 그때 아버지 최익현의 손가락이 움직였다. 최영조는 잡았던 손을 내리면서 아버지의 얼굴을 살폈다. 면암 최익현은 힘겹게 눈을 뜨고 있었다.

"아버님, 소자가 왔사옵니다."

"……오!"

면암 최익현은 겨우 입을 열었다. 목소리에도 기력은 없었다. 문흥식은 너무나 약해진 스승 최익현의 모습을 지켜보면서 분노와 참담함을 금할 길이 없었다. 그는 울부짖듯 말했다.

"선생님, 흥식이옵니다. 흥식이가 왔사옵니다. 선생님……."

"오오, 왔느냐……, 왔으면 되었다."

문흥식은 눈물을 흘리며 겨우 말을 이어 나갔다.

"선생님이 너무 그립고 걱정되어 선생님께서 건너신 바다를 건넜사옵니다. 크으흐흐!"

문흥식의 굵은 눈물방울이 뚝뚝 떨어져 방바닥을 적신다. 윤민호는 눈물만 흘릴 뿐 할 말을 잃고 있다.

"정산의 가솔들은 모두들 무고하고……?"

최영조는 어머니 한씨의 의연한 모습을 전했다. 면암 최익현은 이미 알고 있다는 듯 얼굴에 온화한 미소를 담았다. 최영조는 보따리를 풀어서 손부 김씨가 쓴 편지를 꺼내 들었다.

"며늘아기가 올리는 서찰이옵니다. 읽어 올리리까."

면암 최익현의 얼굴이 활짝 피어난다.

"오, 아니다. 아니야……."

면암 최익현은 일어나고 싶다는 몸짓을 해 보인다. 임병찬은 재빨리 최익현을 부축해 일으켰다. 최영조가 손부 김씨의 편지를 최익현의 손에 들려 주었다. 손부의 편지를 펼쳐 드는 면암 최익현의 얼굴에는 화색이 돌았다.

임병찬은 등촉을 면암 최익현 쪽으로 옮겨 놓는다. 그리고 참으로 오랜만에 노스승의 얼굴에서 흐뭇해하는 모습을 볼 수가 있어 마음까지 안온해진다.

할아버님, 불효한 손부가 문안 여쭈옵니다.

격랑이 심하다는 해협 너머 머나먼 타국의 밤은 얼마나 차갑고

사나울까 걱정이 태산이오며, 밤마다 빈방에 불을 지피며 할아버님의 온기를 느끼고자 하옵니다만, 그 어떤 불길도 할아버님의 은혜에 미칠 수 없음이 안타까울 따름이옵니다.

할아버님, 곁에 계시면서 가르침을 주시던 할아버님의 목소리가 크나큰 위안이며 힘이었던 것을 이제야 알 것 같사온데, 옥체 미편하시다는 불길한 소식을 접함에 하늘이 무너지는 답답함이 가시질 아니하옵니다. 할아버님, 아무리 객지 음식이 입에 맞질 않으시더라도, 어지러운 나랏일을 생각하시어 더욱더 옥체를 보전하여 개선하시듯 돌아오시기를 두 손 모아 빌고 또 비옵니다.

아버님 갈 길이 바쁘시다기에 오늘은 이만 적어 어리고 미욱한 손부의 마음을 보내 올리옵니다. 부디 강령하소서.

면암 최익현의 노안에 물기가 스며들었다.

"허허허, 그새 어른이 되질 않았나……."

면암 최익현은 손부의 서찰을 고이 접어 자리 한쪽에 반듯하게 놓아 둔다. 그리고 방긋 미소 띤 얼굴로 천장을 가만히 올려다본다. 오랜만에 보는 노스승 최익현의 행복한 모습이었다. 임병찬은 소리 없이 일어나 자리를 떴다. 문흥식과 윤민호도 조심스럽게 임병찬의 뒤를 따랐다. 두 부자만의 오붓한 시간을 주려는 배려일 것이리라.

대마도 경비대의 구내에 있는 잠업 교사의 집에 오랜만에 활기가 돌았다. 조선에서 찾아온 세 사람이 고국의 소식을 생생하게 전해 주었기 때문이다. 그러나 이들이 무엇보다도 들뜬 것은 면암 최익현의 단식이 끝날지도 모른다는 기대 때문이었다. 면암 최익현의 아들 최영조가 간곡하게 고하고, 또 지근에 모시던 문흥식이 눈물겹게 고한다면 면암 최익현이 고집을 꺾을지도 모른다는 기대……, 더구나 오늘 아침은 조선에서 지어 온 보약을 올리는 날이다. 이 일은 구리하라 소좌를 비롯한 일본군 경비대 내에서도 큰 관심사가 되었다.

최영조는 정성스럽게 달인 탕제 소반을 들고 방으로 든다. 그의 얼굴은 상기되어 있었다. 문흥식이 방문을 열었다. 탕제 소반을 든 최영조가 앞장을 섰고, 임병찬과 문흥식이 뒤를 따랐다.

"아버님, 탕제이옵니다."

면암 최익현은 누운 채 약사발을 외면한다.

"선생님……."

문흥식이 울먹이듯 말했다.

"이젠 더 구차한 삶을 구걸하지 않을 것이니라."

임병찬이 다가앉으며 간곡하게 권했다.

"대감, 조선에서 온 탕제이옵니다."

면암 최익현의 입가에 잔잔한 웃음이 담겼다.

"허허허. 물까지도 가지고 올 것을 그랬나 보다."

물까지 조선에서 가지고 왔다면 보약을 들겠다는 뜻인가. 어림없는 소리. 면암 최익현의 심지는 이미 굳어진 지 오래였고, 그 굳어진 심지가 변하지 않을 것임을 모두 알고 있음에도 오늘은 모두 안타까울 뿐이다.

"선생님, 옥체를 보존하셔야지요. 그래야 저희들 후학들에게 귀한 가르침을 주실 것이 아니겠사옵니까?"

"그러하옵니다, 아버님."

면암 최익현은 다시 눈을 감았다. 아무 회한도, 아무 미련도 남기지 않으려는 지극히 평온한 얼굴이었다.

"그만 물립시다."

최영조가 말했다. 아버지 최익현을 향한 지극한 효성이 있었어도 이 단식을 거두게 할 수는 없다고 판단한 때문이 아니겠는가. 그러나 때가 되면 진짓상은 올려졌고, 보약 소반도 거르는 일이 없었다. 허황한 일이라고 느껴질 만큼 같은 반복이 끊임없이 이어지고 있었어도 아무 변화는 없었다.

문흥식은 마루에 앉아 짐 꾸러미에서 커다란 천을 꺼내 펼쳐 놓았다. 그리고 준비해 온 물감 접시도 늘어놓았다. 누가 보아도 그림을 그릴 모양이었다. 시름으로 가득한 최영조가 마당을 서성거리다가 문흥식에게로 다가선다.

"아버님께서 보고 싶다던 고국산천을 그리려는가?"

문흥식은 피식 웃으며 대답한다.

"아닙니다. 선생님의 초상을 그릴 생각입니다."

"초상을……?"

문흥식은 천에 잡힌 주름을 조심스럽게 펴면서 비감에 젖은 표정으로 말했다.

"조선의 땅, 조선의 하늘이 모두 선생님께 있지를 않습니까. 선생님을 그리는 것이 곧 조선을 그리는 것이 아니겠습니까?"

"오, 자네 뜻이 가상하이……."

최영조는 물끄러미 하늘을 올려다본다. 검은 구름이 용틀임 하며 모여들고 있다. 그리고 잠시 후 후둑후둑 빗방울이 쏟아져 내린다. 모진 비바람이었다. 대마도는 태풍의 길목이어서 거친 비바람이 잦은 곳이다. 유배라는 이름으로 갇혀 있는 조선 사람 들에게는 수삼 일씩 몰아치는 비바람을 견디는 것도 무엇보다 싫은 일이었다.

모진 비바람이 휘몰아치며 지나가자 밝은 햇살이 눈부시게 빛났다.

면암 최익현은 제자들을 모두 방으로 불러 모았다. 비록 야윈 몸을 벽에 기대 정좌를 했어도 면암 최익현의 모습에는 범접할 수 없는 기상이 있다. 그 주위로 제자들이 둘러앉았다. 오직 문 흥식만이 조금 뒤로 물러앉아 스승 최익현의 초상화를 그리는 일에 매달려 있다.

최영조가 정갈하게 차려진 조반상을 아버지 최익현 앞에 놓 았다.

“아버님!”

면암 최익현은 잠시 허공을 바라보다가 숨결을 가다듬었다.

“내가 평소에 꿈을 꾼 일이 없었는데……, 지난밤 갑자기 꿈을 꾸었으니 그 뜻을 헤아리지 못하겠구나…….”

“아버님, 진짓상 대령하였사옵니다.”

면암 최익현은 아들 영조의 말에 아랑곳하지 않았다.

“임진년 왜란 때 기병한 의병들이 모두 산적이 되겠다고 산으로 가는데도, 누구 하나 말리지 않았어…….”

그랬다. 임진왜란 때 의병으로 나선 사람들은 대개가 무지렁이 백성들이었다. 그들은 조정으로부터 아무 혜택도 받지를 못했으나 나라가 위급할 때는 목숨을 내놓고 싸웠다. 전란이 끝나면서 의병들에게는 갈 곳이 없었다. 조정은 이들에 대한 구휼은 고사하고 무관심으로 일관하였다. 견디다 못한 의병들은 반수 이상이 도둑이 되어 산으로 들어갔었다. 조정이 그들을 버린 것이나 무엇이 다른가. 면암 최익현은 이 뼈아픈 사실을 현실의 일에 대비하여 말하고 있었지만, 아들 영조는 귀담아 들을 겨를이 없다.

“아버님, 진짓상 물리고 탕제를 올리오리까?”

“다스리는 자가 공론을 모르고, 다스리는 자가 오만이 발동하면 백성들이 의지할 곳을 잃게 되는 법이다.”

최영조는 애원하듯 아버지 최익현을 다시 부른다.

“아버님!”

면암 최익현은 아들의 목소리를 듣지 못한 것처럼 말을 이었다. 아니 묵살하고 있다는 편이 옳을지도 모른다.

“공론이 무엇인가. 공론이 조정에 있으면 나라는 다스려지는 것이고, 공론이 누항을 떠돌면 나라는 어지러워지는 법이며, 공론이 조정에도 없고 누항에도 없으면 나라는 망한다고 했는데……, 내가 꿈에서 본 관헌들은 사람이 아니라 짐승만도 못했어. 그러니……, 그러니…….”

면암 최익현은 안간힘을 쓰면서 팔을 들어 올리고자 했으나 기력이 모자라는지 숨소리만 가빠질 뿐이다.

“대감, 잠시 누우소서.”

임병찬이 간절하게 고해 올리자 최영조가 아버지를 안아서 고이 눕혀 드린다. 면암 최익현은 곧 깊은 잠에 빠져들었다.

‘할아버님……!’

문득 잠에서 깨어난 손부 김씨는 눈을 비볐다. 대체 무슨 일이 있기에 방 밖이 저리도 밝다는 말인가. 분명히 축시 무렵일 것인데도 방문에는 대낮보다 밝은 서광이 깃들어져 있다. 손부 김씨는 조심스럽게 몸을 일으켜 문가로 다가선다. 밖에 불이 났다면 사람들의 고함 소리나 웅성임 소리가 들릴 것이었다. 그러나 아무 소리도 들리지 않았다. 손부 김씨는 문고리를 잡았다.

장지문으로 커다란 불줄기가 지나가는 것도 같았다. 김씨는 조심조심 문을 열었다.

아, 그것은 하늘에서 비쳐지는 서광이었다. 수천수만 개의 별들이 한곳에 엉켜서 어쩌면 저렇게 아름다운 빛을 쏟아 낼 수가 있는 것일까. 김씨는 가늠할 수 없는 황홀감을 맛보면서 문밖으로 나섰다. 누군가가 손을 잡아끄는 것 같은 느낌이었다.

마루에 나선 손부 김씨는 눈부시게 쏟아지는 서광을 혼자 보기가 아까웠다. 손부 김씨는 서광이 사라질까 두려워하면서 조심조심 할머니의 거처로 발걸음을 옮겼다.

"할머님……."

"들어오너라."

손부 김씨는 하늘 가득히 물결치는 서광을 다시 한 번 확인하고 할머니의 방으로 들었다. 손부 김씨는 움직일 수가 없었다. 방 안 광경에 소름이 끼쳐서다. 할머니 한씨와 시어머니 임씨가 눈부시게 하얀 소복을 입고 마치 납인형처럼 앉아 있어서다.

"왜, 앉지 않고……."

손부 김씨는 조심스럽게 앉으며 문밖의 일을 고해 올린다.

"할머니, 밖에 눈부신 서기가 서려 있사옵니다."

한씨는 보일 듯 말 듯 미소를 지었다.

"너도 저 아름다운 서기를 보았구나. 할아버님께서 먼 길을 떠나시는가 보다……. 지금쯤 떠나시고 계실 것이니라……."

"……."

손부 김씨는 놀란 가슴을 추스르며 시어머니 임씨의 얼굴을 살폈다. 등촉을 밝히지 않은 방 안인데도 얼굴이 온통 눈물에 젖어 있음을 알 수 있었다.

"떠나시다니요?"

"임종을 맞고 계실 것이야……."

손부 김씨는 두 손으로 얼굴을 가리며 왈칵 통곡을 쏟아 놓는다.

"할아버님……!"

바로 그 시각, 일본 땅 대마도.

면암 최익현의 거처에도 아들 영조를 비롯한 임병찬, 문흥식, 윤민호 등 세 제자들과 의병군으로 출전하여 고락을 함께하였던 십여 명의 애제자들이 나라의 거목이자 부모와 같이 자상하였던 면암 최익현의 마지막 모습을 눈물로 지켜보고 있었다. 쇠약해질 대로 쇠약해진 면암 최익현은 아들 영조와 고제高弟임병찬이 양옆에서 부축한 채 일어나 앉아 있었으나 숨을 쉬는 일마저도 벅차하고 있는 모습이었다.

문흥식은 눈물로 그리던 스승 최익현의 초상화에 마지막 숨결까지 빠짐없이 담아내기 위해 최익현의 힘들어 하는 호흡은 물론, 미세한 움직임도 놓치지 않으려고 안간힘을 쓰고 있다.

이윽고 면암 최익현은 감았던 눈을 뜬다. 그리고 둘러앉은 제자들을 찬찬히 살피면서 희미한 미소를 입가에 담는다.

"이제야 자네들이 조선으로 돌아가게 되었구나……."

임병찬이 치밀어 오르는 설움을 억누르며 말했다.

"대감, 심기를 굳건히 하소서."

면암 최익현은 가만히 고개를 끄덕이며 말을 이었다. 멀어져 가는 목소리였다.

"누가 저 방문을 좀 열어 주겠느냐. 답답하구나……."

윤민호가 재빨리 기어가 방문을 열었다. 겨울 찬바람이 온 방 안에 냉기를 돌게 했다.

그제야 면암 최익현은 마지막 기력을 다하듯 말을 이었다.

"그래, 이제 시원하구나. 내 평생에 파란은 많았어도 후회는 없었느니……, 누가 받아쓰겠느냐?"

문흥식이 울먹이는 목소리로 대답했다.

"심려치 마오소서, 선생님!"

급기야 운명의 시간이 다가왔다. 모두들 긴장한 얼굴로 참스승이자 나라 사랑의 상징인 면암 최익현에게 시선을 모았다. 최익현은 고개를 반듯하게 세우고 어두운 밤하늘을 내다보며 마지막 유시遺詩를 읊어 가기 시작했다.

"기첨북두하고 배경루起瞻北斗拜瓊樓……하니."

문흥식은 부들부들 떨리는 손으로 스승의 유시를 받아쓰고 있다. 여기저기서 흐느끼는 소리가 들리기 시작했다.

면암 최익현은 가쁜 숨을 몰아쉰 후, 잠깐 사이를 두었다가 다시 입을 열었다.

"백수만삼에 분제류白首蠻衫憤悌流라……."

아, 통한에 사무친 구절이 아니고 무엇인가. 최영조는 백발이 성성한 아버지 최익현의 모습, 그 옷자락에 떨어지는 통한의 눈물을 보면서 숨막혀 한다.

"만사불탐진부귀요萬死不貪秦富貴요……."

이를 말인가. 면암 최익현을 찾아 포천으로 오는 젊은 문도들은 자신이 먹을 보리쌀 한 말씩을 마련해 와야 했다. 때로는 그 양식도 모자라 콩죽을 끓여 냈다는 일화를 모르는 사람이 있던가. 문흥식은 뜨거운 눈물을 흘리며 한 글자 한 글자 또박또박 새기듯 적고 있다.

"일생장독이 노나라 춘추一生長讀魯春秋라네……."

자신이 살아온 부끄러움 없는 세월을 뒤돌아보는 면암 최익현의 마지막 모습은 참으로 경건하고 아름다웠다. 흐느낌으로 스승의 일생을 받아들여야 하는 문도들의 설움을 어찌 문자로 표현할 수 있으리…….

면암 최익현은 잔기침을 뱉어 냈다. 이어 가쁜 숨을 몰아쉬었다. 지켜보는 문도들은 큰 스승의 마지막 모습을 지켜보며 회한의 눈물을 쏟아 낸다. 면암 최익현은 애써 숨을 골랐다. 그리고 담담하게 유시를 풀어 읊었다.

"……아침에 일어나 북두를 바라보고 임금님 계신 곳에 절하고 나니, 흰머리 오랑캐의 옷자락에 분한 눈물 쏟아져 흐르는구나. 만번을 죽는다 한들 어찌 부귀를 탐하리요……, 평생을 읽은 책이 노나라의 『춘추』라네."

읊기를 마친 면암 최익현은 큰 한숨을 내쉬었다. 그리고 조용히 눈을 감았다. 미동도 없이…….

최영조는 떨리는 손으로 아버지 최익현을 더듬어 안았다. 아직은 따뜻한 아버지의 온기가 아들의 가슴으로 흘러들고 있었다.

"아버님……!"

면암 최익현은 대마도로 압송된 지 5개월 후인 1906년 11월 17일……, 양력으로 1907년 1월 1일, 향년 74세를 일기로 적지 대마도에서 단식으로 순국했다. 아름답고 장렬한 순국이 아닐 수 없다.

면암 최익현이 남긴 유시의 마지막 구절……, '평생을 읽은 책이 노나라의 『춘추』라는 대목은 오늘을 사는 후학들에게도 심금을 울리는 절편이 아닐 수 없다. 평생 동안 역사에 대한 외경심을 버리지 않았기에……, 신하 된 도리, 어버이 된 도리, 스승의 도리, 그리고 제자 된 도리를 다할 수 있었다는 그분의 참된 선비의 삶을 정갈하게 담아 내고 있기 때문이다.

날이 밝자 면암 최익현의 시신은 이웃 수선사修善寺로 운구되었고, 최영조와 애제자들의 애끊는 호곡 속에서 입관의 예를 마쳤다.

"누구 한 사람 경비대로 보내서 아버님의 운구선을 배정할 것을 채근하여야 하질 않겠습니까."

최영조가 충혈된 눈을 껌벅이며 임병찬에게 말했다. 당장 급한 것은 면암 최익현의 시신을 조선으로 운구하는 일이었다. 육로로는 상상도 할 수 없는 일이었고, 현해탄의 험한 파도를 무사히 헤치자면 대마도의 경비대장 구리하라 소좌의 적극적인 협력이 없이는 불가능하다.

"그렇잖아도 내가 다녀올 생각이었어요."

"대장님께서 나서신다면 구리하라 소좌도 이의를 달지 못하겠지요."

"그렇다면 얼마나 다행인가. 다녀오리다."

임병찬은 몸을 일으켰다. 그가 수선사의 법당을 나와 행길로 이어지는 돌계단으로 내려서고 있을 때, 일단의 일본군 병사들을 거느린 구리하라 소좌가 다가오고 있었다. 임병찬은 불현듯 불길한 예감에 젖었다.

상체를 뻣뻣하게 세운 구리하라 소좌의 동태가 마음에 들지 않아서다. 임병찬이 마지막 돌계단을 내려서며 물었다.

"아니, 대장께서 웬일이시오?"

"이렇게 답답한 사람을 봤나. 조선국 대관이 내 관할에서 세상을 떠났다면 문상을 해야 마땅하지 않은가."

임병찬은 난감했다. 최영조는 물론 어느 누구도 그의 문상을 달갑게 여기지 않을 것이기 때문이다. 그러나 스승 최익현의 시신을 조선으로 모셔 가기 위해서는 배편을 마련해야 하는데 그 모든 권한은 구리하라 소좌에게 있음을 어찌하랴.

"내 혼자서 정할 일은 아니오만……, 일단 오르시오."

"고맙소."

구리하라 소좌도 자신의 문상에 저항이 있을 것이라고 여겼던 탓인지 임병찬의 순순한 대답을 고맙게 여기는 듯하였다.

수선사의 법당 밖에 경비대의 병사들이 도열했다. 구리하라 소좌는 임병찬이 다시 나와서 자신을 인도할 것이라고 믿었지만, 안에서의 반응은 좀처럼 나오지 않았다. 예상한 대로 격론이 있어서였다.

특히 문흥식의 반대가 극렬했다. 선생님의 영전을 왜병에게 어지럽힌다면 그들을 해치고 자신도 죽겠다면서 소리칠 정도였다. 임병찬은 뱃길을 열기 위해서라도 구리하라 소좌의 문상은 불가피한 것이라고 문흥식을 설득했다.

"알아요. 알지만 지금은 도리가 없어요. 우선 운구를 서둘러야지. 구리하라를 자극해서 얻을 게 무에 있겠는가."

문흥식은 눈물을 쏟으면서 별실로 자리를 피했다. 못 본 것으로 하겠다는 뜻이 아니겠는가. 임병찬이 다시 법당 밖으로 나가서 구리하라 소좌를 데리고 들어왔다. 구리하라 소좌는 향불이 피어오르는 작은 책상 앞에 꿇어앉아서 두 손을 가지런히 모았다. 그리고 상체를 수없이 굽히면서 경문을 중얼거렸다. 일본식 문상법인 모양이다.

이윽고 구리하라 소좌는 최영조를 향해 몸을 돌렸다.

"최 선생, 삼가 조의를 표하고 고인의 명복을 빕니다."

구리하라 소좌는 두 손을 앞으로 모으고 이마가 바닥에 닿을 정도로 허리를 굽혔다. 그리고 주머니에서 하얀 봉투 한 장을 꺼내 최영조의 앞으로 밀어 놓는다. 봉투에 '근조謹弔'라는 글자가 씌어 있는 걸로 보아 조의금이 분명하다.

그러나 최영조는 정색하며 물었다.

"뭡니까?"

"조의금, 2백 원이오. 받아 주시오."

최영조는 단호하게 거절했다.

"받을 수가 없소이다."

구리하라 소좌는 다시 자세를 고쳐 앉으며 간곡하게 말했다.

"받아 주시오. 비록 모신 기간은 짧았어도 선생의 인품에 감동하였소."

최영조는 짜증을 섞으며 언성을 높였다.

"받을 수가 없다 하지 않았소!"

"……!"

구리하라 소좌의 얼굴에 분노의 기색이 일었다. 임병찬은 통명스럽게 앉아 있는 최영조에게 받는 것이 좋겠다는 눈짓을 보냈다. 배편이 걱정되어서였다. 아니나 다를까, 구리하라 소좌는 마지막 경고를 입에 담았다.

"당신네들의 뜻이 그러하다면 좋소. 나는 절대로 운구선의 출항을 허가하지 않을 것이오!"

임병찬이 황급히 최영조에게 다가앉으면서 귀엣말을 했다.

"받아요. 쓸데없는 마찰로 운구에 차질을 빚어서야 되겠소."

"이게 어떻게 쓸데없는 마찰입니까. 아버님은……."

"글쎄 최 선생, 일단은 떠나고 봐야 하질 않느냐 이 말씀이오."

임병찬은 구리하라 소좌에게도 사죄의 말을 입에 담았다.

"구리하라 대장……, 만리타국에서 아버님을 떠나보낸 상주의 상심을 이해하시오. 자, 자……."

임병찬은 조의금 봉투를 든 구리하라 소좌의 손을 최영조에게 내밀게 했다. 그리고 최영조에게는 빨리 받으라고 눈짓했다.

"고맙소."

최영조는 내키지 않았지만 조의금 봉투를 받아 들었다. 그제야 구리하라 소좌는 출항일이 정해졌음을 통고한다.

"1월 4일에 운구선이 출항할 것이오."

임병찬은 비로소 안도했다. 그는 구리하라 소좌를 배웅하고 돌아와 최영조를 위로했다.

"최 선생, 잘 참았어요. 정 마음에 들지 않으면 부산포에 돌아가서도 얼마든지 돌려보낼 수가 있지를 않겠소.”

최영조는 고개만 끄덕일 뿐 시원한 대답은 입 밖에 내지를 않았다.

이틀 후인 1월 4일, 수선사의 대법당은 곡성으로 진동하였다. 면암 최익현의 시신은 지근에서 섬겼던 문도들에 의해 대마도의 선창으로 운구되었다. 겨울 찬바람이 모질게 불었고, 파도는 거칠게 몰아치고 있었다.

면암 최익현의 시신은 아들 최영조 등 사랑하는 제자들에 의해 운구선으로 옮겨졌다. 임병찬은 모든 진행을 지켜보고 있는 구리하라 소좌에게로 다가가서 작별의 말을 입에 담았다.

“나는 돌아가서라도 소좌의 노고를 오래도록 기억할 것이오.”

“다시 만날 날이 있을지 모르겠군. 잘 가시오.”

임병찬이 운구선으로 돌아와 난간을 잡고 섰다. 마침내 운구선이 움직이기 시작했다. 구리하라 소좌는 하얀 장갑을 낀 손을 들어 거수경례를 한다. 진정으로 조선의 큰 선비 면암 최익현의 인품에 마지막 예를 보내고 있음이었다.

운구선은 속력을 높이면서 현해탄의 높은 파도를 헤쳐 나가고 있다. 임병찬은 운구선의 오른쪽 난간으로 자리를 옮겼다. 길게 뻗어 있는 대마도의 산이 아련하게 멀어지고 있었다.

새해의 한성 거리는 눈 속에 묻혀 있었다.

고종황제는 엄비의 응접간에서 커피를 마시며 울적한 심회를 달래고 있다. 새해가 밝았다 해도 달라질 것은 아무것도 없다. 아니 조선통감부의 서슬이 도를 더해 갈 것이 아니겠는가.

"폐하, 새해이옵니다. 심기를 편하게 하오시고……."

"……아무리 편해지고자 한들……, 편해질 까닭이 있겠는가."

"망극하옵니다."

엄비는 고종황제를 위로할 말을 찾지 못한다. 조선통감 이토 히로부미의 위세가 더할수록 고종황제는 괴로움에 시달려야 한다. 이 악순환이 끊임없이 이어질 것임을 두 사람은 알고 있었다.

"마마, 화급한 전언이옵니다."

"들어와 고하라."

김 상궁이 들어와 엄비의 앞으로 다가왔다. 엄비는 황제의 심기를 거스르는 일이 아니기를 바라며 조용히 말했다.

"화급한 일이라니……?"

김 상궁은 몸을 움츠리며 조그맣게 말했다.

"폐하, 면암 최익현의 시신이 대마도에서 돌아온다 하옵니다."

고종황제는 들고 있던 커피 잔을 소리 나게 내려놓으며 떨리는 목소리로 급하게 물었다.

"면암의 시신이……. 하면 면암이 죽었다는 말이더냐?"

김 상궁은 고개를 숙인 채 허리만 굽혔을 뿐, 아무 말도 이어가지를 못한다. 반문하는 고종황제의 목소리가 너무나도 참담하게 들려서다.

"어서 고하지 않고……."

엄비도 궁금하기는 마찬가지였다. 지난 세월 동안 고종황제가 얼마나 면암 최익현을 가까이에 두고자 했던가. 그런데도 최익현은 번번이 사임 상소를 올리고 초야에 묻힐 만큼 도도했고, 을사년의 치욕이 있고서는 칠십 노구를 이끌면서도 의병항쟁을 주도하지를 않았던가.

김 상궁의 목소리가 울음에 섞이며 흘러나온다.

"대마도에 유배된 이래……, 물 한 모금, 쌀 한 톨도 일본의 것은 입에 대지 않았다고 하옵니다."

고종황제의 눈언저리에 물기가 가득 고였다. 엄비도 놀라고 당황해하는 기색을 감추지 못한다.

"……하면, 굶어서 죽었음이 아니더냐?"

김 상궁은 고개를 더욱 조아리며 울음으로 아뢰었다.

"그러한 줄로 아옵니다, 폐하."

고종황제는 고개를 꺾으며 길게 탄식했다.

"오, 면암……. 그대는…… 왜, 내 곁에 있어 주지를 않았는가……."

나는 그대 면암이 평생을 주장한 위정척사를 국사의 으뜸으로 삼고자 하지를 않았던가. 그대 면암이 일본의 조선 침략을 꿰뚫어 보는 혜안을 내가 닮고자 하지를 않았는가. 그대 면암은 어찌 이리도 무상하게 그 빛나는 삶을 마친단 말이더냐!

"그래 면암의 유해는……?"

"부산 상무사商務社(지금의 상공회의소)에서 초종初終을 치를 것이라 하옵니다."

"오, 부산 상무사에서. 통감부에서 방해하지나 않을지……."

이심전심이라 하였던가. 면암 최익현의 시신이 도착하기로 되어 있는 부산의 초량 부두는 이미 상복을 입은 인파로 발 들여놓을 틈도 없었다. 모두가 면암 최익현의 시신이 돌아온다는 소식을 듣고 아침부터 모여든 인파였다. 그들은 아득한 수평선을 바라보고 있었다. 그 인파 속에 박상인과 김은영의 모습도 보였다.

김은영은 오사카 출신의 악덕 상인 오바 도시오의 독살에 실패하고 쫓기는 몸이 되었다가, 간신히 정산에 있는 면암 최익현의 사저에 이르러 박상인의 구원을 받게 되었다. 노마님 한씨와 며느리 임씨의 따뜻한 보살핌으로 건강을 회복하게 되면서 다시 활기를 찾을 수 있었고, 박상인은 헌신적으로 김은영을 도와서 새로운 항일결사의 일원으로 그녀를 활동하게 했었다.

"배가 보인다. 면암 선생께서 돌아오신다!"

초량 부두가 술렁거리기 시작한다. 박상인은 목을 잔뜩 빼고 까치발로 서서 수평선 쪽을 바라본다. 아득히 일장기를 펄럭이는 운구선이 육지를 향해 천천히 다가오고 있는 것이 보였다.

'아, 얼마나 그리운 고국산천이던가.'

운구선의 뱃전에 선 문홍식은 눈앞으로 다가오는 부산항을 바라보았다. 뿌옇게 흐려지는 시계인데도 멀리 초량 부두에는 흰옷 입은 사람들이 어른거리고 있었다. 문홍식은 마치 스승 최익현에게 고하듯 흐느낌을 토했다.

"선생님, 보이십니까! 고국산천이옵니다. 선생님께서 그토록 사랑하시던 조선 땅이옵니다. 그토록 지키고자 하셨던 아름다운 조선 땅이 바로 지척에 있사옵니다. 선생님……!"

문홍식의 목소리는 더 이어지지 못했다. 흐느낌 때문이었다.

임병찬이 뱃머리로 다가서면서 최영조를 불렀다.

"최 선생, 어서 이리 와 보시오."

최영조가 선실에서 뛰쳐나왔다. 임병찬은 손을 들어 앞을 가리켰다. 어찌 놀랍지 않은가. 푸른 바다 위에 하얀 애도의 깃발을 단 무수한 거룻배가 몰려오고 있었다. 애도의 깃발에는 아무 글자도 적혀 있지 않았다. 그래서 나부끼는 하얀 깃발들이 더욱 서럽고 처연하게 보였다. 다가갈수록 거룻배의 수는 점점 늘어났다. 모두 조선 어부의 고깃배들이었다. 얼마 지나지 않아 수없이 나부끼는 하얀 깃발들이 면암 최익현의 운구선을 에워쌌다.

운구선은 고깃배들에 이끌려 초량 부두로 서서히 들어가고 있다. 문홍식은 운구선에 펄럭이던 일장기를 내려 버린다. 하얀 애도의 깃발에 파묻혀 운구선이 초량 선창에 도착하자 수없이 많은 인파가 웅성거리며 몰려들었다. 그것은 통곡이며 몸부림이었다. 흰옷을 입은 조문객들은 면암 선생을 외치며, 더러는 최익현 선생을 외쳐 부르며 통곡을 쏟아 냈다. 인파 사이를 헤집고 김은영과 박상인이 달려왔다. 두 사람은 바다에 뛰어들어 허리에 차이는 물결을 헤치며 운구선 위로 뛰어올랐다.

김은영은 큰 스승 면암 최익현의 관 위에 쓰러지며 통곡했다. 박상인의 통곡도 처절했다.

"선생니임, 선생니임! 흐흐흐."

김은영은 몸부림치며 운다. 이창준의 생각, 어머니의 생각……, 돌아가신 큰 스승의 은혜로움에 바칠 것은 살점을 도려내는 통곡밖에는 아무것도 없었다. 문흥식이 눈물을 훔치며 김은영을 일으켜 세웠다.

"은영 씨, 그만, 운구해야지……."

김은영은 문흥식의 가슴팍에 얼굴을 묻었다. 김은영의 희생을 업고 일본군 헌병대에서 풀려난 문흥식이었지만, 아직은 그 기막힌 사연을 모르고 있었다.

대마도까지 함께 유배되어 스승 최익현과 운명을 같이했던 열세 사람의 문도들에 의해 면암 최익현의 관은 운구되었다. 초량 부두에서 차일이 처진 상무사까지 최익현의 관이 운구되는 동안 모여든 사람들의 통곡 소리로 부산포는 온통 울음바다가 되었다.

조선 주둔군 사령관 하세가와 요시미치 대장은 통감실에 불려 와 있었다. 이토 히로부미는 창가에 선 채 불쑥 혼잣말로 중얼거렸다.

"지금쯤 도착했겠군."

"그러리라 생각됩니다."

그리고 두 사람은 아무 말이 없었다. 지루한 시간이 한참 동안이나 흐르고서야 이토 히로부미는 하세가와 대장이 앉아 있는 소파로 자리를 옮기면서 입을 열었다.

"더 이상 조선 유림들을 자극하지 않기 위해서라도 면암의 시신은 기차로 운구하는 것이 좋지 않겠나."

"시생도 그렇게 생각하고 있습니다."

이토 히로부미는 대수롭지 않게 말을 이었다.

"또한 기차는 정산까지 멈추지 않고 달려야 하고……, 도착 즉시 매장하게 하는 것이 최선이야."

"알겠습니다, 각하!"

이토 히로부미는 잠시 뜸을 들였다가 하세가와 대장을 못 미더운 눈으로 쳐다보면서 부연한다.

"어떤 경우에도 마찰이 있어서는 안 돼. 조용하면서도 일사불란하게 진행하도록."

"예, 명심하겠습니다."

하세가와 대장이 허리를 굽히고 돌아서려는데 이토 히로부미가 손을 들어 제지하였다.

"참! 그……, 면암이 남겼다는 그 유시……. 그중에서도 '평생을 읽은 책이 노나라의 춘추라네'라는 부분……, 사령관도 무슨 뜻인지를 알고 있겠지?"

"알고는 있습니다만……, 각하만큼이야 소상하겠습니까."

이토 히로부미는 그 구절에 면암 최익현의 생애가 담겼으리라 생각하였다.

"평생 동안 『춘추』를 읽었다 함은 역사에 대한 외경심을 버리지 않았다는 뜻이 아니겠나. 그러했기에 신하 된 도리, 어버이 된 도리, 스승 된 도리 그리고 제자 된 도리를 다할 수 있었다는 면암의 생각……, 앞으로 이런 식의 생각들이 조선인들의 가슴에 새겨져서는 안 된다는 게 내 바람이야. 명심하도록."

하세가와 대장은 애매한 표정을 지으면서도 대답만은 명확하게 한다.

"알겠습니다, 각하. 그럼……."

하세가와 대장은 허둥지둥 통감실을 물러난다. 이토 히로부미는 다시 창 쪽으로 걸어갔다. 그리고 팔짱을 끼었다. 조선이라는 나라, 무엇이 조선이라는 나라를 5백년 동안이나 이끌어 왔는가. 평생을 바쳐서 임금을 교화敎化하는 상소를 올렸고, 그 뜻이 받아지지 않는다면 귀양을 가는 길도 자랑으로 여겼던 조선의 선비들. 이토 히로부미의 가슴에는 어느새 조선 선비들의 기개가, 아니 면암 최익현의 기개가 거인의 모습으로 새겨져 있었다.

서쪽 하늘이 새빨갛게 물들고 있었다.

초량 해변에 임시로 설치된 부산 상무사의 차일 밖은 인산인해를 이루고 있다.

한쪽에서는 상여가 꾸며지고 있었고, 호상소에서는 곡성이 그치지를 않았다. 이윽고 붉은색 명전이 들리면서 바람에 흔들린다.

대한국 헌정대부 의정부찬성 면암 선생 최공지구

大韓國 憲正大夫 議政府贊成 勉庵 先生 崔公之柩.

붉은 명전이 바람에 나부끼면서 상무사 앞이 술렁거리기 시작한다.

"왜놈들이 온다!"

부산 헌병대의 사이드카가 총출동한 모양으로 수십 대가 일시에 달려와 호상소인 상무사의 광장으로 들어와 선다. 그리고 1개 중대 규모의 병력이 일사불란하게 열을 맞추어 사이드카를 뒤따라와서 정렬한다.

"대체 뭐하자는 짓거리야!"

호상소의 앞길을 가득 메운 백성들. 한결같이 상복을 입은 그들은 거대하고 견고한 벽처럼 헌병들 앞에 마주 선다. 슬픔과 분노로 일렁이는 그들은 하나같이 일본군 헌병들을 쏘아보고 있다. 일본군 헌병들이 오히려 긴장하는 눈치들이다. 그러나 그들을 지휘해야 하는 기타지마 헌병대위는 호기를 부리듯 소리친다.

"겁내지 마라! 저들은 단지 문상객일 뿐이다!"

기타지마 대위가 헌병들을 이끌고 상무사로 들어가려는 순간, 요령 소리를 신호로 상여가 들려지는 만가挽歌 소리가 울려 퍼졌다. 그리고 수많은 만장들이 요동치기 시작했다.

"뭐야, 이건……!"

기타지마 대위는 그 압도적인 광경에 놀라지 않을 수가 없다. 일본에서도 사람이 죽으면 장례식을 치른다. 그러나 곡소리도 없이 조용하게 이루어지는 것이 통례다. 한데 지금 눈앞에서 벌어지고 있는 광경은 뭐라고 설명할 길이 없다. 요령 소리가 울리면서 거대한 남성 합창과도 같은 화음으로 만가가 울린다. 게다가 형형색색의 만장輓章들은 또 무엇인가. 기타지마 대위는 그야말로 젖 먹던 힘을 다하여 소리친다.

"누구냐, 책임자가 누구냐!"

굴건제복을 한 최영조가 기타지마 대위 앞으로 나선다. 그리고 가벼운 상복 차림인 임병조가 뒤를 따랐다.

"무슨 일이얏……?"

최영조의 목소리는 거칠고 담대하였다. 기타지마 대위는 한 발 앞으로 나서면서 명령하듯 소리친다.

"면암 선생의 시신을 부산역으로 운구하시오."

임병찬은 기가 막혔다. 어찌 일본군의 교만이 이런 지경에까지 와 있다는 말인가. 마침내 비웃는 듯한 임병찬의 대답이 흘러나온다.

"애들 장난도 아니고……, 그렇게는 못하겠소."

"못하다니?"

"몰라서 묻소! 우리는 조선의 법도에 따라 충청도 정산까지 저 상여로 모실 것이오. 보름은 족히 걸릴 것이니 그리 아시오!"

기타지마 대위는 권총을 뽑아 들었다. 그리고 사생을 결단하듯 말했다.

"당신들이 못하겠다면, 우리가 한다. 통감 각하의 명령이니까!"

"이런 무지몽매한 것들이 있나. 감히 시신을 약탈하려 들다니!"

"따르지 않으면 쏜다!"

문흥식이 달려왔다. 그는 최영조와 임병찬을 조금 뒤로 물러나게 하고 거침없이 기타지마 대위 앞으로 다가가 섰다. 그는 가슴팍을 풀어 헤치며 소리쳤다.

"쏴라. 너희가 날 쏘지 않고는 감히 상여를 막지는 못할 것이니라!"

문흥식의 항거는 일본군보다 오히려 조선 사람들을 놀라게

한다. 때를 같이하여 윤민호, 박상인 등의 젊은이들이 달려 나온
다. 그들은 모두 하나가 된 듯 상복을 풀어 젖히며 가슴팍을 드
러낸다.

"쏴라!"

"어서 쏘라니까!"

조선 젊은이들은 주춤거리는 일본군 헌병들에게 한 발 한 발
다가서고 있다. 기타지마 대위는 권총을 뽑아 들었으면서도 속
수무책인 듯 조금씩 뒤로 밀려나고 있다.

때를 같이하여 임병찬이 상여 쪽을 향해 힘껏 소리친다.

"뭣들 하는가, 어서 떠나질 않구!"

요령 소리가 다시 울린다. 그 소리를 신호로 만가 소리가 울
려 퍼지면서 상여가 움직이기 시작한다. 상여꾼들은 만가 소리
에 맞추어 조금 뒷걸음쳤다가 앞으로 나오면서 무릎을 꺾는다.
상여가 작별의 예를 올리고 있음이다. 상여의 절을 받으면서 문
상객들은 통곡을 터뜨린다.

"대감……!"

"선생니임……!"

문상객들의 통곡은 하늘과 땅을 울리고도 남는다. 이제 떠나
가면 다시 못 오는 면암 최익현이다. 그의 오매한 인품은 문상객
들의 가슴에 영원토록 아로새겨질 것이리라. 수백을 헤아리는
형형색색의 만장이 바람에 나부낀다. 기타지마 대위는 이 장엄

한 움직임에 감동하지 않을 수가 없다. 한 사람의 죽음이 어찌 이런 감동을 몰고 올 수가 있는가.

최영조가 기타지마 대위에게 다가서면서 봉투 한 장을 내밀었다.

"뭐야 이건?"

"조의금 2백 원이오. 대마도 경비대장에게 돌려주시오."

기타지마 대위는 무슨 영문인지를 몰랐다. 최영조는 들고 있던 봉투를 기타지마 대위의 주머니에 찔러 넣고 천천히 상여의 뒤를 따른다.

청명하게 갠 겨울 하늘에 수백 개의 만장이 나부낀다. 애잔한 만가 소리가 만장 사이를 누비며 흘러간다. 상여를 따르며 호곡하는 남녀노소의 수가 갈수록 늘어난다. 상여의 행렬은 어느새 구포로 들어선다. 그 뒤를 얼마간의 거리를 두고 일본군 헌병들이 따르고 있다. 이때가 면암 최익현의 시신이 부산포에 도착한 지 5일째 되던 날이다. 구포까지는 40여 리 길. 길에서라도 면암 최익현의 마지막을 지켜보려고 수없이 많은 백성들이 나와 통곡을 하거나 행렬을 따르고 있었다.

'아무리 면암이기로……!'

하세가와 대장의 보고를 받은 이토 히로부미는 심란해지는 심중을 가눌 길이 없다. 어찌하여 이미 죽은 시체 하나가 살아서 움직이는 일본군을 이토록 무력하게 하는가. 하세가와 대장은 이토 히로부미에게로 한 발 다가서며 진언한다.

"각하, 최익현의 운구 행렬이 계속 이런 식으로 진행된다면……, 정산까지는 대체로 15일 정도가 소요될 것으로 짐작됩니다. 그 사이에 상여를 따라 함께 움직이는 조선 민중들의 소요라도 발생된다면 감당하기 어려울 것으로 봅니다."

"……!"

조선통감 이토 히로부미는 고개를 끄덕였다. 가능하면 조선인들을 자극하지 아니하면서 자신의 조선 정책을 밀어붙이려 했지만, 면암 최익현의 시체 하나를 감당하지 못한다면 통감의 체모는 땅에 떨어질 것이 분명하다. 이를 계기로 또 다른 명망 높은 조선 유림들이 제2, 제3의 면암으로 자칭하면 어찌 되는가. 이토 히로부미는 면암 최익현의 장례만 무사히 넘기면 큰 고비 하나를 극복하는 일이 될 것이라고 다짐하고 있다.

"각하, 최익현의 시신을 열차로 운구하는 것이 최선이라고 생각됩니다."

"이미 실패하지를 않았는가."

"무력을 써서 강탈할 생각입니다. 허락해 주십시오."

이토 히로부미는 수긍하지 않을 수가 없다. 사태를 더 이상 관망하다가는 무슨 화근을 자초할지 몰라서다.

"어디쯤에서……?"

"창원을 지나면 어렵질 않겠습니까."

이토 히로부미는 면암 최익현과 관련된 일에 대해서는 언제나 관대하고자 했었다. 그의 학덕과 실천궁행이 자신의 마음이 미치지 못하는 곳에 있었기 때문이 아니겠는가.

"사령관은 그것이 가능한 일이라고 생각하는가?"

하세가와 대장은 자세를 약간 바로잡으면서 자신 있는 목소리로 대답했다.

"맡겨만 주신다면 최선을 다할 생각입니다, 각하."

"도리 없겠지……, 사령관을 믿겠어."

"감사합니다, 각하!"

하세가와 대장은 비로소 이토 히로부미의 의지를 꺾었다는 생각으로 얼굴에 희색을 담으면서 방을 나갔으나, 이토 히로부미는 사라져 가는 하세가와 대장의 뒷모습에 쓴웃음을 보냈다. 아직은……, 아직은 아니라는 생각이 들어서였다.

면암 최익현의 상여가 창원읍으로 들어서자 일본군 헌병들이 진을 치고 기다리고 있었다. 일본군 창원 주재 헌병대장 히라타 平田 소위가 지휘하는 1개 소대 병력이었다. 히라타 소위는 권총을 들어 허공에 발사하면서 소리친다.

"멈추어라!"

상여는 주춤거리며 멈추어 선다. 임병찬이 히라타 소위 앞으로 다가와 타이르듯 말한다.

“이미 부산에서도 겪었던 일이다. 대감의 행보를 방해하지 마라.”

“조선 주재 일본군 사령관의 작전명령이다. 시신을 압류한다. 물러서라.”

“이런 못된……!”

문흥식, 윤민호, 박상인 등 젊은이들이 달려와 히라타 소위의 앞을 막아선다.

“물러서라. 부모님을 섬기고…….”

그때 총성이 들렸다. 다른 방향이었다. 사람들은 소리 나는 쪽으로 급하게 고개를 돌린다. 뿌연 흙먼지를 일으키며 군용 트럭 한 대가 달려오고 있다. 눈 깜짝할 틈에 군용 트럭이 달려와 급정거하면서 또 다른 일단의 헌병들이 화물칸에서 뛰어내리며 들고 있는 소총의 안전장치를 푼다. 순식간에 일전을 불사하겠다는 살벌한 분위기가 연출된다.

일본군 군용 트럭의 앞자리에서 마쓰모토 대위가 거들먹거리면서 내린다. 그는 히라타 소위를 밀어내며 씹어뱉듯 말했다.

“경성 주재 일본군 헌병대 사령부의 마쓰모토 대위다. 최익현의 시신을 압류하여 부산역으로 옮긴다. 알아들었으면 협조하라!”

마쓰모토 대위가 지휘에 임했다면 본부 병력의 정예들이 아니겠는가. 그는 창원 주재 헌병들에게도 하세가와 대장을 닮은 강력하고도 직설적인 명을 전한다.

"작전의 실패는 패전을 부른다. 조선 주차 일본군 사령부의 명예를 걸고라도 최익현의 시체를 기차에 실어야 한다. 중대 거총……!"

일본군 헌병들이 장총을 앞으로 하고 전투 자세를 취하면서 상여의 앞으로 다가설 태세를 취한다. 최영조가 성큼성큼 그에게로 다가서자 마쓰모토 대위가 먼저 입을 연다.

"최 선생, 이번만은 이토 각하의 분부를 따라 주시오. 최 선생도 각하의 은혜를 입지 않았소."

"은혜라니……!"

"음, 은혜지. 최 선생이 대마도로 갈 때, 우리는 선생의 모든 편의를 다 들어주질 않았소."

마쓰모토 대위는 여유 있게 웃어 보였다. 그리고 임병찬 등 상여를 막아선 젊은이들에게 고함치듯 말했다.

"잘 들어라. 조선 주차 일본군 사령관 하세가와 요시미치 각하의 명을 거역하는 자는 직결처분하겠다. 살고 싶으면 협력하라. 이상!"

이 어처구니없는 광경을 말없이 지켜보고 있던 문흥식이 뚜벅뚜벅 마쓰모토 대위의 앞으로 다가선다. 그는 언젠가는 마쓰모토 대위와 결판을 내리라는 원한을 씹고 있었던 처지가 아니던가.

"마쓰모토, 설마 나를 모른다고는 않겠지. 문흥식이다."

"……!"

마쓰모토 대위의 얼굴이 창백하게 바래진다. 비록 부하와 동료들의 비호를 받고 있다고는 하더라도 바로 눈앞에까지 다가선 문흥식을 피해 갈 방도가 없어서다. 게다가 문흥식의 충혈된 눈빛에는 살기가 넘쳐나고 있다. 밧줄에 거꾸로 매달린 채 피를 토하듯 비명을 질렀던 사람, 바로 그 문흥식이 턱밑에까지 와 있음에랴. 그러나 문흥식은 폭력을 앞세우지 않았다.

"돌아가서 너희 사령관에게 전하라. 시신을 탈취하는 것은 오랑캐들이나 하는 짓거리라고!"

"……응하지 못하겠다는 건가!"

"당연하지 않나. 어서 길을 열어라!"

마쓰모토 대위는 허공을 향해 권총을 높이 들었다. 그 순간 문흥식이 마쓰모토 대위의 멱살을 낚아챈다. 권총은 허공에 발사되었어도 문흥식의 완력은 마쓰모토 대위를 숨 막히게 할 뿐이다. 문흥식은 마쓰모토 대위의 멱살을 밀면서 히라타 소위에게 다가선다. 마쓰모토 대위에게는 이보다 더한 망신살은 없을 것이리라.

"돌아가라. 네 상관이 당하는 꼴을 보지 않으려면 지금 당장 돌아가라. 조선국 대관의 장례행렬을 더럽히고는 조선 땅에서 살지 못할 것이니라. 당장 돌아가라는데도……!"

문흥식의 절규 소리와 동시에 히라타 소위의 고함 소리도 함께 울렸다.

"오이, 영구를 압류한다. 서둘러라!"

히라타 소위가 다시 허공에 두 번 발포하자 착검한 헌병들이 살벌하게 달려들었다. 문흥식은 마쓰모토 대위를 방패 삼아 그에게로 한 발 더 다가선다. 때를 같이하여 윤민호·박상인·김은영 등 젊은이들이 앞줄에서 상여를 둘러쌌고, 장년의 유림들이 이들의 뒤를 받쳤다. 철통같은 방어태세였다.

히라타 소위가 그들에게 권총을 겨냥하며 소리쳤다.

"물러서라. 물러서지 않으면 발포한다!"

문흥식은 다시 한 발 마쓰모토 대위를 히라타 소위 앞으로 밀고 가면서 방패로 삼았다. 그리고 뒤를 보며 소리친다.

"요령을 울려라. 만가를 불러라. 만가를……!"

상여꾼 우두머리가 상여로 뛰어오르면서 요령을 흔든다. 구성진 만가가 그의 입에서 흘러나오자 상여꾼들이 일제히 따라 불렀다. 상여는 만가에 맞추어 물결치듯 출렁거렸다. 상여가 일본군 헌병들을 향해 몇 발짝씩 다가설 때마다 일본군은 그만큼 뒤로 물러날 수밖에 없다.

"발포하라, 발포하라!"

히라타 소위가 발악하듯 소리치자 문흥식은 그의 앞으로 마쓰모토 대위를 세차게 밀어 넣는다. 그리고 가슴팍을 열면서 히라타 소위에게 소리친다.

"쏴라, 쏴! 이 무도한 놈들아!"

그것이 신호였던가. 문흥식의 뒤로 윤민호도 가슴팍을 풀어 헤치며 달려 나왔다.

"물러가라! 면암 선생의 시신에까지 위해를 가하면 모든 조선 백성들이 궐기할 것이니라. 알았거든 지금 당장 철수하라!"

박상인도 합세한다. 윤민호도 가슴을 열어젖힌다. 숱한 젊은 이들이 가슴을 풀어 헤치며 헌병들에게 다가서며 발악하듯 소리친다.

"쏴라……!"

"나를 죽이고서야 네 뜻대로 할 수 있을 것이다! 죽여라!"

"어서 쏘지 않고 뭘하느냐. 당장 쏘라는데도……!"

한 사람의 목소리가 쏟아져 나올 때마다 천지가 울릴 듯한 함성이 이어진다. 눈에 불꽃을 튀기며 점점 앞으로 다가오는 젊은 이들의 기세에 눌려 히라타 소위와 헌병들은 뒷걸음칠 수밖에 없었다.

"일단 후퇴하라!"

마침내 마쓰모토 대위가 비명 같은 소리로 후퇴를 명한다. 가슴을 풀어 헤친 조선의 젊은이들은 뒷걸음치는 일본군 헌병들을 한 걸음 한 걸음 조여 가면서 길을 내고 있다. 상여의 행렬은 다시 만장을 휘날리며 천천히 움직이기 시작했다.

이날의 광경을 매천梅泉 황현黃玹은 자신의 역저『매천야록梅泉
野錄』에 다음과 같이 적었다.

창녕읍에 이르자 일본군 헌병소위 히라타가 지휘하는 일단의 병
사들이 조선 주차 일본군 사령관 장곡천의 명령이라면서 길을 막
자 추종자들이 밤새도록 팽팽히 싸웠다. 곁에서 보고 있던 사람
이 '이날 싸움은 10만 군대보다 강하여 왜적이 조선을 경영한 지
30년 만에 처음으로 저들의 뜻대로 하지 못했다'고 했다. 이때부
터 일본 헌병은 수십 명이 교대로 따라와 연도에서 조상하고 치
전하는 사람들을 쫓았다.

하세가와 대장이 통감실에 도착했다는 보고를 받은 이토 히
로부미는 마음이 착잡했다.
'이 땅에 얼마나 많은 최익현이 있을 것이며, 또 나올 것이란
말인가?'
이토 히로부미의 입에서 저절로 신음 섞인 한숨이 흘러나왔
다. 소파에 앉아 있던 배정자는 감히 입을 열지 못하고 이토 히
로부미의 표정을 살필 뿐이었다. 노크 소리가 들린다.
"들어와."
하세가와 요시미치 대장이 침통한 얼굴로 들어선다. 이토 히
로부미는 그 얼굴을 보는 순간 무엇을 말하려는지를 알 수가 있

었다. 이토 히로부미는 고개를 끄덕이며 일어났다. 오히려 조금은 홀가분해진 기분이었다.

"장례행렬을 멈추게 할 수 없었습니다!"

"이제야 생각이 나는군. 조선 유림들은 면암과 함께 산다 하여 천하동생天下同生이라 하더니, 면암이 죽은 것으로 천하동사天下同死임을 확연하게 보여 주지를 않았나."

이토 히로부미는 벼루가 놓인 탁자로 걸음을 옮긴다. 배정자도 일어나 이토 히로부미의 곁으로 다가갔다. 하세가와 대장은 이토 히로부미가 무엇을 하려는 것인지 짐작조차 못했다.

이토 히로부미는 붓을 들었다. 그리고 반듯하게 펴져 있는 노란 천에 거침없이 한 편의 시를 써 내려가기 시작했다.

起揮韓王又哭公

臨風麗淚雨蒼空

名山何處占幽宅

坐以吏西向魯東

배정자가 조심스럽게 물었다.

"무슨 뜻인지 궁금하옵니다, 아버지."

이토 히로부미는 던지듯 붓을 놓고, 뒷짐을 지으며 시를 읊었다.

"한왕께 절하고 공의 앞에 호곡하니, 바람에 젖은 눈물이 하늘에서 쏟아지네. 이름난 산 어디에다 유택을 정할거나, 백이숙제의 땅에 앉아 공자의 땅을 바라보네."

하세가와 대장은 비로소 이토 히로부미의 속내를 알아채고 그간의 미욱함을 마음속으로 자책했다.

"하세가와 사령관."

"예, 각하."

"이 만장을 장례행렬에 보내도록."

하세가와 대장은 적이 놀란다. 그러나 반문하지 않을 수가 없다.

"각하, 저들이 각하의 후의를 알아주겠습니까?"

이토 히로부미는 담담하게 말했다.

"처리는 저들에게 맡겨도 상관이 없어. 나는 조선의 참선비에게 경의를 표하는 것이니까."

"……!"

그리고 이토 히로부미는 창가로 다가가 시름과도 같은 한숨을 놓았다.

면암 최익현의 상여행렬이 창원을 지나 창녕에 이르렀을 때 따르는 인파는 더욱 늘어나 있었다. 아침부터 날리기 시작한 진눈깨비는 함박눈으로 바뀌어 수많은 만장과 함께 휘날리고 있다. 들판을 휘도는 바람 소리마저 곡소리를 닮아 가는 듯하였다.

그들 앞으로 사이드카 한 대가 달려왔다. 헌병소위 히라타가 타고 있었다. 임병찬은 히라타를 보고 긴장하며 앞으로 나섰다.

"또 무슨 일인가?"

히라타 소위는 품에 안고 있던 만장이 든 상자를 꺼내 들고 최영조에게로 다가갔다. 그리고 정중한 거수로 예를 표하고 나서 상자를 건넸다.

"조선통감 이토 히로부미 각하께서 면암 선생의 영전에 만장을 보내셨습니다."

"……!"

너무도 어이없는 일이어서 최영조가 어리둥절해하는 동안 임병찬이 나서면서 고함을 질렀다.

"그놈이 정신이 있더냐! 대감의 영전을 더럽혀도 분수가 있지."

임병찬은 당장에라도 상자를 낚아채 패대기칠 기세였다. 최영조는 난감해하지 않을 수가 없다.

"……!"

히라타 소위는 더욱 난감해진 어조로 사정하듯 말했다.

"처리는 호상에게 맡길 것이나, 각하께서는 조선의 참선비에게 경의를 표한다는 말씀이 계셨습니다."

임병찬은 최영조에게 벌컥 화를 냈다.

"뭐하고 있는가. 당장 빼앗아 패대기를 치지 않고!"

최영조는 조심스럽게 상자를 받아 들었다. 그리고 말했다.

"아닙니다. 통감의 만장도 함께 가야 합니다."

"이게 무슨 짓이오. 이럴 순 없어요!"

"참으시지요. 저는 아버님의 큰 뜻을 받들고 싶을 따름입니다."

임병찬은 허공으로 시선을 돌렸다. 크고 탐스러운 눈송이가 그의 얼굴에 쏟아져 내리고 있었다. 최영조는 상자를 문흥식에게 주면서 당부했다.

"자네가 펼쳐서 세우게. 아버님의 마지막 분부일 것일세."

이토 히로부미라면 이를 갈아 온 문흥식이었으나, 이때만은 반발하지 않았다. '아버님의 마지막 당부'일지도 모른다는 최영조의 말에 무게가 실려 있었기 때문이다. 문흥식은 최영조에게서 받은 상자를 열고, 이토 히로부미가 썼다는 친필 만장을 꺼내들었다. 그리고 다른 만장이 걸린 장대에 함께 매달았다.

눈발에 펄럭이는 이토 히로부미의 친필 만장. 임병찬은 분함을 가까스로 억누르고 있었다. 윤민호와 박상인은 말할 것도 없었고, 특히 김은영은 북받쳐 오르는 설움을 참지 못했다. 바로 그자로 인해 이창준이 생목숨을 잃었지 않았던가.

최영조는 눈바람에 스쳐 지나가는 노란 만장을 보면서 아버지 최익현의 모습을 떠올렸다.

"아버님, 보시고 계시옵니까?"

히라타 소위는 최영조에게 깊숙이 허리 숙여 절을 하고 사이드카에 올랐다. 최영조는 눈물을 머금으며 손을 들었다. 상여의 행렬이 다시 움직이기 시작했다.

부산 초량에서 출발한 최익현의 상여행렬은 구포, 김해, 창원, 창녕, 현풍, 성주, 고령, 김천, 황간, 영동, 옥천, 회덕, 공주를 거쳐 정산에 이르게 된다.

조선의 유림들이 비분강개하며 따랐던 상여의 행렬은 보름 만에 정산에 도착했고, 이 땅의 참지식인이자 원로의 모습을 아낌없이 보여주었던 면암 최익현 선생의 장례를 앞두고는 한겨울임에도 불구하고 며칠을 장대비가 내렸으나, 하관식이 진행될 때는 아름다운 쌍무지개가 떴다.

문흥식은 눈부시게 피어난 쌍무지개를 바라보며 참스승 최익현을 불러 보았다.

"선생님……!"

문흥식은 아름다운 쌍무지개 너머에서 들려오는 면암 최익현의 목소리를 들었다.

너희가 나라를 아느냐, 너희가 정녕 나라를 아느냐!

〈끝〉

아름답고 숭고한 이름, 면암 최익현

우리 민족이 체험한 20세기 100년은 참으로 뼈아픈 통한의 세월이었다. 20세기로 들어선 지 5년째 되던 을사(1905)년에 나라의 외교권을 일제에 빼앗겼고, 경술(1910)년에 일제에 강제 병합되었다. 그리고 36년이라는 세월 동안 일제의 식민통치를 겪고서야 1945년 국권을 회복하였다면, 우리가 체험한 20세기의 전반은 '나라 잃고 반세기'라고 정리될 수밖에 없다. 나라의 주권을 회복하면서 국토가 분단되었고 동족상잔의 전란을 경험하고서도 아직 통일의 기미가 보이지 않는다면, 우리가 체험한 20세기 후반은 '국토 동강 나고 반세기'로 정리되지 않겠는가.

새로운 세기로 일컬어지는 21세기에 들어섰으면서도 아직 우리는 민족의 정체성조차도 찾지 못하는 역사인식의 혼란을 겪고 있다. 더 늦기 전에 우리는 나라 사랑이 무엇인지, 참지식인의 소임이 무엇인지를 냉정하게 성찰해 보아야 한다는 절박한 심정으로 이 작품을 쓰게 되었다. 물론 면암 최익현 선생의 생애 74년을 되짚어 돌아보는 이야기다.

면암 최익현 선생의 생애는 지식인의 표상이나 다름이 없다. 1905년, '을사늑약'이 강제로 체결되자 면암 선생은 73세의 노구를 이끌고 가출을 단행하여 의병장이 되었으나, 조선관군을 선봉에 세워 면암 최익현을 생포하려는 조선통감 이토 히로부미의 간계에 말려 스스로 무장을 해제함으로써 일본군에게 잡히는 몸이 되었다. 간악한 일본군은 면암 최익현 선생을 일본 땅 대마도로 강제 압송하였다. 대마도에 끌려간 면암 최익현 선생은 단식으로 순국하였다. 일본의 것이라면 물 한 방울도 입에 댈 수 없다는 단호함을 실천해 보이는 숭고하고 아름다운 최후가 아닐 수 없다.

사람들은 면암 최익현 선생을 말할 때 그와 함께 살았기에 천하동생天下同生이며, 그와 함께 죽었다는 뜻으로 천하동사天下同死라고 말한다. 필자는 면암 최익현 선생의 생애를 귀감으로 삼으면서 그분의 흉내라도 내 보고 싶은 심정으로 여기까지 왔다. 이같은 필자의 생각이 세간에 알려지면서 MBC-TV에서 개국 40주년 기념 특집극으로 써 줄 것을 요청하여 최용원 연출로 60분 4부작으로 제작 방영되었고, 경술국치 100년을 뒤돌아보는 행사를 위해 희곡으로 다시 개작되어 대학로 예술극장 대강당에서 표재순 연출로 공연되었다.

『대하역사소설 1905』는 위 TV 드라마와 무대에 올려진 희곡을 바탕으로 재구성한 작품이지만, 전작 『이동인의 나라(전 3권)』

의 속편이 될 수도 있다. 이 두 소설을 함께 읽으면, 우리에게 불행을 주고 지나간 격동의 19세기와 20세기를 매우 소상히 뒤돌아볼 수가 있을 것이라고 확신하기 때문이다.

지금 우리 앞에 전개되고 있는 새로운 문화 환경이 글로벌리제이션globalization이라는 말에 함축된 '세계화'의 개념으로 정리된다면, 우리는 더 민족적인 정서를 지키고 가꾸어 나가는 것을 정도正道로 삼아야 한다. 그 정도를 보다 정확히 열어 가기 위해서는 우리 민족이 겪었던 치란治亂의 자취를 보다 세밀하게 뒤돌아볼 필요가 있으며, 특히 우리가 체험한 불행했던 20세기 100년을 반성과 성찰의 자료로 삼아야 한다.

우리 역사에 면암 최익현 선생과 같은 행동하는 지식인, 나라가 어려울 때 후학들에게 원로의 참모습을 보여 주는 지식인의 표상이 있었다는 사실은 오늘을 사는 우리에게는 큰 보람이자 자랑이며, 동시에 그런 분들의 이름을 거론하면서 살 수 있다는 것은 우리에게 주어진 무엇보다도 큰 행운이 아닐 수 없다.

오늘날처럼 정치가 어지럽고, 사회가 혼란스러운 때일수록 불러 보고 싶고, 그리워지는 이름이 바로 면암 최익현 선생이기에 더욱 그러하다.

2010년 9월

경술국치 100년을 뒤돌아보며